미친
여자들의
무도회

미친
여자들의
무도회

빅토리아 마스 장편소설
김두리 옮김

LE BAL DES FOLLES

문학동네

차
례

일러두기

1. 주석은 모두 옮긴이주다.
2. 본문 중 고딕체는 원서에서 이탤릭체로 강조한 부분이다.

1

준비에브

1885년 3월 3일

"루이즈. 시간 다 됐어."

준비에브가 한 손으로 이불을 젖히자, 비좁은 매트리스 위에 웅크리고 잠든 소녀의 몸이 드러난다. 소녀의 짙고 풍성한 머리카락에 베갯잇과 얼굴 일부가 가려져 있다. 루이즈는 입을 벌린 채 가늘게 코를 곤다. 벌써 일어나 있는 공동 병실의 다른 여자들 소리도 듣지 못한다. 줄지어 늘어선 철제 침대들 사이로 여자들의 실루엣이 보인다. 여자들은 기지개를 켜고, 머리를 틀어올리고, 안이 비치는 속옷 위에 흑단처럼 검은 원피스를 덧입고 단추까지 채운 뒤, 간호사들이 지켜보는 가운데 구내식당을 향해 단조롭게 걸음을 옮긴다. 희뿌연 창문으로 햇살이 어렴풋이 비쳐든다.

루이즈는 가장 늦게 일어난다. 매일 아침, 여자 인턴이나 다른 환자가 소녀를 깨우러 온다. 석양이 지면 소녀는 안도하며 꿈도 꾸지 않을 만큼 깊은 잠에 빠져들었다. 잠이 들면 더이상 지난날이 괴롭지 않고, 다가올 날이 걱정스럽지 않다. 삼 년 전 불의의 사건을 겪고 이곳에 온 뒤로 소녀는 잠이 들어야만 비로소 쉴 수 있었다.

"일어나, 루이즈. 다들 기다려."

준비에브가 루이즈의 팔을 흔들자, 루이즈가 마침내 한쪽 눈을 뜬다. 소녀는 환자들 사이에서 '고참'으로 통하는 수간호사가 제 침대 발치에서 기다리는 모습을 보고 놀라는가 싶더니 이내 탄성을 내지른다.

"강연 날이네!"

"준비해야지, 언제까지 잘 셈이야?"

"네!"

루이즈가 침대에서 깡충 뛰어내려 의자에 걸쳐둔 검은색 모직 원피스를 낚아챈다. 준비에브는 한 발짝 비켜서서 루이즈를 유심히 지켜본다. 다급한 몸동작, 불안정한 고갯짓, 가쁜 호흡. 루이즈는 어제 또 발작을 일으켰다. 그러니 오늘 강연 전에는 또다시 발작이 일어날 리 없다.

루이즈는 허둥지둥 원피스 목깃의 단추를 채우고 수간호사를 돌아본다. 언제나 금발을 동그랗게 틀어올리고 새하얀 간호복 차림으로 꼿꼿하게 서 있는 준비에브 앞에서 소녀는 주눅이 든다. 지난 몇 년 동안 그 엄격한 태도에 익숙해지는 법을 배워야 했다. 준비에브가 딱히 부당하다거나 악의적이라고 비난받을 행동을 한 적은 없다. 다만, 그녀에게선 도무지 다정함이라고는 느껴지지 않는다.

"이 머리 어때요, 준비에브 간호사님?"

"머리는 풀어. 의사 선생님은 그걸 더 좋아하시니까."

루이즈가 통통한 두 팔을 들어 대충 틀어올린 머리를 푼다. 어쨌든 그녀도 사춘기 아이다. 유치한 열정에 들뜨는 열여섯 살 소녀. 몸은 너무 일찍 성장해서 열두 살 때부터 가슴과 엉덩이가 두드러졌는데, 이 뜻하지 않은 관능이 어떤 비극을 초래할지 그땐 전혀 예상하지 못했다. 두 눈에 어린 천진함은 약간 퇴색했지만 아직 완전히 사라지지 않았다. 그것이 사람들이 여전히 소녀에 대한 희망의 끈을 놓지 않는 이유다.

"떨려요."

"하라는 대로만 해, 그럼 괜찮을 거야."

"네."

두 여자가 병원 복도를 지나간다. 창문을 통과한 3월의 아침 햇살이 봄과 미카렘* 무도회를 예고하는 은은한 빛, 머지않아 이곳을 벗어나리라는 희망을 품고 미소 짓게 하는 빛을 타일 바닥에 드리운다.

준비에브는 루이즈가 긴장했다는 것을 알아차린다. 루이즈는 고개를 떨구고 팔을 길게 늘어뜨린 채 숨을 몰아쉬며 힘겹게 걷는다. 병원의 어린 환자들은 늘 샤르코**와의 개별 면담을 초조하게 기다린다. 강연의 참여자로 지목된 경우에는 더더욱 그렇다. 그 버거운 책임감, 그들을 혼란에 빠뜨리는 각광, 평생 한 번도 경험해보지 못한, 그래서 낯설기만 한 관심에 그들은—또다시—정신을 가누지 못하는 지경에 이른다.

조금 뒤, 복도와 여닫이문을 수차례 지나 두 여자가 강당의 대기실로 들어선다. 그곳에서 기다리던 의사들과 남자 인턴들이 일제히 오늘의 연구 대상을 돌아본다. 하나같이 윗입술까지 콧수염을 드리우고, 뻣뻣한 몸에 검은 정장과 하얀 가운을 걸치고, 손에 노트와 펜을 들고 있다. 의사들의 날카로운 시선이 루이즈를 속속들이 파고든다. 원피스 속을 환히 꿰뚫어보

---

* 사순절의 셋째 주 목요일. 사순절은 부활절 이전 사십 일 동안 그리스도의 수난을 기리며 단식하고 회개하는 기간을 가리킨다.
** 장마르탱 샤르코(Jean-Martin Charcot, 1825~1893). 프랑스 신경학자. 살페트리에르병원에서 최면술을 이용해 히스테리 환자들을 치료하면서 세계적으로 알려졌다.

는 듯한 이 관음적 시선에 소녀는 결국 눈을 내리깐다.

그중에서 유일하게 익숙한 얼굴이 준비에브 쪽으로 다가온다. 샤르코의 조수 바빈스키*다.

"곧 강당이 가득찰 겁니다. 십 분 뒤에 시작하죠."

"루이즈가 특별히 준비할 게 있을까요?"

바빈스키가 환자를 위아래로 훑는다.

"이대로 충분할 것 같아요."

준비에브가 고개를 끄덕이고 방을 나서려 하자 루이즈가 다급하게 준비에브의 뒤로 한 걸음 다가선다.

"데리러 오실 거죠, 준비에브 간호사님? 네?"

"항상 그러잖아, 루이즈."

무대 뒤편에서 준비에브는 강당을 지켜본다. 나무 벤치에서 낮게 웅성거리는 소리가 실내를 가득 메운다. 강당은 병원에 딸린 공간이라기보다는 꼭 박물관이나 진기한 물품들을 진열하는 전시실 같아 보인다. 벽과 천장은 그림과 판화로 장식되어 있고, 그 안의 해부도와 인체들, 벌거벗거나 옷을 입은 익명의 사람들이 불안해하거나 얼빠진 모습으로 한데 뒤섞여 있

---

* 조제프 바빈스키(Joseph Babinski, 1857~1932). 프랑스 신경학자.

는 장면들이 구경꾼들의 감탄을 자아낸다. 벤치 근처, 세월을 못 이기고 삐걱대는 투박한 진열장들의 유리 안쪽에는 머리뼈, 정강이뼈, 위팔뼈, 골반뼈, 표본병, 석조 흉상, 잡다한 기구 등 병원에서 기념으로 간직할 만한 온갖 것들이 전시되어 있다. 꾸며진 모습만 봐도 강당은 벌써 관객들에게 독특한 경험을 만들어주리라 약속하는 듯하다.

준비에브는 관객들을 바라본다. 의사, 작가, 기자, 인턴, 정계인사, 예술가 등 낯익은 몇몇 얼굴이 눈에 들어온다. 그들은 저마다 궁금해하면서도 이미 확신에 차 있거나 불신이 가득한 얼굴을 하고 있다. 준비에브는 뿌듯하다. 파리에서 이 한 사람을 보려고 매주 강당 좌석이 가득찰 정도라는 사실이, 그가 마침내 사람들의 관심을 끌어모으는 데 성공했다는 것이 더없이 자랑스럽다. 남자가 무대에 등장하자 일순 조용해진다. 살지고 근엄한 풍채의 샤르코는 눈을 빛내고 있는 좌중을 별 어려움 없이 압도한다. 그 기름한 얼굴이 우아하고 위엄 있는 그리스 조각상을 연상시킨다. 샤르코는 가족과 사회로부터 버림받은 여자들의 내면 깊숙이 자리잡은 취약성을 다년간 연구한 의사로서 예리하고 웅숭깊은 시선을 갖고 있다. 그는 자신이 이 정신질환자들에게 어떤 희망의 싹을 틔웠는지 안다. 파리 전역에 자신의 이름이 알려져 있다는 사실도 알고 있다. 그는 권위를 부여받았고, 자신에게 권위가 생긴 건 다 의학 발전에 이바지할 재능 덕분이라고 자부하며 이제 그 권위를 행사한다.

"신사 여러분, 안녕하십니까. 참석해주셔서 감사합니다. 잠시 후 강연에서는 극심한 히스테리 환자를 대상으로 최면술을 시연할 예정입니다. 환자는 열여섯 살이고, 살페트리에르병원에 온 뒤로 삼 년간 총 이백 건이 넘는 히스테리발작을 일으켰습니다. 우리는 최면술을 이용해 환자에게 발작을 일으키고, 발작을 통해 히스테리 증상을 연구할 것입니다. 그로써 우리는 히스테리 발생의 생리적 과정에 대해 심도 있게 알게 될 겁니다. 의학과 과학의 발전은 여러모로 루이즈 같은 환자들 덕분입니다."

준비에브가 입가에 미소를 띤다. 최면술 시연이 시작되기를 애타게 기다리는 관객들 앞에서 그가 말하는 모습을 지켜볼 때마다, 준비에브는 이 병원에서 일을 시작했던 초창기의 그를 떠올린다. 연구하고, 기록하고, 치료하고, 몰두하고, 아무도 발견하지 못한 것을 발견해내고, 아무도 생각하지 못한 방식으로 생각하는 그를 지켜봐왔다. 준비에브가 생각하기에 샤르코는 완전하고, 정확하고, 유용한 의학을 몸소 구현하는 인물이다. 샤르코 같은 사람이 있는데 왜 신을 숭배하는 걸까? 아니, 말은 바로 하자. 세상에 샤르코 같은 사람은 또 없다. 준비에브는 못내 뿌듯하다. 근 스무 해 동안 파리에서 첫째가는 신경학자의 연구 작업과 발전에 기여했으니 긍지와 자부심을 느낄밖에.

바빈스키가 루이즈를 무대로 안내한다. 십 분 전까지만 해도 긴장해서 잔뜩 굳어 있던 소녀의 자세가 확연히 달라졌다. 루이즈는 어깨를 젖혀 가슴을 활짝 펴고 고개를 치켜든 채 그녀가 등장하기만 기다리는 대중을 향해 나아간다. 더이상 두려운 기색은 보이지 않는다. 영광과 인정의 순간이기에. 소녀에게, 또 선생에게.

준비에브는 최면 절차를 모두 꿰고 있다. 먼저 루이즈의 얼굴 앞에서 추가 천천히 흔들리고, 소녀의 파란 두 눈이 초점을 잃고, 소리굽쇠가 한 차례 울리고, 소녀의 몸이 뒤로 넘어가고, 무기력하게 축 늘어지는 몸을 인턴 둘이 때맞춰 붙잡는다. 루이즈는 눈을 감은 채 최소한의 요구에 응한다. 처음에는 팔을 들어올리고, 제자리에서 빙글빙글 돌고, 말 잘 듣는 장난감 병정처럼 한쪽 다리를 구부리는 단순한 동작을 해 보인다. 이어 또다른 요청에 따라 기도하는 자세로 두 손을 모으거나 하늘에 간청하듯 고개를 들어올려 십자가에 못박힌 예수의 수난상을 모방한다. 단순한 최면 시연처럼 보이던 것이 점차 흥미진진한 볼거리, 샤르코의 일명 '큰 움직임 단계'로 발전한다. 이제 루이즈는 바닥에 누운 채 더이상 아무 명령도 받지 않고 혼자서 심하게 몸을 흔들며 팔과 다리를 구부리기도 하고, 몸을 좌우로 기우뚱대며 엎치락뒤치락한다. 손발이 더이상 움직이지 못할 만큼 오그라들고, 얼굴은 고통과 쾌락을 오가며 일그러지고, 중간중간 거친 숨소리가 튀어나온다. 조금이라도 미신을 믿는 사람이라면 누구라도 그녀가 악마에게 사로잡혔다고 여길 것이다. 실제로 조심스레 성호를 긋는 이도 더러 있다…… 경련이 절정에 이르면, 루이즈는 누운 상태에서 맨발과 머리로 바닥을 짚고 몸을 힘껏 쳐들어 무릎에서 목까지 아치 형태가 된다. 루이즈의 짙은 머리칼에 연단 위 먼지가 쏠리고, 뒤집힌 U자 형태로 구부러진 등에서 으드득 소리가 난다. 마침내 발작이 그치면 그녀는 넋 나간 좌중의 시선 앞에서 둔탁한 쿵 소리를 내며 바닥에 무너져내린다.

　의학과 과학의 발전은 여러모로 루이즈 같은 환자들 덕분이다.

　살페트리에르병원의 담장 너머 살롱과 카페에 모인 사람들은 샤르코의 이른바 '히스테리 치료'에 대한 상상의 나래를 펼친다. 그들은 여자들이 벌거벗은 채 복도를 내달리고, 타일 바닥에 이마를 찧고, 상상 속 애인을 받아들이려고 다리를 벌리고, 새벽녘부터 해질 무렵까지 병동이 떠나가라 고함을 지를 거라고 넘겨짚는다. 하얀 시트 밑에서 경련하는 미친 여자들의 몸, 덥수룩한 머리칼 사이로 드러난 찡그린 표정, 늙고 뚱뚱하고 박색인 얼굴, 어떤 잘못이나 범죄도 저지르지 않았기에 정확한 이유를 댈 수는 없지만 아무튼 사회로부터 격리하는 편이 낫다고 생각하는 여자들의 얼굴을 떠올린다. 부르주아든 프롤레타리아든, 조금이라도 별난 점이 있으면 불안해하는 이들에게 저 정신질환자들에 대한 상상은 욕망을 부추기는 동시에 두려움을 자극하는 요소다. 미친 여자들은 그들을 매혹하는 동시에 소름 끼치게 한다. 만일 그들이 오전 늦게 병원을 한번 둘러보기라도 하면, 실망은 불 보듯 뻔하리라.

넓은 공동 병실에서 일상은 단조롭게 흘러간다. 몇몇은 대걸레로 침대들 사이와 바닥을 닦고, 몇몇은 대야에 냉수를 받아 목욕 장갑으로 대충 몸을 문질러 씻는다. 다른 사람들과의 대화를 거부하고 피로와 상념에 찌들어 침대에 누워 있는 사람, 머리를 빗고 혼자서 궁시렁거리며 창 너머 아직 눈이 녹지 않고 얼마간 남아 있는 병원 내 정원에 햇살이 내리쬐는 풍경을 바라보는 이도 있다. 나이도 열세 살부터 예순다섯 살까지 천차만별이고, 흑갈색, 금색, 붉은색 머리칼의 호리호리하거나 뚱뚱한 체형의 다양한 여자들이 도시 사람들처럼 옷을 입고 머리를 매만지며 정숙하게 살아간다. 바깥사람들의 환상 속 퇴폐적인 분위기와 달리, 공동 병실은 히스테리 환자들을 수용하는 병동이라기보다 요양원과 훨씬 비슷하다. 병증은 병실을 더욱 자세히 들여다보아야 비로소 발견할 수 있다. 어떤 이는 꽉 쥔 손이 비틀려 있고, 또 어떤 이는 팔이 오그라들어 가슴에 붙어 있기도 하다. 나비가 파닥파닥 날갯짓을 하듯 눈꺼풀을 빠르게 깜빡이기도 하고, 한쪽 눈은 감긴 채 다른 한쪽 눈으로 사람을 뚫어져라 바라보기도 한다. 여기에서는 금관악기나 소리굽쇠 소리가 금지되어 있다. 그 소리를 듣자마자 강경증에 빠지는 환자들이 있기 때문이다. 끝없이 하품을 하거나 움직임을 통제할 수 없는 증상에 시달리는 이들이 있는가 하면, 멍하고 공허하거나 한없이 깊은 우울에 잠긴 눈빛으로 하염없이 무언가를 바라보는 이들도 있다. 때로는 그 대단한 히스테리발작이 일시적으로 평온이 감돌던 공동 병실을 순식간에 뒤흔들어놓기도 한다. 그러면 침대나 바닥에 뻗어 온몸이 휘고, 뒤틀리고, 오그라들고, 구부러진 채 보이지 않는 힘에 맞서 악착같이 버둥대며 제 숙명으로부터 벗어나려 해봐야 소용없다. 사람들이 들이닥쳐 사지를 붙들고, 인턴이 두 손가락으로 여자의 난소 부위를 압박해야 겨우 발작이 잦아든다. 아주 심각한 경우 에테르를 적신 가제수건으로 환자의 코를 막아야 눈꺼풀이 감기면서 발작이 멈춘다.

이곳을 지배하는 것은 차가운 복도에서 맨발로 추는 히스테리 환자들의 춤이 아니라, 그저 정상적인 상태를 회복하기 위한 매일매일의 소리 없는 싸움이다.

한 침대 주변에서 여자들이 테레즈를 둘러싸고서 뜨개질로 숄을 만드는 모습을 유심히 지켜보고 있다. '뜨개질하는 여자' 라 불리는 이 환자에게 머리를 왕관처럼 땋아올린 소녀가 다가온다.

"이거 내 거지, 그치, 테레즈?"

"카미유 거야."

"나는? 몇 주 전에 떠주기로 했잖아."

"이 주 전에 하나 떠줬는데 마음에 안 든다며. 차례를 기다려야지, 발랑틴."

"못됐어!"

소녀는 잔뜩 골이 난 기색으로 무리에서 멀어진다. 억세게 뒤틀린 자신의 오른손도, 주기적으로 경련하는 다리도 더는 신경쓰지 않는다.

한편 준비에브는 다른 여자 인턴과 함께 루이즈를 침대에 눕힌다. 기진맥진한 소녀가 힘겹게 미소를 지어 보인다.

"저 괜찮았어요, 준비에브 간호사님?"

"항상 그랬잖아, 루이즈."

"샤르코 선생님도 기뻐하실까요?"

"선생님은 네가 치료되면 기뻐하시겠지."

"다들 저를 바라봤어요…… 저도 오귀스틴*처럼 유명해지겠죠, 네?"

"이제 그만 쉬어."

"전 제2의 오귀스틴이 될 거예요…… 파리 사람들 모두 제 이야기를 하겠죠……"

준비에브가 탈진한 소녀에게 이불을 덮어준다. 소녀는 창백한 얼굴에 미소를 머금고 스르르 잠에 빠져든다.

수플로가街에 어둠이 깔렸다. 불을 밝힌 팡테옹이 그 육중한 석조건물 안에 존경받는 위인들을 품고서 길 끝에 잠들어 있는 뤽상부르공원을 내려다본다.

어느 건물 7층에 창문이 하나 열려 있다. 준비에브가 한적한 길을 내다본다. 길 왼쪽으로는 죽은 위인들을 위한 건축물의 장중한 실루엣이 보이고, 오른쪽으로는 푸른 산책로와 꽃이 만발한 잔디밭을 거닐러 이른 아침부터 산책자들과 연인들과 아이들이 찾는 조각 공원이 자리한다.

근무를 마치고 초저녁에 집으로 돌아온 준비에브는 의식처

---

* 루이즈 오귀스틴 글레즈(Louise Augustine Gleizes, 1861~?). 열네 살 때 히스테리발작을 일으켜 살페트리에르병원에 입원했다. 장마르탱 샤르코의 최면 강연에 참여하며 유명세를 얻었다.

럼 자리잡은 일상적인 일들을 해나갔다. 제일 먼저 하얀 블라우스의 단추를 풀고, 기계적으로 옷에 얼룩이, 대개는 피가 묻지 않았는지 확인한 다음 작은 옷장에 건다. 그러고 나서 층계참에 있는 공동 세면장에서 몸을 씻는다. 가끔 그곳에서 같은 층에 사는 세탁부 모녀와 마주치기도 한다. 파리코뮌* 때 남편, 아버지를 잃고 단둘이 살아가는 어머니와 열다섯 살짜리 딸이다. 준비에브는 몸을 씻고 초라한 단칸방으로 돌아와 포타주를 데우고, 석유등으로 불을 밝힌 싱글침대에 걸터앉아 소리 없이 음식을 삼켰다. 그러고는 여느 저녁때처럼 십 분쯤 창가에 머물렀다. 이제 준비에브는 여전히 꽉 끼는 간호복을 입고 있는 양 꼼짝 않고 꼿꼿이 서서, 등대 위 파수꾼처럼 침착한 눈길로 길을 내려다본다. 가로등 불빛을 응시하며 사색에 잠긴 것도 아니고, 몽상에 젖은 것도 아니다. 준비에브에게는 그런 낭만적인 기질이 없다. 그녀는 그저 이 평화로운 순간을 틈타 병원 담장 안에서 하루를 보내며 있었던 일들을 비워내려는 것이다. 창문을 열어 아침부터 저녁까지 자신을 따라다닌 모든 것—슬프고 냉소적인 표정, 에테르와 클로로포름 냄새, 타일 바닥에 부딪치는 구둣굽 소리, 귓가에 쟁쟁한 탄식과 신음, 경련하는 몸 아래서 삐걱대는 침대 소리—을 바람

---

* 1871년 보불전쟁 패전 후 나폴레옹 3세의 제2제정이 몰락하는 과정에 파리에서 일어난 민중 봉기.

20

속에 흩어버리는 것이다. 그녀가 거리를 두려는 대상은 오직 그 장소뿐이다. 정신질환자들에 대해서는 떠올리지 않는다. 그들에겐 아무 관심도 없다. 그 여자들의 운명에 가슴 아파하지도 않고, 그들의 이야기에 동요하지도 않는다. 처음 간호사로 일하던 무렵에 발생한 사건 이후로, 준비에브는 환자라는 이름 뒤에 가려진 여자들을 알려 하지 않았다. 기억은 무시로 되살아난다. 여동생을 닮은 환자의 발작, 그 일그러진 얼굴, 영벌을 받은 사람처럼 악에 받쳐 자신의 목을 조르던 그 두 손을 선명하게 기억한다. 준비에브가 지금보다 젊었던 시절, 환자를 돕기 위해서는 자신의 모든 걸 쏟아야 한다고 생각하던 시절이었다. 그날 준비에브는 두 간호사의 도움으로 자신이 신뢰하고 공감하던 여자의 손아귀에서 벗어났다. 충격은 교훈이 되었다. 그후 정신질환자들 곁에서 보낸 스무 해 동안 준비에브의 생각은 더욱 확고해졌다. 병은 인간성을 말살한다. 병은 이 여자들을 기괴한 증상에 시달리는 꼭두각시로, 피부 주름 하나하나까지 꼼꼼하게 살피는 의사들의 손에 들린 인형으로, 임상적 관심을 불러일으킬 뿐인 신기한 짐승들로 만든다. 그들은 더이상 누군가의 아내나 어머니나 사춘기 아이가 아니며, 선망이나 존중의 대상도 아니다. 절대 누군가의 욕망이나 사랑의 대상이 되지 못한다. 그들은 그저 환자, 광인, 낙오자일 뿐이다. 기껏해야 그들을 보살피고, 최악의 경우 그들을 그

럭저럭 무난한 환경에 가둬두는 것, 그게 준비에브의 일이다.

　준비에브가 창문을 닫고 나무 콘솔테이블에 손에 든 석유등을 내려놓으며 그 앞에 앉는다. 파리에 온 이래 줄곧 지내온 이 방에서 사치품이라 할 만한 건 실내를 덥히는 난로가 전부다. 스무 해 동안 달라진 건 아무것도 없다. 똑같은 싱글침대, 평상복 두 벌과 실내복 한 벌이 들어 있는 똑같은 옷장, 똑같은 석탄 화덕, 글을 쓸 때 사용하는 똑같은 소박한 콘솔테이블과 의자. 거무칙칙한 나무 가구들로 가득한 방에서 유일하게 빛깔을 지닌 것은 세월에 누렇게 바래고 습기로 군데군데 들뜬 분홍색 벽지뿐이다. 천장이 기울어져 있어 움직일 때마다 기계적으로 머리를 숙여야 한다.
　준비에브가 종이 한 장을 꺼내고 펜촉을 잉크병에 적신 뒤, 글을 쓰기 시작한다.

　1885년 3월 3일, 파리

　사랑하는 내 동생에게

　며칠간 펜을 들 엄두를 못 냈어. 그렇다고 나를 원망하지는 않았으면 좋겠다. 이번 주 내내 정신질환자들이 어쩌나 유난스럽던지. 한 명이 발작하기 시작하면 너도나도 발작을 일으키더라니까. 늦겨울에는 종종 그래. 몇 달간 납빛 하늘만 보이지, 지금 있는 난로들만으로는 냉기가 가시지 않지, 겨울철 질병이야 두말할 것 없고. 너도 알겠지만 이 모든 게 환자들의 정신에 심각한 영향을 미치거든. 다행히 오늘 봄날의 첫 햇살이 내리비쳤어. 게다가 이 주 뒤면 미카렘 무도회라—그래, 벌써!—환자들은 분명 안정될 거야. 조만간 지난해 의상들을 꺼내놓을 거고. 그러면 다들 어느 정도 활기를 되찾고 인턴들도 덩달아 기운을 차리겠지.

오늘 샤르코 선생님의 공개 강연이 또 있었어. 이번에도 어린 루이즈가 참여했지. 딱하게도 그애는 벌써 자기가 오귀스틴처럼 유명해질 거라고 상상하고 있어. 오귀스틴이 그토록 승승장구하다가 결국은 병원에서 달아났다는 사실을 상기시켜줘야겠어, 그것도 남자옷 차림으로! 고약한 계집애. 우리가, 그중에서도 샤르코 선생님이 그애를 치료하려고 얼마나 애를 썼는데. 내가 누누이 말했지? 정신질환자는 평생 바뀌지 않는다니까.

어쨌든 강연은 순조로웠어. 샤르코 선생님하고 바빈스키가 루이즈에게 얼마나 엄청난 발작을 유도했는지, 지켜보는 사람들 모두가 만족스러워했어. 매주 금요일이면 으레 그렇듯 객석은 가득찼지. 샤르코 선생님은 명성을 누릴 만해. 그분이 또 어떤 발견을 해내실지 나는 감히 상상도 할 수 없어. 그분이 새로운 발견을 할 때마다 나 자신을 돌아보게 돼. 오베르뉴 출신의 여자아이, 시골 의사의 평범한 딸이었던 내가 이제는 파리에서 가장 위대한 신경학자를 보조하고 있다니. 그런 생각을 하는 것만으로 가슴이 뿌듯해지면서 겸허해져.

얼마 후면 네 생일이구나. 그 생각을 하지 않으려 애쓰고 있어. 감당할 수 없이 슬퍼지거든. 아직도 그래. 바보 같아 보이겠지만 세월이 지나도 어쩔 수가 없네. 네가 평생 그리울 거야.

다정한 내 동생 블랑딘. 나는 이제 그만 자야겠어. 애정어린 포옹과 입맞춤을 보낸다.

                    네가 어디에 있든 너를 생각하는 언니가

준비에브는 편지를 다시 한번 읽어본 뒤 봉투 속에 접어넣고 오른쪽 상단에 "1885년 3월 3일"이라고 적는다. 그러고는 자리에서 일어나 옷장 문을 연다. 걸려 있는 옷가지 아래 직사각형 종이 상자들이 쌓여 있다. 준비에브는 맨 위에 있는 상자를 집어든다. 상자 속에는 지금 그녀의 손에 들린 편지봉투처럼 오른쪽 상단에 날짜가 적혀 있는 봉투 백여 통이 빽빽이

담겨 있다. 준비에브는 검지로 맨 앞에 있는 봉투에 적힌 날
짜―1885년 2월 20일―를 훑고 그 앞에 새 봉투를 넣는다.

  그리고 다시 뚜껑을 덮어 상자를 제자리에 놓은 뒤 옷장 문
을 닫는다.

2
외제니

1885년 2월 20일

사흘 전부터 눈이 내린다. 허공에 날리는 눈송이가 마치 구슬주렴 같다. 새하얀 눈이 인도와 정원에 쌓이고, 그 위를 보드득거리며 걸어가는 행인의 모피 외투와 가죽 부츠에 달라붙는다.

저녁 식탁에 둘러앉은 클레리가※ 사람들은 유리문 너머, 오스만대로의 하얀 눈 카펫 위에 평온하게 내려앉는 눈송이를 더이상 의식하지 않는다. 다섯 식구는 하인이 조금 전 내온 붉은 살코기를 썰며 각자의 접시에 집중한다. 그들의 머리 위로 모서리마다 몰딩이 된 천장이 보이고, 주변에 놓인 가구와 그림, 대리석과 청동 소품, 샹들리에와 촛대 들이 이 파리 부르주아 아파트를 장식하고 있다. 통상 그들의 저녁식사는 세라믹 접시에 부딪치는 나이프와 포크 소리, 사람들의 움직임에 따라 의자 다리가 덜걱거리는 소리, 하인이 이따금 쇠 부지깽이로 벽난로 속을 헤집을 때마다 타닥타닥 튀는 불꽃 소리로 시작된다.

마침내 아버지의 목소리가 침묵을 깬다.

"오늘 포숑이 다녀갔어. 모친이 남긴 유산에 별로 만족을 못하더구나. 방데 지방의 성을 물려받을 거라고 잔뜩 기대했는데, 글쎄 누이가 그 성을 상속받았다지 뭐야. 그 친구에게는 리볼리가街의 아파트만 남겼다더군. 그깟 유산을 누구 코에 붙이라는 건지!"

아버지는 말하는 내내 눈 한 번 들지 않고 자기 접시만 바라보고 있다. 그가 말문을 열었으니 이제 다른 식구들도 말을 할 수 있다. 외제니가 맞은편에 앉은 오빠를 흘끗 쳐다본다. 그는 접시에 계속 코를 박고 있다. 그녀가 기회를 잡는다.

"파리에서 빅토르 위고*가 아주 위독하다는 소문이 퍼졌던데. 뭐 들은 얘기 없어, 오빠?"

---

* 빅토르 위고(Victor Hugo, 1802~1885). 1848년 2월혁명을 계기로 왕당파에서 공화주의자가 되었고, 1851년 나폴레옹 3세가 집권하면서 이십 년 가까이 망명생활을 하다가 1870년에 파리로 돌아왔다.

테오필이 고기를 씹으며 놀란 눈으로 누이를 올려다본다.

"나도 그 이상은 몰라."

아버지가 딸을 쳐다본다. 딸의 눈에 어린 빈정거리는 기색은 알아차리지 못한다.

"어디서 들은 얘기냐, 파리 어디?"

"신문 판매상들이 그러던데요. 카페에서도 얘기가 돌고요."

"네가 카페를 들락거린다니 영 달갑지 않구나. 체면 깎이는 짓이야."

"그냥 책 읽으러 가는 거예요."

"그래도 마찬가지다. 그리고 이 집에서 그자 이름을 입에 올리지 마라. 멋모르고 옹호하는 자들도 있지만, 그자는 절대 공화주의자가 아니야."

열아홉 살 숙녀는 웃음을 꾹 참는다. 그렇게 신경을 거스르지 않으면, 아버지는 자기 딸에게 눈길조차 주지 않을 것이다. 아버지가 딸의 존재에 관심을 보이는 순간은 오직 번듯한 혼처, 다시 말해 그들처럼 변호사나 공증인 가문과 혼담이 오갈 때뿐이리라는 것을 그녀는 알고 있다. 결국 아버지 눈에 딸의 유일한 효용 가치는 누군가의 아내가 되는 것뿐인 셈이다. 만일 그녀가 결혼할 생각이 없다고 속내를 털어놓으면 아버지가 얼마나 노발대발할지는 불 보듯 뻔하다. 하지만 이미 오래전에 결심을 굳혔다. 오른쪽에 앉아 있는 어머니와 똑같은 삶은 절대 살 수 없다. 말하자면 부르주아 아파트의 벽에 갇힌 삶, 한 남자의 일정과 결정에 따르는 삶, 야망도 열정도 없는 삶, 많은 걸 놓치고 거울에 비친 자기 모습만 바라보는 삶—물론 거울 속 자신을 여전히 알아본다는 가정하에—아이를 낳는 것만이 유일한 목적인 삶, 날마다 어떻게 치장할지 고르는 것만이 유일한 관심거리인 삶은 모두 그녀가 원하지 않는 삶이다. 달리 말해서 그녀가 원하는 삶은 그런 삶이 아닌 다른 모든 삶이다.

오빠의 왼쪽에서 할머니가 미소를 지어 보인다. 할머니는 가족 중 유일하게 그녀를 있는 그대로 바라봐주는 사람이다. 당당하고 자부심 강한 성격, 창백한 얼굴, 흑갈색 머리칼, 명석한 머리, 모든 것을 관찰하며 모든 것을 조용히 새기는 주의 깊은 눈과 짙은 반점이 선명한 왼쪽 홍채, 무엇보다 자신의 지식이나 열망의 한계를 뛰어넘고자, 때로 위경련을 일으킬 만큼 강한 투지를 지닌 외제니를 말이다.

아버지가 여전히 음식을 우걱우걱 씹어 삼키는 테오필을 바라본다. 장남에게 말을 할 때면 음색이 한층 부드러워진다.

"테오필, 내가 준 새 책들은 읽어봤니?"

"아직요. 지금 읽고 있는 책이 예상보다 조금 오래 걸려서요. 3월부터 읽을 생각이에요."

"석 달 후면 견습 공증인으로 일을 시작할 텐데 그때까지는 가지고 있는 책을 모두 복습해두려무나."

"그럴게요. 말이 나온 김에 말씀드리는데, 저 내일 오후에 어디 좀 가요. 토론 모임에 참석하려고요. 포숑 씨네 아들도 온대요."

"그애 아비의 유산에 관한 얘기는 입 밖에 꺼내지 마라, 스트레스가 이만저만이 아닐 테니까. 그건 그렇고, 암, 가서 사유의 힘을 길러야지. 프랑스에는 식견 있는 젊은이가 필요하니까."

외제니가 고개를 들고 아버지를 보며 말한다.

"그 식견 있는 젊은이라는 말에는 남녀 모두 해당되는 거겠죠, 아빠?"

"몇 번을 말해야 알겠니? 공적인 자리는 여자가 있을 데가 아니라고."

"파리에 남자들만 있다고 한번 상상해보세요, 얼마나 유감스러운 일이겠어요."

"그만해라, 외제니."

"남자들은 너무 진지해요, 즐길 줄 모른다고요. 여자들은 진지할 땐 진지하지만, 웃을 줄도 알죠."

"내 말에 토 달지 마라."

"토를 다는 게 아니라 토론을 하자는 거잖아요. 내일 테오필 오빠하고 오빠 친구들이 토론한다니까 격려하셨으면서……"

"듣기 싫다! 두 번 말 안 한다. 내 집에서 건방진 행동은 용납 못해. 당장 네 방으로 가."

아버지가 쥐고 있던 나이프와 포크를 접시에 던지다시피 내려놓고 외제니를 사납게 노려본다. 그의 신경이 날카로워지면서 구레나룻과 덥수룩한 콧수염이 곤두선다. 이마와 관자놀이도 울그락불그락하다. 오늘 저녁 적어도 아버지의 감정을 자극하는 데는 성공한 셈이다.

외제니는 차분히 나이프와 포크를 접시 안쪽에 놓고 냅킨을 식탁 위에 올려둔다. 그리고 자리에서 일어나, 식구들에게 고개 숙여 인사하고 어머니의 망연자실한 눈길과 할머니의 재미있어하는 눈길을 뒤로한 채 식당을 나선다. 내심 이 소동이 만족스럽다.

"오늘 저녁에는 정말 참을 수 없었던 게지?"

사위가 어두워졌다. 집안의 다섯 개 침실 중 한 곳에서 외제니가 쿠션과 베개를 두드려 펴고, 뒤에서는 할머니가 잠옷을 입고서 침대가 정돈되기를 기다리고 있다.

"더 재밌는 시간이 되어야 했는데. 오늘 저녁식사는 굉장히 아쉬웠어요. 다 됐어요, 할머니. 앉으세요."

외제니가 노부인의 주름진 손을 붙잡고 침대에 앉을 수 있게 돕는다.

"네 아비는 디저트 먹을 때까지도 화가 단단히 나 있더구나. 심기는 건드리지 않게 조심했어야지. 다 너를 위해서 하는 말이다."

"제 걱정은 마세요. 어차피 아빠한테 지금보다 더 밉보일 수도 없을 테니까요."

외제니가 할머니의 마른 맨다리를 들어올려 이불 속에 넣도록 거든다.

"춥지 않으세요? 담요 더 갖다드릴까요?"

"아니다. 얘야, 괜찮다."

외제니는 매일 저녁 자신이 잠자리를 봐드리는 인자한 표정의 할머니 앞에 웅크리고 앉는다. 그 파란 눈동자를 보면 외제니는 마음이 편안해진다. 주름들이 한껏 치켜올려지고 눈이 반달 모양으로 접힐 만큼 환하게 짓는 미소는 더없이 포근하다. 외제니는 어머니보다 할머니를 더 사랑한다. 아마 어느 정도는 할머니가 손녀인 그녀를 자기 딸 이상으로 사랑하기 때문인지도 모른다.

"우리 외제니. 자유롭다는 게 너의 가장 큰 강점이지만 언젠가는 그게 네게 가장 큰 독이 될 수 있단다."

할머니는 이불 속에서 손을 빼 손녀의 흑갈색 머리칼을 쓰다듬는다. 하지만 외제니는 더이상 할머니를 보지 않는다. 그녀의 시선은 다른 곳에 고정되어 있다. 외제니는 방 한구석을 주시한다. 그녀가 허공을 응시한 채 꼼짝하지 않은 것이 처음은 아니다. 이런 순간들이 걱정스러우리만치 오래 지속되지는 않는다. 문득 어떤 생각이나 추억이 떠올라 깊이 동요하는 걸까? 아니면 그녀가 열두 살 때, 맹세코 무언가를 보았다던 그때와 같은 경우일까? 할머니는 손녀가 바라보는 쪽으로 시선을 돌린다. 방 한구석에는 서랍장, 꽃병, 책 몇 권이 놓여 있을 뿐이다.

"거기 뭐가 있니, 외제니?"

"아니요."

"뭐가 보이는 게냐?"

"아니, 아무것도 아니에요."

정신을 차린 외제니가 미소를 지으며 할머니의 손을 쓰다듬는다.

"그냥 피곤해서 그런 거예요."

그렇다고, 뭔가 보인다고, 아니 그보다는 누군가가 보인다고 말할 생각은 없다. 정말 오랜만에 봤다고, 그래서 다가오는 것을 느꼈음에도 정작 그 모습을 보고 놀랄 수밖에 없었다고 대답하진 않을 것이다. 외제니는 열두 살 때부터 그분을 보았다. 그녀의 생일을 이 주 앞두고 그분이 돌아가셨을 때였다. 온 가족이 살롱에 모여 있을 때, 처음 외제니 앞에 모습을 드러냈다. 외제니는 다른 식구들에게도 그 모습이 보인다고 확신하며 흥분한 목소리로 외쳤다. "저기, 할아버지예요, 할아버지가 안락의자에 앉아 계세요, 보세요!" 식구들이 부정할수록 외제니는 더욱 고집스럽게 말했다. "할아버지가 저기 계시잖아요, 맹세해요!" 결국 외제니는 아버지에게 지독히 호되고 매몰차게 꾸지람을 들었고, 그날 이후 할아버지의 존재에 대해 입 밖에 내지 않았다. 다른 존재들에 대해서도 마찬가지였다. 할아버지가 보이기 시작한 후로 어떤 존재들이 외제니 앞에 나타나기 시작했던 것이다. 할아버지를 보았다는 사실이 외제니 내면의 무언가—외제니가 느끼기에는 가슴뼈께에 있는 모종의 통로 같은 것—를 해제해 그때껏 꽉 막혀 있던 게 순식간에 확 뚫린 것만 같았다. 외제니 앞에 하나둘 나타나는 이들은 낯선 존재들이었다. 나이도 성별도 다양한 완벽한 타인들. 그들은 단번에 모습을 드러내지 않았다. 그들이 다가올 때는 느낌이 서서히 전해졌다. 처음에는 피로감에 짓눌리면서 팔다리가 무거워졌고, 에너지를 순식간에 다른 무언가에 강탈당하기라도 한 양 일종의 반수면상태에 몽롱하게 빠져들었다. 그러다 그들의 모습이 보였다. 그들은 살롱에 서 있거나, 침대 위에 앉아 있거나, 식탁 옆에서 식구들이 식사하는 모습을 지켜보았다. 훨씬 어릴 적에는 이 환시가 너무나 무서워 침묵 속에 고통스럽게 틀어박혔다. 할 수만 있었다면, 아버지의 품안으로 뛰어들어 옷에 얼굴을 묻고 그 혹은 그녀가 사라지기만 기다렸을 것이다. 몹시 혼란스러웠지만, 외제니는 그것이 환각이 아님을 확신했다. 그들이 나타날 때의 감각은 의심의 여지가 없었다. 분명 죽은 사람들이었고, 바야흐로 그녀를 찾아온 것이었다.

어느 날, 할아버지가 나타나 외제니에게 말했다. 엄밀히 말하면 할아버지의 목소리는 머릿속에서 들렸다. 그 존재들은 늘 무표정이고 말을 하지 않았으니까. 할아버지는 외제니에게 두려워하지 말라고, 저들은 해치지 않을 거라고, 오히려 죽은 자들보다 산 자들을 더 경계해야 한다고 했다. 또 그녀에게 타고난 재능이 있다고, 저들, 그러니까 죽은 자들이 그녀를 찾아오는 데에는 다 이유가 있다고도 말했다. 외제니가 열다섯 살때 일이었다. 하지만 처음 느낀 공포는 도무지 그녀를 떠나지 않았다. 결국 할아버지가 찾아오는 건 받아들였지만 할아버지가 아닌 다른 이들이 나타나면 외제니는 제발 떠나달라 애원했고, 그러면 그들은 이내 사라졌다. 외제니는 자신이 원해서 그들을 보는 것이 아니었다. 자신이 원해서 그 '재능'을 가진 것도 아니었다. 그것은 그녀에게 재능이라기보다 정신장애에 가까운 것이었다. 외제니는 스스로를 다독이며 되뇌었다. 이 모든 건 지나갈 거라고, 아버지 집을 떠나는 날이 되면 모조리 사라지고 더이상 아무도 자신을 괴롭히지 않을 거라고, 그러니까 그때까지 침묵을 지키고 조용히 지내면 된다고, 할머니 앞에서도 말을 아껴야 한다고. 처음 할아버지를 보았을 때처럼 비슷한 얘기를 한번 더 꺼냈다가는 즉시 살페트리에르 정신병원으로 끌려갈 게 분명했다.

다음날 오후, 눈이 내리면서 도시가 잠잠해진다. 아이 몇몇이 눈 덮인 길에 나와 벤치와 가로등 사이에서 즉흥적으로 눈싸움을 벌인다. 눈부실 만큼 창백한 빛이 파리를 내리비춘다.

테오필이 아파트 건물의 정문으로 빠져나와 도롯가에 대기하고 있는 사륜마차로 향한다. 붉은 곱슬머리가 실크해트 아래로 비죽 나와 있다. 그는 턱까지 목깃을 세우고 서둘러 가죽장갑을 낀 뒤 마차 문을 연다. 그러곤 한 손을 내밀어 외제니가 올라탈 수 있게 거든다. 외제니는 나팔처럼 벌어진 소매에 후드가 달린 기다란 검정 외투 차림이다. 틀어올린 머리에는 거위 깃털 한 쌍이 꽂혀 있다. 지금 파리에서 한창 유행하는, 꽃장식이 달린 작고 뾰족한 모자는 외제니의 취향에 맞지 않는다. 테오필이 마부에게 다가가서 말한다.

"말제르브대로 9번지로 가줘. 그리고 부탁해, 루이, 혹시 아버지가 물으시면, 나 혼자 갔던 거야."

마부가 입을 잠그는 시늉을 해 보인다. 테오필도 마차에 올라 누이 옆에 앉는다.

"아직도 짜증났어, 오빠?"

"너 진짜 성가셔, 외제니."

아버지가 안 계실 때면 늘 그렇듯 평소보다 한결 평온하게 점심식사를 마친 직후였다. 테오필은 여느 때처럼 방에서 이십 분간 낮잠을 즐긴 뒤 외출 준비를 시작했다. 그가 거울을 보며 막 실크해트를 썼을 때, 누군가 문을 두드렸다. 네 번의 노크. 외제니였다.

"들어와."

외제니가 문을 열고 들어왔다. 외출복 차림에 머리도 매만진 모습이었다.

"또 카페에 가려고? 아빠가 싫어하실 텐데."

"아니, 오빠랑 토론하러 살롱에 갈 건데."

"절대 안 돼."

"왜 안 돼?"

"넌 초대도 안 받았잖아."

"오빠가 초대해주면 되겠네."

"거기엔 죄다 남자들뿐이라고."

"저런, 유감이네."

"거봐, 가기 싫지?"

"어떤 곳인지 보고 싶어, 딱 한 번만."

"그냥 살롱에 모여 커피랑 위스키나 마시고, 궐련도 피우고,

철학을 논하는 척 떠드는 거야."

"그렇게 따분한 곳이면 오빠는 왜 가는데?"

"좋은 질문이네. 일단은 사회적 관행이라고 해두지."

"나도 갈래."

"아빠가 아시면 불호령 떨어질 텐데, 그걸 자초할 이유가 없
잖아."

"주베르가의 리제트*랑 놀아나기 전에도 그런 생각 좀 해보
지 그랬어."

테오필은 돌처럼 굳은 채 누이를 빤히 쳐다보았다. 외제니
는 그를 향해 씩 웃어 보였다.

"현관에서 기다릴게."

눈구덩이들을 피해 힘겹게 나아가는 마차 안에서 테오필은
심란해 보인다.

"엄마한테 안 들키고 나온 거 확실해?"

"엄마는 나 쳐다도 안 봐."

"왜 그렇게 꼬였어? 집안사람 모두가 너한테 악의를 품은
건 아니야."

"오빠 빼고."

"정답. 난 아빠를 도와 네 미래의 남편감을 찾을 거야. 그러

---

* 주베르가는 당시 파리에서 가장 유명한 유곽이 있었던 길이고, 리제트는 매춘
부들이 흔히 사용하던 가명이다.

면 너도 가고 싶은 살롱을 얼마든지 다닐 수 있고, 날 더이상 귀찮게 하지 않겠지."

외제니가 오빠를 보며 빙긋 미소 짓는다. 빈정거림은 남매가 유일하게 공유하는 특징이다. 두 사람 사이에 남다른 애정이 있는 건 아니지만 그렇다고 서로에 대한 반감도 없다. 남매라기보다는 한 지붕 아래 사는 편한 지인 같은 느낌이다. 사실 외제니로서는 오빠를 질투할 이유가 수두룩하다. 집안에서 오빠는 다들 애지중지하는 장남이자 열심히 공부하라고 격려받는 미래의 공증인이고 그녀는 그저 누군가의 신붓감일 뿐이니 말이다. 하지만 외제니는 결국 오빠도 그녀 못지않게 자신의 상황을 감내하고 있다는 걸 알게 되었다. 테오필 역시 아버지가 지운 의무를 마땅히 져야 했고, 가족들의 기대에 부응해야 했으며, 자신의 개인적인 열망은 비밀에 부쳐야 했다. 하고 싶은 대로 할 수만 있다면, 테오필은 진즉 가방을 꾸려 여기저기, 되도록 멀리 여행을 떠났을 것이다. 외제니도 테오필도 자신의 자리를 스스로 선택하지 않았다는 것, 아마 그것이 이 남매를 연결해주는 또다른 요소일 것이다. 하지만 그럼에도 여전히 그들은 차이를 보인다. 테오필은 자신의 상황에 순응하는 반면, 그의 누이 외제니는 이를 거부한다.

부르주아의 살롱은 그들의 살롱과 유사하다. 천장에는 으리으리한 크리스털 샹들리에가 매달려 있다. 한 하인이 은쟁반을 들고 내빈들 사이를 돌아다니며 위스키를 권하고, 다른 하인은 세라믹 찻잔에 커피를 따라준다.

벽난롯가에 서거나 고풍스러운 소파에 앉은 청년들이 시가나 궐련을 피우며 낮은 소리로 이야기를 나눈다. 보수적이고 순응적인, 파리의 새 엘리트들. 이들의 얼굴에는 좋은 집안 자제로서의 자부심이 역력하고, 나른한 몸짓에서 노동이라곤 해본 적 없는 자들의 특권이 드러난다. 그들에게 가치란 오직 벽을 장식하는 그림과 그들이 수고로움 없이 누리는 사회적 지위에 한해서 의미를 지니는 단어일 뿐이다.

한 남자가 조롱 섞인 미소를 띠고 테오필에게 다가온다. 외제니는 한 걸음 물러서서 사교계 모임을 전체적으로 둘러보고 있다.

"클레리, 오늘 이렇게 아리따운 숙녀분이랑 동행할 줄은 몰랐네."

테오필의 얼굴이 붉은 곱슬머리 아래서 달아오른다.

"포숑, 이쪽은 내 동생이야. 외제니."

"동생이라고? 둘이 하나도 안 닮았는걸. 만나서 반가워요, 외제니."

포숑이 다가와 외제니의 장갑 낀 손을 잡는다. 그의 진득한 눈길이 외제니에게 약간의 혐오감을 불러일으킨다. 포숑이 테오필을 돌아본다.

"너희 아버지한테 우리 할머니 유산 얘기 들었지?"

"응, 들었어."

"아빠는 지금 몹시 언짢으셔. 그동안 입만 열면 방데 성 이야기뿐이셨으니 그럴 만도 하지. 그래도 집안사람들 중에 나만큼 화가 나는 사람이 있으려고? 그 노인네가 나한테는 한푼도 안 남겼다니까. 하나뿐인 손자인데! 들어가자. 외제니, 뭐 마실래요?"

"전 커피요. 설탕 빼고."

"그나저나 머리에 꽂은 그 앙증맞은 거위 깃털들, 진짜 재미있네요. 덕분에 오늘 우리 살롱에 웃음이 넘치겠어요."

"남자들이 웃을 줄도 알아요?"

"당돌하기까지 하시네! 놀랍군."

이 삭막한 곳에서 시간은 지독히 느리게 흘러간다. 삼삼오오 모여서 나누는 대화 소리들이 뒤섞여 낮고 단조롭게 울리고, 간간이 여기저기서 잔이 부딪치는 소리가 들려온다. 담배 연기가 부드럽고 투명한 장막을 이루며 머리 위로 부유한다. 알코올이 들어가자 남자들의 무기력한 몸뚱이들이 더욱 흐느적거린다. 외제니는 폭신한 벨벳 의자에 앉아서 손으로 입을 가리고 연신 하품을 한다. 오빠의 말은 틀리지 않았다. 과연 사회적 관행이 아니라면 살롱을 드나드는 이유를 설명하지 못할 것이다. 토론은 그저 상투적인 잡담, 소위 교양인들이 했던 말을 그대로 외워서 상황에 맞게 늘어놓는 일에 지나지 않는다. 주된 화젯거리는 단연 식민지 개척, 그레비 대통령*, 쥘 페리의 교육개혁** 같은 정치에 관련한 것이고, 문학과 연극에 대해서도 조금씩 입에 올리긴 하지만 깊이가 없다. 사실 이 두 분야는 그들에게 지적 성숙보다 기분전환을 위한 것에 더 가깝다. 외제니는 사람들의 말을 한 귀로 흘린다. 편협한 생각들로 꽉 막힌 이 세계를 흔들고 싶다는 생각은 들지 않는다. 간혹 대화 중간에 끼어들어 상대의 의견을 조목조목 반박하고 몇몇 발언의 모순점을 짚어내고 싶은 욕구가 일기는 하나, 그들이 보일 반응이 눈앞에 벌써 선하다. 그들은 외제니의 얼굴을 뚫어져라 바라보고, 외제니의 말을 비웃고 무시하고, 그녀의 말에 손사랫짓하며 그들이 그녀의 자리라고 생각하는 곳으로 그녀를 몰아내버릴 것이다. 자부심 넘치는 이들은 반박당하는 것을 싫어하며, 특히나 상대가 여자라면 더욱 견디지 못

---

* 쥘 그레비(Jules Grévy, 1807~1891). 프랑스 제3공화국 대통령.
** 쥘 페리(Jules Ferry, 1832~1893). 프랑스 제3공화국 총리·교육부 장관. 1882년 무상교육, 의무교육, 비종교화 등 공교육의 원칙을 제시했다.

한다. 이런 부류의 남자들은 오직 환심을 사고 싶은 여자들에게만 존중을 보인다. 자신들의 남성성에 흠집 낼 수 있는 여자들은 조롱거리로 만들거나 아예 제거해버리기도 한다. 외제니는 삼십 년 전 신문 사회면에 실렸다는 어느 사건을 떠올린다. 에르네스틴이라는 여자가 요리사인 사촌에게 요리 수업을 받았다. 언젠가 아내 역할에서 해방되어 자신도 식당의 화구 앞에서 일하는 것이 그녀의 간절한 소망이었다. 그러자 남편은 자신의 권위가 위협받는다 여겨 그녀를 살페트리에르병원에 감금시켰다. 세기 초부터 그와 비슷한 수많은 이야기들이 파리의 카페나 신문의 사회면 기사를 통해 사람들 입에 오르내렸다. 바람을 피운 남편에게 거세게 화를 냈다는 이유로 행인들 앞에서 음부를 노출한 부랑자와 같은 취급을 받으며 수용된 여자. 스무 살 어린 남자와 팔짱을 끼고 거리를 활보했다가 방탕하다는 낙인이 찍혀 감금된 사십대 여자, 남편이 죽은 뒤로 너무 우울해한다고 시어머니의 손에 이끌려 수용된 어린 과부. 살페트리에르병원은 공공질서를 해치는 여자들의 하치장이자 사회의 기대에 부합하지 않는 성향을 가진 여자들의 수용소요, 자기 의견을 피력하는 것이 죄가 되는 여자들의 감옥이었다. 이십 년 전 샤르코가 병원에 부임한 이후로 달라졌다고, 이제는 진짜 히스테리 환자들만 수용된다고들 하지만, 정말 그럴까? 이십 년, 아버지들과 남편들이 지배하는 이 사회에 완전히 뿌리내린 사고방식이 달라지기에는 턱없이 짧은 시간이다. 어떤 여자도 자신들의 말과 개성과 열망 때문에 13구에 위치한 이 무시무시한 담장 안으로 끌려오는 일이 없으리라 감히 장담하지 못한다. 그래서 그들은 신중을 기한다. 외제니 역시 늘 당당하게 행동하더라도 절대 선을 넘어선 안 된다는 것을 알고 있다. 영향력 있는 남자들이 가득한 살롱에서라면 더더욱 조심해야 한다.

"……하지만 그 사람은 이단이잖아. 그 사람 책들은 싹 불태워버려야 해!"

"그럴 만한 인물이나 돼?"

"그냥 일시적인 유행이지. 다들 금방 잊을걸? 게다가 요샌 그 사람 이름도 제대로 아는 사람이 없어."

"유령이 있다고 주장하는 사람 얘기야?"

"'혼령.'"

"정신 나간 작자지!"

"육신이 죽은 뒤에도 혼령은 남겨진다는 주장은 논리에 맞지 않아. 생물학 법칙을 전부 다 부정하는 거라고!"

"생물학 법칙은 차치하고라도, 진짜 혼령이 존재한다면 왜 더 자주 나타나지 않는 거지?"

"확인해보자! 내가 이 방에 있는 혼령한테 말해보지. 만일 이 방에 있으면 책을 한 권 떨어뜨리거나 그림 액자를 움직여보라고."

"메르시에, 정신 나간 소리 그만둬. 그런 터무니없는 농담은 사양하겠어."

외제니는 안락의자에서 자세를 고쳐 앉아 목을 길게 빼고서, 살롱에 도착한 이래 처음으로 남자들이 하는 이야기를 귀담아듣고 있다.

"그냥 터무니없기만 한 게 아니라 위험하기까지 하다고. 혹시 『혼령의 책』* 읽어봤어?"

"그런 허무맹랑한 이야기에 낭비할 시간이 어딨어?"

"비판을 잘하려면 우선 알고 봐야지. 내가 그 책을 읽어봤는데, 몇몇 이야기는 내 깊은 내면의 기독교 신앙을 흔들어놓더라니까."

"죽은 자들이랑 소통한다고 우기는 자의 헛소리가 뭐라고?"

"그자는 천국도 지옥도 존재하지 않는다고 감히 단언하더군. 또 임신중절을 별것 아닌 일로 치부하는데, 태아에게는 영혼이 없어서라나!"

"신성모독이야!"

---

* 심령학의 창시자 알랑 카르데크(Allan Kardec, 1804~1869)의 대표 저서로, 세간에 큰 논란을 불러일으켰다.

"그딴 생각을 하는 놈한테는 교수형이 상책이지!"

"지금 말씀하시는 그 사람 이름이 뭐라고요?"

외제니가 자리에서 일어나자 하인이 다가와 그녀의 손에 들린 빈 잔을 가져간다. 남자들이 고개를 돌리고 외제니를 뚫어져라 바라본다. 지금껏 아무 말 없이 가만히 앉아만 있던 여자가 마침내 입을 열자 놀란 눈치다. 테오필은 불안해서 온몸이 뻣뻣해진다. 누이는 그야말로 예측불허에, 입을 한번 열었다 하면 조용히 넘어간 적이 없었기 때문이다.

한 손에 시가를 들고 소파 뒤에 서 있던 포숑이 샐쭉 웃는다.

"거위 깃털 숙녀께서 드디어 입을 여셨네. 그게 왜 알고 싶어요? 설마 혼령과 대화하는 심령술사라도 되시나?"

"그 사람 이름이 뭐냐고요."

"알랑 카르데크. 왜요? 그자에 대해 알고 싶어요?"

"모두가 그 사람 얘기를 하면서 핏대를 세우잖아요. 이렇게 논쟁을 불러일으킬 정도면, 그 사람 주장에 어느 정도 일리가 있다는 얘기 아닌가요?"

"아니면 완전히 틀렸거나."

"그건 내가 판단할게요."

테오필이 사람들 틈을 비집고 외제니에게 다가온다. 그리고 누이의 팔을 붙잡고 속삭인다.

"이 자리에서 십자가에 못박히고 싶은 게 아니라면, 그만 가는 게 좋겠어."

권위적이라기보다 근심이 서린 눈빛이다. 외제니는 못마땅한 기색으로 자신을 머리끝에서 발끝까지 훑어보는 남자들의 따가운 시선을 느낀다. 그녀는 오빠에게 고개를 끄덕여 보인 뒤 모두에게 인사하고 살롱을 떠난다. 무거운 침묵 속에 발길을 돌리는 게 이틀 사이 벌써 두번째다.

3
루이즈

1885년 2월 22일

"눈 정말 예쁘다. 정원에 나가고 싶어."

루이즈가 침울한 표정으로 유리창에 어깨를 바짝 기댄 채 편상화 신은 발로 타일 바닥을 문지른다. 소녀는 통통한 두 팔로 가슴 앞에 팔짱을 끼고서 입술을 비죽 내민다. 창 너머 정원에는 완벽히 평평한 눈밭이 펼쳐져 있다. 폭설이 내리는 동안에는 환자들의 외출이 금지된다. 환자복이 그리 두껍지 않은데다 환자들은 몸이 너무 약해 삽시간에 폐렴에 걸릴 수 있기 때문이다. 게다가 눈밭에서 노닐도록 풀어놓으면 다들 지나치게 흥분할 우려가 있다. 그러니 땅이 눈으로 하얗게 덮일 때마다 환자들은 공동 병실 안에 꼼짝없이 갇힐 수밖에 없다. 이들은 맥없이 병실을 서성거리며 말벗을 찾아 이야기를 늘어놓거나, 열의 없이 카드놀이를 하거나, 창유리에 비친 자신의 반영을 응시하거나, 서로 머리를 땋아주며 지독히 권태로운 일상을 흘려보낸다. 잠에서 깨어나는 순간부터 앞으로 꼬박 하루를 보내야 한다는 생각에 정신과 육체는 벌써 녹초가 된다. 시계가 없는 공간에서는 하루하루가 정체되고 끝나지 않을 것처럼 느껴진다. 의사와의 면담을 기다리는 이 사면의 벽안에서 시간은 근본적인 적이다. 억눌린 생각을 깨우고 기억을 되살려 불안을 유발하고 회환에 잠기게 만드는 적. 끝이 언제일지 아무도 모르는 이 시간이 고통스러운 불행보다 더 무시무시하다.

"그만 찡얼거리고 이리 와서 같이 앉아, 루이즈."

테레즈는 자신의 침대에 앉아 뜨개질해 숄을 만들고 있다. 다른 환자들이 호기심어린 눈으로 지켜보는 가운데, 살집 있고 주름이 자글자글한 그녀는 살짝 뒤틀린 두 손을 쉴새없이 놀리며 편물을 뜬다. 테레즈가 편물을 완성하면 환자들은 그것이 오랜 관심과 애정의 유일한 징표인 양 기뻐하며 자랑스럽게 걸치곤 한다.

루이즈가 어깨를 으쓱여 보인다.

"난 그냥 창가에 있을래."

"보면 뭐해, 속만 쓰리지."

"아니, 오히려 정원을 독차지한 기분인데?"

병실 문가에 남자의 실루엣이 나타난다. 젊은 인턴은 우뚝 멈춰 서서 공동 병실을 훑어보다 마침내 루이즈를 발견한다. 소녀 역시 그와 눈이 마주친다. 루이즈는 팔짱을 풀고 자세를 고치며 번지는 미소를 억누른다. 그는 소녀에게 고갯짓을 하고는 사라진다. 루이즈는 주위를 살피다가 테레즈의 못마땅한 시선을 마주하자 이내 고개를 돌리고 공동 병실을 빠져나간다.

빈 병실의 문이 열린다. 덧창은 닫혀 있다. 루이즈가 안으로 들어서서 조심스레 문을 닫는다. 병실 안의 어스름한 미광 속에서 젊은 남자가 서서 소녀를 기다리고 있다.

"쥘……"

소녀가 남자의 품에 안기자 그가 두 팔로 끌어안는다. 루이즈는 관자놀이에서 심장박동을 느낀다. 젊은 청년이 루이즈의 머리카락과 목덜미를 쓸어내리자 온몸에 자릿한 전율이 흐른다.

"그동안 어디 있었어? 기다렸단 말이야."

"일이 많았어. 오늘도 오래는 못 있어. 강의 때문에 곧 가봐야 해."

"너무해."

"루이즈, 조금만 참아. 곧 함께하게 될 거야."

인턴이 소녀의 얼굴을 두 손으로 감싼다. 그리고 엄지손가락으로 볼을 어루만진다.

"키스하게 해줘, 루이즈."

"안 돼, 쥘……"

"키스하고 싶어. 너와 한 키스를 온종일 음미하며 보낼 거야."

대답할 겨를도 없이, 그가 고개를 숙여 소녀에게 부드럽게 키스한다. 루이즈가 주저하는 것을 느끼면서도 그는 멈추지 않는다. 밀어붙이면 으레 한발 물러나기 마련이니까. 그의 콧수염이 소녀의 도톰한 입술에 부드럽게 스친다. 입술을 훔친 것으로도 모자라, 그는 손으로 루이즈의 가슴을 움켜쥔다. 루이즈가 다급하게 그를 밀치고 뒤로 물러선다. 팔다리가 바들바들 떨린다. 다리에 힘이 풀린 소녀는 간신히 두 걸음 내디뎌 침대 끝에 걸터앉는다. 쥘이 덤덤하게 다가와서 루이즈 앞에 무릎을 꿇고 앉는다.

"그렇게 과민하게 받아들이지 마, 자기야. 내가 얼마나 사랑하는지 알면서."

루이즈는 그의 말소리가 더는 들리지 않는다. 시선은 얼어붙어 있다. 지금 그녀가 느끼는 것은 고모부의 손길이다.

모든 것은 벨빌가에 화재가 발생하면서 시작되었다. 루이즈가 막 열네 살이 되었을 때였다. 평소처럼 부모님과 함께 관리인실에서 자고 있는데 건물 1층에서 불이 났다. 그들은 화재의 열기에 잠에서 깨어났다. 루이즈는 비몽사몽간에, 창문으로 빠져나가도록 자신을 들어올리는 아버지의 손길을 느꼈다. 인도에 나와 있던 이웃들이 그녀를 받았다. 머리가 어질어질했고 숨이 잘 쉬어지지 않았다. 루이즈는 결국 정신을 잃었고, 의식을 되찾았을 땐 고모 집이었다. 고모가 말했다. "이제 우리를 네 부모로 생각하렴." 소녀는 울지 않았다. 죽음은 한시적인 것이라고 믿었다. 부모님은 곧 회복할 테고, 머지않아 자신을 데리러 올 거라고. 그러니 슬퍼할 이유가 없었다. 그저 기다리면 되었으니까.

그날부터 루이즈는 뷔트쇼몽공원 뒤편에 있는 복층 아파트에서 고모 부부와 살았다. 비극이 발생하고 얼마 지나지 않아 루이즈의 가슴과 엉덩이가 점차 투실해지기 시작했다. 한 달이 채 안 되어 소녀의 모습은 온데간데없어지고, 갖고 있던 단벌 원피스도 더이상 맞지 않았다. 고모가 아쉬운 대로 자기 옷 중 한 벌을 잘라 새로 만들어주어야 했다. "이건 여름에 입고, 겨울에 입을 건 그때 가서 생각하자." 고모는 세탁부였고 고모부는 막일꾼이었다. 고모부는 루이즈에게 말 한 마디 걸지 않았지만 그녀는 자기 몸이 성숙해진 후로 그가 음침한 눈으로 자신을 주시한다는 사실을 알아챘다. 고모부의 눈빛에서 막연하고 알 수 없는 감정이 느껴졌다. 그녀의 이해 범위를 넘어서는, 아직 너무나 어른의 것으로 느껴지는 감정이었다. 그녀는 원하지 않는 이 부적절한 관심이 소름 끼치게 거북했다. 자신의 굴곡진 몸매가 불편하기만 했다. 더는 자신의 몸을 스스로 통제하지 못할뿐더러, 집에서나 거리에서 자신을 향한 시선도 통제하지 못했다. 고모부는 루이즈에게 아무 말도 하지 않았고 루이즈를 건드리지도 않았다. 하지만 순전히 여성의 본능으로 그녀는 그의 행동이 두려운 듯 밤마다 잠을 설치고 몸을 뒤척였다. 그렇게 매트리스에 누워, 고미다락으로 이르는 나무 계단의 미세한 삐걱거림에도 잠에서 깨어나는 일이 잦아졌다.

　여름이 되었다. 루이즈는 동네의 또래들과 어울려 다녔다. 날마다 이 작은 무리는 벨빌의 비탈길을 달려 내려가고, 식료품점에서 몰래 사탕을 한 움큼 집어 주머니에 욱여넣고, 비둘기와 쥐를 향해 돌멩이를 던지고, 지형이 가파른 공원의 나무 그늘 아래서 오후를 보내며 매일 최선을 다해 시간을 허비했다. 뜨거운 햇볕이 내리쬐는 8월의 어느 날, 포석이 녹아내릴 듯한 더위에 친구들은 호수에서 더위를 식히기로 했다. 다른 사람들도 모두 같은 생각이어서, 녹음 짙은 공원은 그늘과

선선함을 찾아온 동네 사람들로 북적였다. 루이즈와 친구들은 호숫가의 후미진 구석에 옷을 벗어두고 속옷 바람으로 물속에 뛰어들었다. 물놀이는 신났다. 더위도, 여름의 무료함도, 청소년기의 불안도 싹 가셨다.

그들은 늦은 오후까지 호수에 머물렀다. 제방에 올라왔을 때, 나무 뒤에 숨은 고모부가 보였다. 언제부터 거기서 지켜보았던 걸까? 고모부는 억세고 끈적거리는 손으로 루이즈의 팔을 붙잡더니, 부끄러운 줄도 모른다며 모욕적인 말을 내뱉고 그녀를 우악스레 흔들었다. 친구들이 겁먹은 눈으로 지켜보는 가운데 루이즈는 고모부의 손에 붙들려 집까지 끌려갔다. 루이즈의 원피스 단추는 몇 개만 간신히 채워진 상태였고, 물기가 마르지 않은 검은 머리카락이 얇디얇아 안이 비치는 원피스 속옷 가슴께로 늘어졌다. 집안에 들어서자 고모부는 부부가 사용하는 침대로 루이즈를 밀쳤다.

"이런 꼴로 보란듯이 나다니다니. 가만두나 봐라. 아주 혼쭐을 내주마."

침대에 쓰러진 루이즈의 눈에 가죽벨트를 푸는 고모부의 모습이 비쳤다. 루이즈는 고모부가 자신을 때리려나보다고, 아프기야 하겠지만 상처는 금방 없어질 거라고 생각했다. 그러나 그는 벨트를 바닥에 내동댕이쳤고, 루이즈는 비명을 질렀다.

"안 돼요! 고모부, 안 돼요!"

루이즈는 몸을 일으키려 했지만 고모부가 뺨을 후려치는 바람에 도로 침대 위로 쓰러졌다. 그는 루이즈가 버둥거리지 못하도록 자기 몸으로 내리누른 채 원피스 자락을 뜯고 허벅지를 강제로 벌린 뒤 자신의 바지 단추를 끌렀다.

그가 그녀의 몸속으로 파고들자 루이즈가 다시 비명을 내질렀고, 그때 고모가 들어와 현장을 목격했다. 루이즈는 고모에게 손을 뻗으며 외쳤다.

"고모! 도와줘요, 고모!"

고모부는 곧장 몸을 뺐고, 고모가 그에게 와락 달려들었다.

"쓰레기! 짐승 같은 새끼! 당장 꺼져, 오늘밤엔 꼴도 보기 싫으니까!"

남자는 서둘러 바지를 추켜 입고 셔츠를 대충 걸친 뒤 꽁무니를 뺐다. 루이즈는 그저 구출되었다는 안도감에 침대 시트와 자신의 음부가 시뻘건 피로 얼룩져 있는 것을 발견하지 못했다. 고모가 그녀에게 달려들어 냅다 따귀를 갈겼다.

"되바라진 계집애! 그렇게 꼬리를 쳐대더니, 결국 이 사달이 났구나! 이건 어쩔 거야, 너 때문에 내 침대 시트까지 더러워졌잖아. 당장 옷 입고 시트 빨아놔!"

루이즈는 믿기지 않는다는 듯 고모를 바라보다가, 고모가 재차 뺨을 갈긴 다음에야 주섬주섬 옷을 입고 시키는 대로 했다.

고모부는 이튿날 집으로 돌아왔고, 그 일은 이미 까맣게 잊힌 양 아무렇지도 않게 일상이 이어졌다. 그러나 루이즈는 하루종일 통제되지 않는 경련에 시달리며 고미다락 바닥에 늘어져 있었다. 고모가 설거지나 집안 청소를 시킬 때마다, 소녀는 구부정한 몸을 억지로 일으켜 계단을 내려갔다. 아래층에 내려가면 곧바로 구토를 했다. 고모는 길길이 날뛰며 더욱 사납게 고함을 내질렀고, 루이즈는 정신을 잃었다. 그렇게 나흘인가 닷새가 흘렀다. 어느 저녁, 좁은 건물을 뒤흔드는 비명소리를 견디다 못한 아래층 이웃이 찾아와 현관문을 두들겼다. 고모는 노기 띤 얼굴로 문을 열었고, 그때 이웃이 바닥에 엎어져 있는 루이즈를 발견했다. 얼굴은 토사물투성이에, 고개가 젖혀지고 온몸이 활처럼 휘어진 채 극심한 경련으로 몸부림치고 있었다. 이웃 남자는 루이즈를 일으켜 자기 아내와 함께 소녀를 살페트리에르병원으로 데려갔다. 루이즈는 그날 이후로 병원을 벗어나지 못했다. 삼 년 전 일이었다.

훗날 루이즈는 어쩌다 가끔 그 일을 언급할 때면 이렇게 요약했다. "고모한테 질책받는 게 고모부한테 강제로 당하는 것보다 훨씬 더 큰 상처였어요."

루이즈는 정신병동에서 가장 반복적이면서 가장 심각한 발작을 일으키는 환자였다. 그녀의 증상은 샤르코가 공개 강연에서 파리의 대중에 소개한 환자 오귀스틴의 증상과 똑같았다. 루이즈는 거의 매주, 경련과 근육 구축拘縮을 일으키며 온몸을 비틀고 활처럼 휘어대다가 끝내 까무러쳤다. 평소에는 침대에 앉아 황홀감에 젖은 얼굴로 두 손을 치켜든 채 신이나 상상의 애인에게 말을 걸었다. 샤르코가 관심을 보이고 자신이 주인공이 된 강연이 매주 성황리에 열리자 루이즈는 자신이 새로운 오귀스틴이라 생각하게 되었다. 그런 생각이 루이즈의 마음을 달래주었고, 병원에서의 감금 생활과 지난 기억의 괴로움도 덜어주었다. 그뿐 아니라 석 달 전부터 그녀에겐 쥘이 있었다. 이 젊은 인턴은 루이즈를 사랑했고, 루이즈도 그를 사랑했다. 그는 루이즈와 결혼해서 곧 그녀를 병원 밖으로 데리고 나가줄 것이다. 앞으로 루이즈는 더이상 두려울 게 없을 것이다. 병은 치료될 것이고 결국 소녀는 행복해질 것이다.

준비에브는 공동 병실에 나란히 늘어선 침대를 따라 걸으며 모두 질서 있고 평온한 상태인지 살핀다. 루이즈가 병실로 돌아온다. 만약 준비에브가 조금이나마 공감력을 발휘했더라면 소녀가 불안한 눈빛을 하고서 힘겨운 듯 주먹을 쥐고 허리를 짚고 있다는 걸 알아차렸으리라.

"루이즈? 어디 갔었지?"

"식당에 브로치를 두고 와서, 그걸 찾아오는 길이에요."

"누구 허락을 받고 혼자 다녀온 거야?"

"내가 그러라고 했어요, 준비에브, 너무 나무라지 마요."

준비에브가 고개를 돌려 테레즈를 바라본다. 테레즈가 뜨개질을 멈추고 태연하게 준비에브를 바라본다. 준비에브는 못마땅한 표정을 지어 보인다.

"다시 한번 말하지만, 테레즈, 당신은 이 병원의 환자지 인턴이 아니에요."

"병원 규율은 당신네 어린 신입들보다 내가 더 잘 알아요. 루이즈는 자리를 비운 지 삼 분도 안 됐어요. 그렇지, 루이즈?"

"맞아요."

테레즈는 '고참'이 반박할 수 없는 유일한 사람이다. 그들은 스무 해 전부터 살페트리에르병원의 담장 안에서 함께 지냈다. 그 오랜 시간이 흘렀는데도 두 사람은 친해지지 못했다. 그것은 준비에브에게 상상도 할 수 없는 일이었다. 하지만 공간의 특성상 필연적인 물리적 친밀함, 그리고 그들이 함께 경험해온 정신적 시련이 간호사와 전직 매춘부 사이에 상호 존중과 이해를 키워주었다. 두 사람은 입 밖에 내지 않았지만 그 사실을 모르지 않았다. 테레즈는 환자들을 마음으로 보듬어주는 어머니로, 준비에브는 간호사들을 가르치는 어머니로 병원에서 각자의 자리를 찾았고, 꿋꿋하게 자신의 역할에 임했다.

그들 사이에는 때때로 상호 공조가 이루어지기도 했다. 예를 들어 '뜨개질하는 여자'는 특정 환자에 대해 준비에브에게 알려 안심시키거나 주의시키고, '고참'은 테레즈에게 샤르코의 연구 진척 사항과 파리의 사건 사고들을 알려주는 식이었다. 또한 테레즈는 준비에브가 살페트리에르병원이 아닌 다른 주제로 함께 이야기를 나누는 유일한 환자이기도 하다. 어느 여름날 나무 그늘 아래서, 폭우가 쏟아지던 어느 오후 공동 병실 한구석에서 환자와 수간호사는 그들과 관계없는 남자들, 그들에게 없는 아이들, 그들이 믿지 않는 신, 그리고 그들이 두려워하지 않는 죽음에 대해 조심스럽게 이야기를 나누곤 했다.

　루이즈가 테레즈 옆에 와서 앉는다. 소녀는 자신의 편상화에 시선을 고정한 채 말한다.

"고마워, 테레즈."

"네가 그 인턴하고 꿍꿍이수작하고 돌아다니는 게 마뜩잖아. 그 사람 눈이 영 맘에 안 든다고."

"나랑 결혼할 사람인걸."

"그가 청혼하데?"

"다음달 미카렘 무도회가 열리면 그때 할 거야."

"그거야 두고 봐야 아는 거고."

"여자들 앞에서, 손님들 전부 보는 앞에서 청혼받을 거야."

"그 남자 말을 믿어? 우리 순진한 루이즈…… 남자들은 원하는 걸 얻으려고 무슨 말이든 다 해."

"그 사람은 날 사랑해, 테레즈."

"정신 나간 여자를 사랑하는 사람은 아무도 없어, 루이즈."

"내가 의사 아내가 된다니까 질투하는구나!"

루이즈가 벌떡 일어난다. 소녀의 가슴이 두방망이질하고 볼이 상기된다.

"난 여기서 나갈 거야, 파리에서 살 거라고. 아이도 낳을 거야. 당신은 꿈도 못 꾸겠지만!"

"꿈은 위험한 거야, 루이즈. 특히 그 꿈이 다른 누군가의 손에 달려 있을 때는."

루이즈는 방금 들은 말을 떨쳐내려는 듯 고개를 세차게 가로젓고 휙 돌아선다. 그러고는 자기 침대에 누워 머리끝까지 이불을 뒤집어쓴다.

4
외제니

1885년 2월 25일

누군가 방문을 두드린다. 비단결 같은 머리칼을 한쪽 가슴 앞에 늘어뜨린 채 침대에 앉아 있던 외제니가 손에 든 책을 덮어 베개 밑에 감춘다.

"들어오세요."

하인이 문을 연다.

"커피 가져왔습니다, 외제니 아가씨."

"고마워요, 루이. 거기 두세요."

하인은 카펫 위를 사붓사붓 가로질러 작은 은쟁반을 머리맡 탁자 위 석유등 옆에 내려놓는다. 커피포트에서 김이 피어오르고 따뜻한 커피의 부드럽고 감미로운 향이 방안에 퍼진다.

"더 필요한 건 없으세요?"

"이제 가서 자요, 루이."

"아가씨도 눈 좀 붙이세요."

하인이 문밖으로 사라지며 살며시 방문을 닫는다. 집안은 고요하다. 외제니는 찻잔에 커피를 따르고 베개 밑에 숨겨두었던 책을 다시 꺼내든다. 나흘 전부터 그녀는 가족들과 도시 전체가 잠들기만 기다렸다가 책을 꺼내 읽는다. 그 책은 외제니를 완전히 뒤흔들어놓았다. 오후에 살롱이나 식당 같은 사람들이 다니는 곳에서 차분히 읽기란 거의 불가능하다. 표지만 봐도 어머니가 질겁하고, 익명의 사람들로부터 비난을 살 책이었다.

살롱에서 열린 시시한 토론 모임에 참석했던 일은 다행히도 아버지에게 들키지 않았다. 그 이튿날, 외제니는 포숑 씨네 아들에게 들은 후로 내내 머릿속에 맴돌던 그 작가의 책을 찾아나섰다. 동네의 여러 서점을 돌아다녔지만 매번 허탕을 치다가, 어느 서적상에게서 문제의 책은 파리에서 단 한 곳, 생자크가 42번지에 있는 레마리 서점에만 있다는 말을 전해들었다.

루이에게 마차로 데려다달라고 부탁할 수는 없어서, 외제니는 궂은 날씨에도 혼자 그곳에 가보기로 마음먹었다. 검은색 편상화를 신고 카펫처럼 인도를 뒤덮은 눈 위를 걸었다. 빠른 걸음과 추위 때문에 점차 양볼이 빨개지고 피부가 따끔거렸다. 골목 사이로 칼바람이 불어와 고개가 절로 숙여졌다. 외제니는 서적상이 알려준 대로 마들렌성당을 끼고 걷다가 콩코르드광장을 가로질러 소르본대학 방향으로 생제르맹대로를 거슬러올라갔다. 도시는 온통 하얬고 센강은 회색빛이었다. 눈덮인 길 위를 천천히 굴러가는 사륜마차 앞자리의 마부들이 외투깃에 얼굴을 반쯤 파묻고 있었고, 강둑을 따라 늘어선 고서적상들이 인도 반대편의 술집을 주기적으로 드나들며 추위와 맞서고 있었다. 외제니는 최대한 걸음을 재촉했다. 장갑 긴 손으로 두툼한 외투 자락을 잡고 허리춤에 바짝 여몄다. 코르셋이 끔찍이도 거추장스러웠다. 이렇게 먼길을 걸을 줄 알았다면 코르셋은 벗어 옷장 속에 넣어두고 왔을 것이다. 이 보조물의 목적이란 오직 여자들의 몸을 소위 말하는 이상적인 형태로 고정하는 것일 뿐, 결코 여자들이 자유롭게 움직일 수 있도록 보조하는 것이 아니었다! 지적인 구속만으로는 부족하다는 듯 여자들의 육체마저 옭아매려는 것이다. 여자들에게 강제한 이러한 장애물들로 미루어보건대, 아마도 남자들은 여자들을 업신여긴다기보다 오히려 두려워하는 것 같다.

외제니가 소박한 서점의 문을 열고 안으로 들어선다. 온기가 혹 끼치면서 얼어붙었던 팔다리가 풀리고 양볼이 화끈거렸다. 서점 안쪽에서 두 남자가 종이 뭉치 위로 고개를 숙이고 있었다. 한 사람은 사십대로 보였고 서적상 같았다. 다른 한 사람은 고상한 옷차림과 벗어진 이마, 허옇고 덥수룩한 수염을 보아하니 훨씬 연장자 같았다. 그들이 동시에 외제니에게 인사를 건넸다.

첫눈에 서점은 여느 서점과 다르지 않아 보였다. 책꽂이에는 희귀 고서적들이 최신 출판물들과 나란히 놓여 있었다. 시간이 흐르면서 누렇게 빛바랜 낡은 종이들과 세월에 거무스름해진 나무 선반이 어우러진 이 공간에는 외제니가 유독 좋아하는 향이 깊이 배어 있었다. 책들을 좀더 자세히 들여다보니 그제야 이 서점이 다른 서점들과는 다르다는 사실을 알 수 있었다. 보통의 소설이나 시집, 에세이집과는 거리가 먼, 심령술과 오컬트, 점성술과 비교祕敎, 신비주의와 영성에 관한 책들이 주를 이루었다. 다른 곳으로, 훨씬 멀리, 다른 사람들은 감히 위험을 무릅쓰고 가려 하지 않는 곳을 찾아나선 저자들의 책이었다. 마치 기존의 길을 벗어나 독특하고 풍요롭고 매력적인 세계, 감춰진 채 침묵에 잠겨 있지만 어딘가 분명 존재하는 세계로 들어서는 듯한 두려운 느낌이 들었다. 아닌 게 아니라, 이 서점에서는 사람들이 평소에 좀처럼 입에 올리지 않는, 현실의 금지되고 매혹적인 측면이 보였다.

"찾는 책이 있나요, 숙녀분?"

두 남자가 가게 안쪽에서 외제니를 주시하며 물었다.

"『혼령의 책』 있어요?"

"그 책은 여기 있습니다."

외제니가 책이 있는 쪽으로 가까이 다가갔다. 나이든 남자가 빽빽하고 하얀 눈썹 아래 주름진 눈으로 외제니를 바라보았다. 호기심과 호감이 어린 시선이었다.

"이 책을 읽어본 적 있나요?"

"아니요."

"추천을 받은 건가요?"

"사실, 아니에요. 보수주의적인 젊은 남자들이 이 책의 저자를 비난하는 얘기를 들었거든요. 그 말을 들으니까 읽고 싶어지더라고요."

"내 친구가 들었다면 좋아했을 일화네요."

외제니가 어리둥절한 눈으로 바라보자 남자는 자신의 가슴에 손을 얹고 말했다.

"피에르가에탕 레마리*라고 합니다. 알랑 카르데크는 제 친

---

* 피에르가에탕 레마리(Pierre-Gaëtan Leymarie, 1827~1901). 프랑스 출판인. 알랑 카르데크가 사망한 후 그의 뒤를 이어 프랑스 심령학 학회지를 발간했다.

구였죠."

발행인은 외제니의 홍채에서 짙은 반점을 발견하고 흠칫 놀라지만 곧 미소 짓는다.

"이 책이 당신에게 많은 것을 깨우쳐줄 것 같군요."

외제니는 당혹스러운 마음으로 서점을 빠져나왔다. 참 오묘한 장소였다. 마치 책 내용의 기묘한 에너지가 실내에 쌓여 있는 것 같았다. 게다가 두 남자는 외제니가 파리에서 평소 마주치던 사람들과는 사뭇 달랐다. 그들은 눈빛이 특별했는데, 적대적이거나 광적이기는커녕 호의적이고 자상한 눈빛이었다. 그리고 그들은 다른 사람들은 모르는 무언가를 아는 듯했다. 실제로 발행인은 마치 외제니 안에 있는 무언가를, 외제니 자신도 뭔지 모를 무언가를 알아차린 것처럼 그녀를 뚫어져라 응시했다. 외제니는 너무 혼란스러워서 더는 그 생각을 않기로 했다.

그녀는 외투 속에 책을 감추고 왔던 길을 되돌아갔다.

방안의 시계가 새벽 세시를 가리킨다. 커피포트는 비었고, 찻잔 바닥에는 식은 커피가 남아 있다. 외제니는 방금 다 읽은 책을 덮고 손에서 놓지 못한 채 가만히 앉아 있다. 조용한 방에서 째깍거리는 시계 초침 소리도 들리지 않고, 차가운 맨팔에 오스스 소름이 돋은 것도 느끼지 못한다. 야릇한 순간이다. 지금껏 생각해왔던 세계, 가장 내밀한 확신이 느닷없이 흔들릴 때, 그러니까 새로운 생각들로 인해 다른 현실에 눈을 뜨게 될 때 느껴지는 감정이다. 외제니는 지금껏 자신이 잘못된 방향을 응시해왔으며, 이제야 시선을 돌려 그동안 늘 응시해야 했던 곳을 정확히 보게 된 심정이다. 며칠 전 발행인이 한 말이 떠오른다. "이 책이 당신에게 많은 것을 깨우쳐줄 것 같군요." 그들이 눈앞에 보이더라도 두려워하지 말라던 할아버지의 말이 떠오른다. 하지만 이토록 비상식적인 일을, 이토록 터무니없는 일을 어떻게 두려워하지 않을 수 있단 말인가? 외제니의 환시는 정신 기능에 이상이 생긴 결과라고밖에 달리 설명할 길이 없었다. 죽은 자들을 본다는 것은 광기의 명백한 징조다. 이 증상이 계속되면 가게 되는 곳은 일반 의사 앞이 아니라 살페트리에르병원이다. 누군가에게 증상에 대해 말했다가는 당장에 거기로 끌려갈 것이 분명하다. 외제니는 손에 든 책을 응시한다. 이 책이 자신이 진정 누구인지 밝혀주기까지 칠 년을 기다려야 했다. 꼬박 칠 년 만에 마침내 군중 속에서 혼자만 비정상이라는 느낌을 지울 수 있게 되었다. 외제니는 책 속의 모든 말이 이해되었다. 육신이 죽은 뒤에도 혼령은 남겨진다는 것. 천국도 무無도 존재하지 않는다는 것. 할아버지가 자신을 지켜보듯이 육신을 떠난 자들이 산 자들을 인도하고 보살핀다는 것. 그리고 혼령을 보고 혼령의 목소리를 듣는 능력이 있는 사람들이 존재한다는 것. 바로 외제니처럼. 분명 어떤 책도, 어떤 교리도 절대적인 진리를 담고 있다 주장할 수는 없다. 그저 해석하려는 시도와 그 해석을 받아들이거나 거부하거나 선택만 있을 뿐이다. 인간은 구체적인 사실을 필요로 하는 법이니까.

외제니는 기독교적 개념을 결코 납득하지 못했다. 신이 존재한다는 가능성을 부정하지 않았지만, 추상적인 대상보다는 자기 자신을 믿고 싶어했다. 영원한 천국과 지옥이 존재한다는 것을 받아들이기도 어려웠다. 삶이 이미 충분히 형벌 같은데, 죽은 뒤에도 이 형벌이 지속된다는 말이 터무니없고 부당하게 여겨졌다. 그래서 그녀는 혼령이 존재한다는 관념을 받아들였다. 살아 있는 인간이 혼령과 긴밀하게 연결되어 있다는 것도 불가능하게 여겨지지 않았고, 이 세상에 존재하는 이유가 정신적 도약이라는 것 역시 외제니가 이해할 수 있는 개념이었다. 육신의 삶이 끝난 뒤에도 무엇인가가 지속된다는 생각에 그녀는 마음이 놓였고, 삶도 죽음도 더이상 두렵지 않았다. 외제니의 신념이 이토록 급격하게 달라진 적은 없었고, 이토록 깊고 평온한 안도감을 느낀 적도 없었다.

외제니는 마침내 자신이 누구인지 알게 되었다.

그후로 외제니의 내면에 평온이 찾아왔다. 집안 식구들도 막내딸의 조용한 태도에 놀라워한다. 식사시간은 아무 소란 없이 흘러간다. 아버지의 지적에 외제니는 미소로 답한다. 외제니가 이토록 얌전했던 적이 없었기 때문에, 가족들은 그녀가 마침내 철이 들어 혼처를 찾기로 결심한 것이라는 순진한 생각을 하기에 이른다. 하지만 조용히 간직한 혼자만의 비밀 덕분에 외제니는 그 어느 때보다도 자신의 선택에 대한 확신에 차 있다. 그리고 더이상 이 집에서 할 수 있는 일이 아무것도 없다는 걸 알고 있다. 이제는 같은 생각을 가진 사람들을 만나야 했다. 외제니가 있어야 할 자리는 그들 곁이었다. 외제니가 밟아갈 길은 그 철학의 한복판으로 뻗어 있는 게 틀림없었다. 겉으로 드러내지는 않았지만 내면에서 일어나는 변화에 그녀는 앞으로의 일을, 자신이 밟아야 할 다음 걸음을 숙고하게 되었다.

봄이 오면 외제니는 집을 떠날 것이다.

"며칠째 얌전하구나, 외제니."

할머니가 베개를 베고 침대에 눕는다. 외제니는 할머니의 가냘픈 몸에 이불을 덮어준다.

"좋으시죠? 저 때문에 아빠가 화를 내는 일이 없잖아요."

"뭔가 생각이 많은 것 같구나. 남자친구라도 생겼니?"

"생각이 많아지긴 했지만 다행히 남자친구 문제는 아니에요. 주무시기 전에 허브차 한 잔 드릴까요?"

"괜찮다, 얘야. 이리 앉아봐라."

외제니가 침대 가장자리에 걸터앉는다. 할머니가 양손으로 손녀의 손을 붙잡는다. 희미한 석유등 불빛이 두 사람과 방안의 가구들을 비추며 그림자와 명암을 만든다.

"고민이 있는 게로구나. 할미한테는 다 털어놔도 된다."

"고민 아니에요. 그 반대죠."

외제니는 미소를 지어 보인다. 요사이 그녀는 할머니에게 비밀을 털어놓을까도 고민해보았다. 할머니는 분명 가장 적극적으로 외제니의 말을 들어주고, 미치광이 취급을 하지 않고 그녀의 말을 존중해줄 사람이었다. 내면에서 꿈틀대는 열정에 외제니는 마음이 동한다. 마음속 비밀을 털어놓고, 지금까지 보고 느낀 것을 함께 나누고 싶다. 그러면 침묵의 무게가 조금이나마 가벼워질 테고, 마침내 자신의 불안과 기쁨을 토로할 수 있는 사람이 생기는 셈이다. 하지만 외제니는 그 마음을 억누른다. 비밀을 털어놓을 때 혹시라도 엄마가 문 앞을 지나다가 듣기라도 하면? 할머니가 『혼령의 책』을 읽어보겠다고 가져갔다가 그 책을 누군가에게 들키기라도 하면? 외제니는 이 집안의 벽을 신뢰하지 않는다. 그래, 할머니에게는 전부 털어놓자. 단 더이상 이 집에 살지 않을 때.

향수 냄새가 방안에 퍼지기 시작한다. 할머니 옆에 앉아 있던 외제니는 그 냄새를 알아차린다. 무화과나무 향기가 강하게 느껴지는 나무 향. 어릴 적 할아버지가 안아주었을 때 셔츠에서 풍기던 특유의 냄새였다. 외제니는 호흡이 느려진다. 점차 익숙한 피로감이 밀려오면서 팔다리가 무겁게 느껴진다. 숨을 내쉴 때마다 기운이 조금씩 빠져나간다. 몸을 짓누르는 느낌에 기진맥진해 눈을 감았다가 다시 뜨니 할아버지가 보인다. 여기, 외제니 앞에, 닫힌 문에 등을 기대고 서 있다. 외제니는 할아버지가 또렷이 보인다. 옆에서 놀란 눈으로 그녀를 바라보는 할머니만큼이나 선명하다. 뒤로 넘긴 새하얀 머리카락, 양볼과 이마에 팬 주름, 엄지와 검지로 끝을 말아 정리한 새하얀 콧수염, 머플러를 두른 셔츠 목깃, 껑충한 다리를 감싼 혼직 바지와 잘 어울리는 회청색 캐시미어 조끼, 할아버지가 늘 입던 자주색 프록코트. 할아버지는 꼼짝 않고 서 있다.

"외제니?"

외제니는 할머니의 목소리가 들리지 않는다. 머릿속에 할아버지의 목소리만 울릴 뿐이다.

"펜던트는 도난당한 게 아니다. 그건 서랍장에 있어. 오른쪽 아래 칸 서랍 밑에. 네 할머니에게 전해다오."

외제니는 누군가 자신의 몸을 흔드는 느낌이 들어 돌아본

다. 할머니가 침대에 앉아 노쇠한 손으로 외제니의 두 팔을 붙
잡고 있다.

"아가, 무슨 일이냐? 신의 계시라도 들은 사람 같구나."

"할머니 펜던트."

"뭐라고?"

"할머니 펜던트 말이에요."

외제니가 자리에서 일어나더니, 석유등을 들고 커다란 자
단나무 서랍장으로 걸어간다. 그러고는 서랍장 앞에 꿇어앉
아 묵직한 서랍 여섯 개를 하나씩 꺼내 조심스럽게 바닥에 내
려놓는다. 할머니가 일어나 어깨에 숄을 걸친다. 감히 꼼짝도
하지 못한 채, 가구 앞에 무릎을 꿇고 분주히 움직이는 손녀를
내려다본다.

"외제니, 무슨 일인지 설명을 해줘야지. 내 펜던트는 왜? 갑
자기 그 이야기는 왜 꺼내는 게야?"

외제니는 서랍장에서 서랍들을 모조리 꺼낸다. 그리고 이제
오른쪽으로 몸을 푹 숙인 채 손을 뻗어 서랍장 바닥 깊숙한 곳
을 더듬는다. 처음에는 아무것도 느껴지지 않다가 이내 손가
락이 어떤 구멍에 닿는다. 손이 들어갈 만큼 크지는 않지만 작
은 물건은 빠질 수 있을 만한 크기다. 외제니는 서랍장 바닥의
오래되고 낡은 널판을 만져보고는 몇 차례 두드린다. 속이 빈
소리가 울린다.

"그게 이 밑에 있어요. 루이한테 철사 좀 가져다달라고 해주세요."

"외제니, 도대체……"

"제발요, 할머니. 절 믿어주세요."

노부인은 난감한 표정으로 잠시 외제니를 빤히 바라보다가 방을 나선다. 더이상 눈에 보이지는 않지만, 외제니는 할아버지가 그 자리에 계속 머물러 있다는 것을 알고 있다. 할아버지의 향수 냄새가 서랍장 가까이에서 느껴지기 때문이다. 할아버지는 외제니의 곁에 있다.

"할머니한테는 말해도 돼, 외제니."

외제니는 눈을 감는다. 몸이 천근만근이다. 할머니와 루이가 조심스레 방안으로 들어오는 소리가 들린다. 조용히 문이 닫힌다. 루이는 아무것도 묻지 않고 외제니에게 철사를 건넨다. 외제니는 철사를 길게 편 다음 한쪽 끝을 고리 모양으로 구부려 널판의 구멍에 집어넣는다. 이 널판 아래 훨씬 두꺼운 널판이 깔려 있다. 외제니는 두 널판 사이의 공간으로 고리를 집어넣고 1센티미터씩 천천히 움직여가며 표면을 훑는다.

철사 끝에 마침내 무언가 걸린다. 외제니는 조심스럽게 철사를 쥐고서 고리를 수평 방향으로 움직여본다. 철사 끝에 체인 같은 무언가가 긁히는 소리가 들린다. 심장의 두근거림을 느끼며, 그녀는 철사를 통해 느껴지는 물건이 고리에 걸리게

끔 철사를 살살 돌린다. 몇 번의 시도 끝에 외제니가 길쭉한 회색 철사를 꺼내자 철사 끝에 무언가 매달려 있다. 어둠 속에서 다시 환한 밖으로 나온 고리에는 금빛 체인이 걸려 있고, 금도금된 은제 펜던트가 매달려 있다. 외제니가 펜던트를 할머니에게 내민다. 남편이 죽은 뒤로 느껴본 적 없는 감정에 사로잡힌 노인은 양손으로 입을 틀어막고서 오열한다.

　외제니의 할아버지가 할머니를 처음 만난 날, 당시 열여덟 살이었던 할아버지는 열여섯 살이었던 할머니와 곧바로 결혼을 맹세했다. 할아버지는 할머니의 손가락에 결혼반지를 끼워주기도 전에, 집안 대대로 전해 내려오는 오랜 가보를 약속의 증표로 할머니에게 건넸다. 금도금된 타원형 은제 펜던트였다. 암청색 바탕의 펜던트 둘레에는 진주 여러 개가 박혀 있고, 중앙에는 항아리에 강물을 긷는 여인의 세밀화가 그려져 있다. 뒤에는 여닫이 유리 뚜껑이 있어서, 그 속에 할아버지가 자신의 금발 몇 가닥을 넣어두었다.

　할머니는 매일 아침 그 목걸이를 걸었다. 할아버지가 할머니에게 선물한 날부터 두 사람이 결혼식을 올리고, 외아들과 손주들이 태어날 때까지 하루도 잊은 적이 없었다. 그런데 갓 태어난 손녀 외제니가 호기심 가득한 작은 손으로 곧잘 펜던트를 잡아당겼다. 보석이 망가질까봐 염려하던 할머니는 외제니가 더 크면 다시 목에 걸자고 생각하며 결국 목걸이를 서랍장 맨 아래 칸에 넣어두었다. 가족은 오스만대로의 이 아파트에서 죽 살았다. 남편과 아들은 공증인이었고, 그녀와 며느리는 아이들을 돌보았다. 어느 날 두 여자가 어린 사내아이와 젖먹이를 데리고 몽소공원으로 외출한 사이 새로 고용된 하인이 그들의 부르주아 아파트에서 훔칠 수 있는 것을 모조리 털어갔다. 은식기, 시계, 보석 등 조금이라도 반짝이는 물건은 죄다 가져가버렸다. 오후 늦게 귀가한 여자들은 집에 도둑이 들었다는 사실을 깨닫고 충격을 받았다. 그때 서랍장도 살펴봤는데 넣어두었던 펜던트도 보이지 않았다. 도둑이 펜던트까지 훔쳐갔다고 생각한 할머니는 일주일 내내 눈물바람이었다. 그리고 몇 년이 지나서도 잃어버린 펜던트 이야기를 주기적으로 꺼내곤 했다. 할아버지와 사별했을 때 할머니의 비탄은 더욱 극심했다. 펜던트는 단순한 장신구가 아니었다. 그것은 자신과 평생을 함께했던 남자가 처음으로 건넨 사랑의 증표였다.

하지만 펜던트는 거기에 있었다. 할머니의 침실 서랍장 속 두 널판 사이에 아무도 모르게 잊힌 채로. 십구 년 전 그 하인은 정신없이 집을 털었다. 누군가 곧 아파트로 돌아오지 않을까 노심초사하며 서랍과 가구 들을 허둥지둥 열어젖히고, 보석들을 손에 잡히는 대로 천 가방에 쓸어담으면서 이 방 저 방을 헐레벌떡 오갔다. 그날 그가 안주인의 침실 아래쪽 서랍을 힘껏 열어젖혔을 때, 그 충격으로 안쪽 구석에 보관되어 있던 펜던트가 팅겨나가 아래쪽 널판에 난 구멍으로 빠져버렸다. 그 이후로 펜던트는 내내 거기 감춰져 있었던 것이다.

도시는 잠들어 있다. 방에서 루이가 외제니를 도와 함께 두꺼운 서랍들을 제자리에 끼운다. 그들은 말이 없다. 노부인은 침대에 앉아서 펜던트를 응시하며 어루만지고 있다.

마지막 서랍까지 끼우고 나서 루이와 외제니가 몸을 일으킨다.

"고마워요, 루이."

"이만 가보겠습니다."

루이가 조용히 물러난다. 루이는 도난 사건이 있고 얼마 뒤이 집에 왔다. 집안에는 불신이 팽배했고, 몇 달 동안 식구들은 새로 온 하인 역시 그들을 배신하지 않을까 염려하며 그의 일거수일투족을 감시했다. 그렇게 몇 달이 몇 년이 되도록 루이는 클레리가 사람들과 함께했다. 충실하고 신중한 성격에, 시선이나 말에 군더더기가 없었다. 그야말로 사람들의 시중을 드는 자질을 타고나는 사람이 따로 있다는 부르주아들의 생각에 힘을 실어줄 만한 하인이었다.

외제니가 할머니의 곁에 다가앉는다. 방안을 떠돌던 할아버지의 향수 냄새는 희미해졌다. 여전히 몸이 무겁게 느껴지지만 않았다면 할아버지가 떠났다고 생각했을 것이다. 보통 그들이 떠나면, 마치 빌려주었던 에너지를 돌려받듯이 외제니는 기운을 되찾았다. 하지만 양 어깨가 여전히 무겁게 느껴져 그녀는 침대 가장자리를 양손으로 짚어야 했다.

이웃한 방에서 다른 식구들은 잠들어 있다. 다행히 소란을 듣고 깨어난 사람은 아무도 없었다.

펜던트를 들여다보고 있던 노부인이 깊게 숨을 들이쉬더니 마침내 입을 열었다.

"어떻게 안 거냐?"

"그런 예감이 들었어요."

"이제 거짓말은 그만해, 외제니."

화난 얼굴로 자신을 바라보는 할머니의 모습에 외제니는 흠칫 놀란다. 늘 상냥하고 인자한 눈으로 바라봐주던 할머니의 눈빛이 달라진 것은 처음이다. 더욱이, 할머니의 얼굴에서 아버지의 얼굴이 보인다. 외제니를 질책하는 두 사람의 얼굴이 서로 닮아 있다. 당장이라도 얼어붙게 만들 만큼 엄격한 얼굴이다.

"몇 년 전부터 너를 지켜봐왔다. 아무 말 안 했지만, 네가 여기에 없는 무언가를 본다는 거 알아. 마치 누군가 네 어깨 너

머로 말을 거는 것처럼 넌 이따금 꼼짝도 안 하지. 방금 전에
도 몸이 굳어버린 것처럼 그러더구나. 그러고는 갑자기 뭐에
쒼 사람처럼 가구를 뒤집어엎더니, 내가 스무 해 가까이 잃어
버리고 한스러워했던 보석을 찾아냈어. 그저 예감이 들었다는
소리로 어물쩍 넘어갈 생각 마라!"

"달리 드릴 말씀이 없어요, 할머니."

"진실을 말해. 마음속에 뭔가 감추고 있잖니. 이 집에서 너
를 있는 그대로 보는 사람은 이 할미뿐이다. 너도 그 사실을
모를 리 없을 게야."

외제니가 시선을 내리간다. 그리고 골반 옆에 축 늘어져 있
던 손으로 연보라색 모직 크레이프 치마를 꽉 움켜쥐고 비튼
다. 향수 냄새가 다시 느껴진다. 마치 할아버지가 방안의 흥분
이 잦아들 때까지 잠시 자리를 비켰다가 대화 흐름상 자신이
필요한 지금 이 순간 때맞춰 되돌아온 것만 같다. 이제 할아버
지는 외제니의 오른쪽에 앉아 있다. 외제니는 할아버지의 호
리호리한 실루엣이 보이는 듯하고, 그의 어깨가 자신의 어깨
에 닿을 듯 밀접한 느낌이 든다. 침대 가장자리에 걸터앉은 할
아버지의 다리와 허벅지에 올려놓은 길고 주름진 손이 보인
다. 외제니는 감히 고개를 돌려 할아버지를 똑바로 바라볼 엄
두를 내지 못한다. 할아버지가 이토록 곁에 가까이 온 적은 한
번도 없었다.

"내가 지켜보고 있다고 말해다오."

외제니는 망설이며 고개를 가로젓고 치맛자락을 더욱 세게 움켜잡는다. 뒷일이 두려운 것이다. 얼마나 깊은지, 그 안에 무엇이 들어 있는지도 모르는 상자를 곧 활짝 열어 보여야 하는 일처럼. 사람들이 외제니에게 기대하는 것은 고백이 아니라 고해다. 할머니는 진실을 말해달라고 하지만, 사실은 아직 이야기를 들을 준비가 안 되어 있는지도 모른다. 하지만 외제니가 털어놓을 때까지 그녀를 방에서 내보내주지 않을 것이다. 그렇다면 무슨 이야기를 해야 할까? 진실? 아니면 지어낸 이야기? 대개의 경우 진실은 거짓보다 나을 것이 없다. 하기야 어차피 선택의 대상은 진실이나 거짓 그 자체가 아니라, 그 진실과 거짓이 야기하는 결과다. 외제니로서는 할머니의 신뢰를 잃더라도 침묵을 지키는 편이 나을 것이다. 한 지붕 아래 사는 가족에게 비밀을 털어놓고 후폭풍이 일지는 않을까 노심초사하는 것보다는 그편이 낫다.

하지만 외제니는 지쳤다. 환시들을 견뎌온 지난 시간이 그녀를 무겁게 짓누른다. 최근 알게 된 모든 것이 반갑기도 하지만 동시에 부담스럽기도 하다. 그리고 오늘 저녁 펜던트를 되찾은 일, 할머니의 온당한 고집, 이 피로감, 모든 것이 외제니에겐 너무 버겁다. 외제니는 할머니를 바라보면서 숨을 깊이 들이마시고, 마침내 말을 꺼낸다.

"할아버지예요."

"……무슨 말이냐?"

"제 말이 안 믿기시죠, 저도 알아요. 하지만 할아버지가 여기 계세요. 제 오른쪽에 앉아 계신다고요. 상상이 아니에요. 할아버지의 향수 냄새가 나요. 할머니가 보이는 것처럼 눈앞에 보이고, 하시는 말씀도 들린다고요, 머릿속에서요. 펜던트에 대해 알려준 분이 바로 할아버지예요. 방금 전에는 할머니를 지켜보고 있다고 말해달라고 하셨어요."

노부인은 정신이 아찔해져서 고개가 뒤로 넘어간다. 외제니가 할머니의 두 손을 붙잡아 몸을 끌어당기고는 눈을 똑바로 바라본다.

"진실을 원하셨잖아요, 할머니. 그래서 진실을 말씀드리는 거예요. 열두 살 때부터 할아버지가 보였어요. 할아버지랑 다른 사람들, 죽은 사람들이요. 말할 엄두가 안 났어요. 아빠가 저를 정신병원에 입원시킬까봐 너무 두려웠어요. 할머니를 믿고 사랑하니까 지금 사실대로 털어놓는 거예요. 제 안에서 무언가를 봤다고 하셨잖아요, 잘못 보신 게 아니에요. 제 눈빛이 달라진 것을 알아차리셨을 때마다 전 누군가를 보고 있었어요. 전 전혀 아프지 않아요, 병에 걸린 게 아니에요. 제 눈에만 보이는 게 아니거든요. 저 같은 사람들이 또 있어요."

"하지만 어떻게…… 그건 어떻게 아니…… 어떻게 그럴 수 있지?"

외제니는 할머니의 떨리는 두 손을 더욱 꼭 잡고서, 할머니 앞에 꿇어앉는다. 더는 두렵지 않다. 이제 자신 있게 말한다. 그리고 할머니에게 비밀을 털어놓을수록 되살아나는 희망과 낙관에 미소가 절로 지어진다.

"최근에 어떤 책을 읽었어요, 할머니. 놀라운 책이에요. 그 책에 전부 나와 있었어요. 혼령이 존재한다는 건 꾸며낸 이야 기가 아니에요. 그들은 우리 곁에 있다는 것, 혼령과 사람 사 이에서 매개자 역할을 하는 이들이 존재한다는 것, 그 외에 여 러 가지를 알게 됐어요…… 신이 왜 저를 그런 사람으로 만드 셨는지 모르지만, 전 오랫동안 이 비밀을 간직해왔어요. 이 책 은 제가 어떤 사람인지 알려줬어요. 마침내 제가 미친 게 아니 라는 확신이 들었죠. 제 말 믿으시죠, 할머니?"

노부인의 얼굴은 굳어 있다. 들은 이야기를 회피하고 싶은 것인지, 아니면 손녀를 안아주고 싶은 것인지 알 수 없다. 고 해를 마치자 외제니는 오히려 마음이 불편해진다. 진실을 밝 히는 것이 과연 옳은 일인지 우리는 결코 알지 못한다. 정직하 게 마음의 짐을 내려놓는 순간 찾아온 안도감은 곧 후회로 변 한다. 우리는 속내를 털어놓은 것을, 추궁에 넘어간 것을, 다 른 사람을 믿어버린 것을 후회한다. 그리고 그 후회를 통해 더 이상 실수를 반복하지 않으리라 다짐한다.

하지만 할머니가 몸을 기울여 두 팔로 자신을 꼭 끌어안자 외제니는 깜짝 놀란다. 그녀의 얼굴과 맞닿은 할머니의 얼굴은 눈물로 촉촉이 젖어 있다.

"아가…… 나는 네가 다른 사람들과 다르다는 걸 처음부터 알고 있었어."

2월의 마지막 날들은 별다른 일 없이 흘러갔다. 그날 저녁 이후로 두 여자는 그 일을 한 번도 언급하지 않았다. 마치 그들의 대화는 그날 저녁과 함께 흘러가버렸고, 그 일이 두 사람 앞에 형태를 갖추고 구체화될세라 함부로 입에 올려선 안 된다는 듯이. 외제니는 고해를 하면 마음의 짐이 조금 덜어지리라 믿었다. 하지만 그날 저녁 이후로 떨치기 힘든 불편함이 진득하게 외제니를 따라붙는다. 무엇 때문인지 도통 이해할 수가 없다. 왜냐하면 할머니의 태도도, 눈빛도 달라진 것이 전혀 없었기 때문이다. 노인은 더이상 아무것도 묻지 않고, 언제나 그랬듯 저녁마다 외제니에게 자신의 잠자리 시중을 맡긴다. 할머니가 궁금해하지 않자 외제니는 오히려 놀란다. 할아버지가 찾아온 일에 대해서 더욱 궁금해하고, 심지어 할아버지와 이야기하고 싶어할 거라 생각했는데. 하지만 아니었다. 의도적인 무관심이었다. 할머니는 이 세계에 대해 더 깊이 알게 될

까봐 두려워하는 것 같았다.

3월이 되자 널찍한 살롱에 새봄의 햇살이 비쳐든다. 원목가구의 광택, 벽지의 강렬한 색채, 그림 액자의 도금 장식이 이 부드럽고 기분좋은 햇살에 다시금 생기를 띠는 것 같다. 공원의 풀밭과 인도 가장자리에 여전히 드문드문 남아 있긴 하지만 도시를 덮은 눈도 거의 녹았다. 도시는 한결 가벼워 보이고, 청명한 하늘 아래 확 트인 거리를 오가는 파리 사람들도 만면에 쾌활함을 되찾았다. 늘 근엄한 클레리 집안의 아버지조차 오늘 아침에는 나긋나긋하다.

"오늘 햇빛이 좋으니 뫼동에 함께 가보자꾸나. 마침 거기에서 가져올 것도 있고. 네 생각은 어떠냐, 테오필?"

"그러죠……"

"너는, 외제니?"

고개를 숙이고 커피잔만 바라보고 있던 외제니가 아버지의 다정한 질문에 놀라 고개를 든다. 클레리가 사람들은 아침식사 자리에 둘러앉아 있다. 어머니는 묵묵히 빵 조각에 버터를 바르고, 할머니는 사블레 비스킷을 곁들여 홍차를 마시고, 아버지는 오믈렛을 먹는다. 테오필 혼자 식사에 손도 대지 않고 있다. 그는 허벅지에 손을 올려놓고 입을 앙다문 채 식은 커피잔만 내려다본다. 뒤편 창문으로 새어든 한줄기 햇살이 그의 붉은 곱슬머리를 더욱 빨갛게 물들인다.

외제니는 어리둥절한 표정으로 아버지를 바라본다. 이 집 가장은 평소 외부 활동에 딸을 데려가는 법이 없었다. 외부 활동은 장남 테오필에게만 허락되는 일이다. 하지만 식탁 끝에서 아버지가 외제니를 평온하게 마주보고 있다. 최근에 갈등 없이 지낸 덕에 아버지의 성질이 누그러진 걸까? 항상 바라던 대로 딸이 고분고분해진 것을 느끼고 기꺼이 딸과 말을 섞고 싶어진 걸까?

"신선한 공기를 쐬면서 산책하는 것만큼 좋은 것도 없지, 외제니."

맞은편에 앉아 있던 할머니가 엄지와 검지로 세라믹 찻잔의 손잡이를 섬세하게 들어올리며 격려하듯 고개를 끄덕여 보인다. 사실 외제니는 레마리 서점에 다시 가볼 생각이었다. 혹시 사람을 구하지 않는지 물어볼 작정이었다. 책들을 정돈하고 〈심령 잡지〉의 발행을 거들고, 심지어 빗자루질이라도 할 의향이 있었다. 탈출구가 될 수 있다면 뭐든 좋았다. 하지만 그 계획은 내일로 미루어야 할 것이다. 기필코 비교祕敎에 관한 책을 파는 서점에 가야 한다며 아버지의 제안을 거절할 순 없었다.

"좋아요, 아빠."

외제니가 커피를 한 모금 마신다. 아버지의 기분이 평소와 달리 좋아 보이는 것이 의아하면서도 내심 기쁘다. 그사이 그녀의 오른쪽에 앉아 볼을 타고 흘러내리는 눈물을 냅킨 끝으로 닦아내는 어머니의 모습은 보지 못한다.

사륜마차가 센강을 따라 달린다. 도로의 포석을 달리는 말발굽 소리가 규칙적으로 울린다. 인도를 따라서 실크해트와 꽃장식 달린 모자들이 행인들의 머리 위에서 서로 으스댄다. 여전히 따뜻한 외투를 껴입은 커플들이 강둑과 다리 위를 한가로이 거닐고 있다. 외제니는 창 너머 활력을 되찾은 도시를 응시한다. 마음이 평온하다. 회청색 지붕 위로 맑게 갠 하늘, 아버지와 오빠와 함께하는 즉흥적인 외출, 센강 건너편에서 새로운 삶이 자신을 기다리고 있을지도 모른다는 기대감에 외제니는 한층 들뜬다. 그녀는 마침내 자신의 자리를 찾은 것이다. 누구의 강요도 없었다. 이는 외제니를 흥분시키는 동시에 안심시키는 작은 승리다. 하지만 이 승리에 대해 언급하지도 내색하지도 않는다. 내면의 승리는 공유될 수 없는 것이니까.

창 쪽을 바라보고 있는 외제니는 자신의 오른쪽에 앉은 오빠의 근심어린 표정을 알아차리지 못한다. 테오필 역시 도시를 내다본다. 동네를 하나하나 지나칠수록 그들은 목적지에 점점 가까워진다. 왼쪽으로 막 시청을 지나친 참이다. 이제 맞은편에 생루이섬이 보인다. 마차가 쉴리 다리를 건너면, 파리 식물원과 그 안의 동물원을 지나 마침내 그들은 목적지에 다다를 것이다. 테오필은 단단히 쥔 주먹을 입가에 대고 아버지를 흘끗 바라본다. 아버지는 남매 맞은편에 앉아 다리 사이에 꼿꼿하게 세워놓은 지팡이의 둥근 손잡이 위에 두 손을 얹고서 고개를 숙이고 있다. 그는 자신을 바라보는 아들의 시선을 느끼지만 마주보려 하지 않는다.

만약 외제니가 잠시 자신의 생각에서 빠져나왔다면, 외출하고부터 줄곧 이 비좁고 조용한 공간을 짓누르던 숙연한 분위기를 알아차렸을 것이다. 오빠의 어두운 얼굴과 아버지의 완고한 태도에, 고작 파리 외곽으로 외출하는 일이 이토록 긴장을 야기한다는 사실에 어리둥절했을 것이다. 또한 루이가 평소처럼 뤽상부르공원으로 난 길로 가지 않고 식물원을 따라 로피탈대로로 향하고 있다는 사실도 눈치챘을 것이다.

마차가 갑작스레 멈춰 선 순간에야 외제니는 몽상에서 깨어난다. 그녀는 아버지와 오빠를 돌아보고 평소와 달리 진지함과 걱정이 뒤섞인 그들의 눈빛에 놀란다. 그녀가 입을 뗄 겨를도 없이 아버지의 목소리가 울린다.

"이제 내리자꾸나."

당황한 외제니가 마차에서 내리고, 뒤이어 테오필이 따라

내린다. 외제니는 땅을 딛고 내려서서 그들 앞에 서 있는 웅장한 건물을 올려다본다. 아치형으로 뚫린 입구 양쪽에 두 개의 석조 기둥이 서 있다. 두 기둥이 떠받치는 상단 돌 양끝에는 '자유, 평등, 우애'라고 새겨져 있고, 한가운데 하얀 바탕 위에는 '살페트리에르병원'이란 검은색 큰 글자가 돋을새김되어 있다. 아치 아래, 저멀리 포장된 길 끝에, 주변의 모든 공간을 집어삼킬 듯 위압적인 건물과 거기 얹힌 위엄 있는 흑단색 돔 지붕이 보인다. 외제니는 속이 울렁거린다. 하지만 돌아설 겨를도 없이 자신의 팔을 단단히 붙드는 아버지의 손길이 느껴진다.

"군말 말아라, 얘야."

"아빠…… 왜 이러세요?"

"할머니한테 얘기 다 들었다."

외제니는 현기증을 느낀다. 두 다리가 휘청이는 순간, 다른 한쪽 팔마저 붙잡는 또다른 손길, 훨씬 부드러운 오빠의 손길이 느껴진다. 외제니는 고개를 들어 아버지를 보며 해명하려 하지만 말이 나오지 않는다. 아버지는 침착한 눈길로 딸을 내려다본다. 그 침착함이 평소 아버지의 신랄한 태도보다 더 외제니를 두렵게 만든다.

"할머니를 원망하지 마라. 할머니가 어떻게 그런 비밀을 혼자서 간직할 수 있으시겠니?"

"제 말은 사실이에요, 맹세해요……"

"사실이든 거짓이든 중요하지 않다. 네가 할머니한테 말한 그런 일은 우리집에서 용납할 수 없어."

"제발요, 차라리 저를 내쫓아 영국으로 보내주세요. 어디든 상관없어요. 여기만 아니면 돼요."

"넌 클레리가 사람이다. 네가 어디를 가든 클레리라는 성은 늘 따라붙겠지. 가문의 이름에 먹칠하지 않으려면 네가 지낼 곳은 여기뿐이야."

"아빠!"

"이제 그만해!"

외제니는 겁먹은 눈으로 오빠를 돌아본다. 붉은 머리카락 아래 이토록 창백한 오빠의 얼굴은 본 적이 없었다. 테오필은 어금니를 악문 채 애써 누이의 시선을 피한다.

"오빠……"

"미안, 외제니."

포석이 깔린 작은 광장에 서 있는 그의 뒤편으로 루이가 보인다. 하인은 마부석에 앉아 고개를 떨군 채 그들을 외면한다. 아버지와 오빠는 기어코 외제니를 끌고 병원 안으로 향한다. 외제니는 저항하고 싶지만 그럴 수 없다. 승산 없는 싸움임을 알고 단념하듯 몸에 이미 힘이 빠져버린 것이다. 다리마저 풀렸고, 그래서 두 남자는 그녀를 끌고 가느라 더욱 애를 먹는다. 외제니는 필사적으로 아버지와 오빠의 외투에 매달려 다 죽어가는 목소리로, 이미 모든 희망이 꺼져버린 목소리로 애원한다.

"여기는 안 돼요…… 제발…… 여기만은……"

외제니는 질질 끌려간다. 양쪽에 앙상한 나목들이 늘어선 널찍한 길을 따라 끌려가는 외제니 뒤로 그녀의 편상화가 포석에 부딪친다. 고개가 뒤로 젖혀지고, 나들이를 위해 특별히 골라 쓴 꽃장식이 달린 모자가 바닥에 떨어진다. 푸른 하늘을 마주한 외제니의 얼굴 위로 환한 햇살이 눈부시게 내리쬐며 그녀의 양볼을 보드랍게 어루만진다.

5

1885년 3월 4일

벽 너머 공동 병실은 축제의 열기에 휩싸여 있다. 의상이 도착한 것이다. 침대 사이사이에서 전에 없던 소동이 벌어진다. 흥분한 여자들이 탄성을 지르며 병실 입구로 달려가 이미 뜯겨 있는 상자들 속으로 마구 손을 집어넣으며 옷가지들을 헤집고, 거기 달린 프릴을 만지작거리고, 손끝으로 레이스 장식을 쓰다듬고, 색색깔의 옷감들을 보며 얼굴을 환히 밝힌다. 마음에 드는 옷을 고르려고 서로 어깨를 부딪치고, 자신이 거머쥔 의상을 걸쳐보고 주변을 활보하며 킥킥 웃음을 터뜨린다. 이 순간 이곳은 정신병원이 아니라 근사한 야회를 앞두고 드레스를 고르는 여자들의 의상실이 된 것만 같다. 이런 열광은 매년 똑같이 반복된다. 파리 부르주아들이 '미친 여자들의 무도회'라 부르는 미카렘 무도회는 3월의 가장 중요한, 더 나아가 한 해의 가장 중요한 행사다. 무도회 몇 주 전부터 여자들의 머릿속은 온통 무도회 생각뿐이다. 환자들은 화려한 드레스와 장신구, 오케스트라, 왈츠, 조명, 눈맞춤, 두근거리는 가슴, 박수갈채를 꿈꾸기 시작한다. 그리고 행사에 초대될 손님들을 상상한다. 무도회에 오는 파리의 상류층 사람들은 미친 여자들과 가까이에서 어울릴 수 있다는 사실에 들뜨고, 미친 여자들은 불과 몇 시간일지언정 뭇시선을 한몸에 받게 되리라는 사실에 들뜬다. 무도회가 열리기 이삼 주 전에 의상이 도착하면 병실 분위기는 한층 고조된다. 신경이 날카롭고 불안정해지기는커녕, 이 시기만큼 여자들이 잠잠해지는 때도 없다. 사방이 벽으로 둘러싸이고 권태로 가득한 공간 안에 마침내 무료함을 달랠 만한 일이 생긴 것이다. 여자들은 바느질을 하고, 주름을 손질하고, 구두를 신어보고, 발 치수를 재고, 서로 도와가며 드레스를 입고, 늘어선 침대들 사이에서 즉흥적인 패션쇼를 벌이고, 창유리에 비친 자신의 머리장식을 감상하듯 바라보고, 장신구를 서로 바꿔 달아보기도 한다. 이렇게 만반의 준비를 하는 동안 그들은 공동 병실 한구석에 웅크린 망령 난 노파, 침대에 죽은듯이 누워 있는 우울증 환자, 축제의 열기에 동참하지 않는 침울한 사람들, 마음에 드는 의상을 찾지 못해 심술이 난 여자들을 외면한다. 무엇보다 자신들의 문제, 육체적 고통이나 마비된 팔다리, 이곳으로 자신들을 데려온 사람들에 대한 기억, 얼굴이 더이상 떠오르지 않는 자식들을 잊어버린다. 다른 여자들의 울음, 용변을 가리지 못하는 이들의 소변 냄새, 간간이 들려오는 비명소리, 차가운 타일 바닥과 끝없는 기다림도 잊어버린다. 가장무도회가 열린다는 사실에 몸의 긴장이 풀리고 얼굴 표정도 누그러진다. 드디어 기대할 만한 무언가가 생긴 것이다.

공동 병실의 소란 속에 순백의 간호복을 입은 간호사들이 눈에 띈다. 그들은 체스의 흰색 기물처럼, 타일 바닥을 대각선 방향과 앞뒤 좌우로 이동하면서 환자들이 의상을 고르는 동안 과도하게 흥분하지 않는지 확인한다. 준비에브는 체스의 중심 기물처럼 뒤로 물러난 채 꼿꼿하게 서서 의상이 환자들에게 제대로 분배되는지 감시한다.

"준비에브 간호사님?"

수간호사가 뒤돌아본다. 카미유가 서 있다. 또 시작이다. 적갈색 머리칼은 빗질이 필요해 보이고, 옷도 더 따뜻하게 껴입어야 할 것 같다. 그녀는 속이 비치는 얇은 잠옷 바람이다. 준비에브는 거절의 표시로 손가락을 들어올린다.

"안 돼, 카미유."

"에테르 조금만요, 간호사님. 조금이면 돼요."

카미유는 손을 떤다. 에테르 발작 치료를 받은 뒤로 그녀는 줄곧 에테르 타령이다. 발작은 꽤 격렬했고 무엇으로도 멈추지 못할 것 같았다. 한 여자 인턴이 표준치보다 조금 더 높은 용량의 에테르를 처방하자 카미유는 닷새 동안 구토와 실신 증세를 보이다 간신히 회복되었고, 그후로 계속 에테르를 요구하고 있다.

"지난번에 루이즈는 처방해줬잖아요, 왜 나는 안 주는데요?"

"루이즈는 발작을 일으켰잖아."

"나도 그랬는데 처방 안 해줬다고요!"

"그럴 필요 없었어. 금방 멈췄잖아."

"그럼, 클로로포름 조금만요, 네? 제발요, 간호사님……"

그때 한 여자 인턴이 복도에서 다급한 걸음으로 병실에 들어온다.

"준비에브 간호사님, 입구로 가보셔야겠어요. 새로운 환자예요."

"곧 갈게. 카미유, 넌 어서 가서 의상이나 골라."

"마음에 드는 게 하나도 없어요!"

"그럼 어쩔 수 없지."

병원 입구에서 두 남자 인턴이 축 늘어진 외제니를 붙잡고 있다. 그 곁에서 그녀의 아버지와 오빠는 처음 와보는 이곳을 훑어보고 있다. 처음 그들의 시선을 사로잡는 것은 비교적 좁은 홀이 아니라 준비에브가 걸어온 복도, 마치 사람을 빨아들여 어디인지 모를 곳으로 데려갈 것 같은 깊고 끝이 보이지 않는 거대한 터널 같은 정면의 복도다. 또각거리는 구둣굽 소리가 둥근 천장 아래 울린다. 멀리서 여자들의 신음소리가 들리지만, 방문객들은 흘려듣는다. 무관심해서가 아니라 심약하기 때문이다.

외제니를 잡고 있던 한 남자 인턴이 준비에브에게 묻는다.

"공동 병실로 옮길까요?"

"아니요. 거긴 너무 소란스러워요. 일반 병실로 데려가세요."

"네."

테오필이 얼어붙는다. 그는 의식을 잃은 누이의 몸을 바라본다. 아버지의 강요에 못 이겨 강제로 끌고 와 급기야 기절하게 만들어버린 누이의 몸을, 이제 낯선 사람들이 붙들고 끝이 보이지 않는 복도를 따라 이 활기 없는 병원으로 끌고 들어간다. 고개가 젖혀진 채 저만치 멀어지는 누이의 흑갈색 머리칼이 좌우로 흔들린다. 한 시간 전만 해도 외제니는 식구들과 식탁에 앉아서 조용히 점심식사를 하고 있었다. 그녀는 이곳 살페트리에르병원에서 흔한 미치광이가 되어 오후를 맞이하리라고는 전혀 예상하지 못했다. 그의 누이, 외제니 클레리는.

테오필과 외제니는 결코 살가운 사이가 아니었다. 그건 사실이다. 테오필은 누이를 존중했지만, 그녀에 대한 깊은 애정은 없었다. 하지만 누이가 가족에게 속아 집에서 쫓겨난 것으로도 모자라 마치 거추장스러운 포대 자루 취급을 당하면서 이 저주받은 장소, 파리 한가운데에 있는 여자들의 지옥으로 옮겨지는 모습을 보면서, 테오필은 지금까지 한 번도 느껴보지 못한 충격에 사로잡힌다. 그는 구역질이 나서 아버지를 남겨둔 채 자리를 박차고 나간다. 아버지는 당혹스러운 얼굴로 준비에브에게 손을 내민다.

"프랑수아 클레리입니다. 아버지 되는 사람이지요. 아들의 실례를 양해 바랍니다, 왜 저러는지 영문을 모르겠군요."

"글레즈라고 합니다. 따라오시죠."

준비에브의 소박한 사무실에서, 프랑수아 클레리가 의자에 앉아 깃펜으로 서류에 서명을 한다. 탁자 위에는 그의 실크해트가 놓여 있다. 몇 년째 닫혀 있는 하나뿐인 창문으로 한낮의 햇빛이 스며든다. 창유리에서부터 타일 바닥까지 방을 통과하는 빛줄기 속에 먼지가 뱅글뱅글 회전한다. 수백 개의 서류철과 문서들이 빼곡히 들어찬 책상과 열린 캐비닛 아래 회백색 먼지 뭉치가 뒹굴고 있다. 퀴퀴하고 눅눅한 나무 냄새가 사무실 안에 진동한다.

"따님을 입원시키면서 저희한테 바라는 점이 있나요?"

준비에브는 그와 마주앉아 있다. 오늘 자신의 딸을 입원시키려 하는 남자를 똑바로 바라본다. 프랑수아 클레리가 펜을 멈춘다.

"솔직히 말하면, 나는 딸이 나으리라고 기대하지 않습니다. 신비주의적인 관념은 고쳐지지 않지요."

"따님이 발작을 일으킨 적이 있나요? 발열이나 실신, 근육 구축이라든지?"

"아니요. 딸애는 멀쩡합니다…… 다만 말씀드렸듯이 죽은 사람들이 보인다고 주장해요. 몇 년 됐습니다."

"따님 말씀이 진실이라고 생각하세요?"

"내 딸애에겐 흠결이 있습니다만…… 거짓말쟁이는 아니에요."

준비에브는 남자의 손이 축축이 젖어 있는 것을 알아차린다. 그는 서류 위에 펜을 놓고 책상 아래로 손을 내려 바짓자락에 손바닥을 문지른다. 양복 단추가 몸을 죄는 듯 갑갑해 보인다. 희끗희끗한 턱수염 밑에서 그의 입술이 파르르 떨린다. 이 평판 좋고 냉정한 공증인이 평정심을 유지하느라 이렇게 절절매는 경우는 드물다. 살페트리에르병원 안으로 들어온 사람이면 누구나, 특히 자신의 딸이나 아내, 혹은 어머니를 이곳에 입원시키려는 사람은 불안 증세를 보인다. 그동안 셀 수 없이 많은 남자들이 이 의자에 앉았다. 막일꾼, 꽃집 주인, 교사, 약사, 상인, 아버지, 오빠, 남편…… 그들이 발 벗고 나서지 않았다면 살페트리에르병원의 입원자가 지금처럼 많지 않았을 것이다. 물론 여자들도 다른 여자들을, 어머니보다는 시어머니를, 때때로 친척 아주머니를 입원시키기도 했다. 하지만 정신질환자들은 대개 같은 성姓을 가진 남자들의 손에 이끌려 병원에 수용되었다. 가장 불행한 처지는 남편도 부친도 없고 의지할 데도 없어서, 존재 자체가 더이상 고려 대상이 되지 않는 여자다.

준비에브는 특히 맞은편에 앉아 있는 남자의 사회계층에 놀랐다. 일반적으로 부르주아들은 아내나 딸을 병원에 수용시키는 일을 질색한다. 그들이 더 높은 윤리의식을 지녀서라거나 당사자가 원치 않는 입원을 강행하는 것을 부도덕하게 여겨서가 아니다. 그저 자신의 아내나 딸이 병원에 입원했다는 소식이 살롱에 퍼졌다가는 명예가 완전히 실추될 수 있기 때문이다. 부르주아 여자들은 크리스털 샹들리에 아래서 조금이라도 정신이 이상한 낌새를 보였다가는 재빨리 약물이 주입되고 방안에 감금되곤 했다. 그런 만큼 공증인이 살페트리에르병원에 자기 딸을 수용시키러 오는 것은 극히 이례적인 일이다.

클레리 씨가 준비에브에게 서명한 서류를 건넨다. 그녀는 문서를 흘긋 보고 남자를 쳐다본다.

"질문 하나 드려도 될까요?"

"그러시죠."

"따님이 나아지리라 기대하지 않으신다면서 왜 정신병원에 입원시키려는 거죠? 여기는 감옥이 아니에요. 우리 일은 환자를 치료하는 겁니다."

공증인은 가만히 생각에 잠긴다. 그러다 자리에서 일어나 단호한 동작으로 자신의 실크해트에 묻은 먼지를 떨어낸다.

"악마에 씌지 않은 이상, 죽은 사람들과 대화하는 건 있을 수 없는 일이죠. 내 집에서 그런 일은 용납할 수 없습니다. 이제 나한테 딸은 없는 셈입니다."

남자는 준비에브에게 인사하고 사무실을 빠져나간다.

병원 안의 한적한 정원에 어둠이 내린다. 여자들이 유독 많다는 점을 제외하면, 파리의 여느 공원들과 다름없어 보인다. 손이 오그라드는 겨울 추위에도 바람을 쐬러 나온 여자들이 두꺼운 모직 외투를 입거나 후드 달린 케이프를 걸치고, 혼자서, 혹은 둘씩 짝지어 포석이 깔린 길을 단조롭고 느릿한 걸음으로 거닌다. 따뜻한 날에는 잔디와 잎새들이 다시 활기와 생생함을 되찾는다. 여자들은 풀밭에 원피스 자락을 늘어뜨리고 눈을 감은 채 고개를 들어 볕을 쬐고 비둘기들에게 빵 부스러기를 던진다. 이 더러운 날짐승들에게 모이 주기를 꺼리는 다른 여자들은 나무둥치 쪽에 따로 모여 공동 병실에서 함부로 꺼내지 못하는 온갖 이야기를 나눈다. 감시자들의 시선을 피해 서로에게 비밀을 털어놓고, 서로를 위로하고, 서로의 손과 입술과 목에 입을 맞추고, 얼굴과 가슴과 허벅지를 쓸어내리면서 새소리에 마음을 달래기도 하고 병원을 나가게 되면 할 일을 서로 약속하기도 한다. 이곳은 잠시 머물다 떠날 곳이니까, 이곳에서 영원히 살게 되지는 않을 테니까, 그럴 수는 없으니까. 언젠가 그들 앞에서 병원 입구의 검은 철책 문이 열리고, 그들은 결국 병원을 나와 자유롭게 파리의 인도를 성큼성큼 걸을 테니까, 예전처럼……

녹음이 드리운 길 인근에 병원 부속 성당이 정원과 산책하는 여자들을 굽어보고 있다. 성당 건물은 병원의 다른 건물들에 비해 크기와 높이 면에서 단연 두드러진다. 꼭대기에 종탑이 있는 검은색 돔지붕은 어디서나 눈에 띈다. 길모퉁이에서, 잎이 무성한 우듬지 위로, 또 창문 너머로도 그 둥근 지붕이 보인다. 중얼대는 기도와 고해와 미사 소리로 가득한 그곳은 마치 사람들을 따라다니듯 어디에서나 웅장하고 장엄한 모습이다.

준비에브는 성당의 자줏빛 나무문을 한 번도 넘어선 적이 없다. 건물 사이를 이동하기 위해서 안뜰을 지날 때면 무심히, 때로는 적개심을 품고 그 거대한 석조건물을 따라 걷는다. 어릴 적 가톨릭신자였던 준비에브는 매주 일요일이면 억지로 성당에 끌려가 항상 경멸감을 드러내며 기도문을 외웠다. 기억하는 한 아주 오래전부터, 이 장소와 직간접적으로 연관된 모든 것—투박한 나무 벤치, 십자가에서 죽은 예수, 그녀의 혀에 놓이는 제병祭餠, 고개 숙이고 기도하는 신실한 신자, 마법의 가루처럼 의식 속에 스며드는 설교—에 거부감을 느꼈다. 사람들은 단지 빵모자 같은 작은 모자를 쓰고서 제단에 올랐다는 이유로 주민들에게 절대적인 권력을 행사하던 이의 말에 귀기울였다. 십자가에 못박힌 자를 위해 슬퍼하고, 그의 아버지에게, 이 땅의 모든 인간을 심판한 추상적인 존재에게 기도를 올렸다. 준비에브에게는 그 발상이 기괴하기만 했다. 그녀는 이 터무니없는 종교의식에 불만을 품었지만 입 밖에 내지는 않았다. 유달리 얌전했던 이 금발 소녀가 자신의 본능적인 반감을 억누른 유일한 이유는 아버지였다. 그는 여러 마을에서 존경받던 의사였다. 그의 장녀가 미사에 나가지 않는다면 사람들이 분명 탐탁지 않은 시선으로 바라보았을 것이다. 교회는 도시보다 시골에서 훨씬 중요하게 여겨진다. 서로 잘 아는 이런 곳에서는 남들과 다르게 생각하기가 어렵고, 일요일 아침에 집에 머무른다는 건 있을 수 없는 일이다. 게다가 블랑딘이 있었다. 준비에브보다 두 살 어린 여동생, 붉은 머리에 깡마르고 창백한 인형 같던 아이. 블랑딘은 정말로 독실한 신자였다. 준비에브가 말없이 증오하던 모든 것이 블랑딘에게는 숭배의 대상이었다. 마치 블랑딘이 두 사람 몫의 신앙을 가진 듯했다. 블랑딘이 아주 어려서부터 보인 신앙심 때문에, 준비에브는 동생을 위해서라도 함부로 자신의 반감을 드러내지 않았다. 준비에브는 동생을 사랑했다. 심지어 자신에게는 없는 동생의 신앙심에 감탄했다. 준비에브가 신을 믿을 수 있었다면 모든 게 훨씬 간단했을 것이다. 하지만 그러지 못해서 그녀는 소외감을 느꼈고, 억눌러야 하는 내면의 분노에 피로해졌다. 당혹스럽게도 신을 향한 사랑이 블랑딘을 더욱 성숙하게 만들어준 듯 보여, 준비에브는 그런 동생을 보며 마음을 고쳐먹고 억지로라도 믿어보려 애썼다. 하지만 소용없었다. 단지 그럴 수 없었을 뿐 아니라 오히려 생각할수록 신은 존재하지 않는다는 신념이 더욱더 확고해졌다. 교회는 사기였고 성직자들은 사기꾼들이었다.

준비에브가 어린 시절부터 삼켜온 소리 없는 분노는 블랑딘이 갑작스럽게 죽으면서 걷잡을 수 없이 커졌다. 준비에브가 열여덟 살 때였다. 그녀는 청소년 때부터 왕진을 다니는 아버지를 보조하면서 자연스럽게 간호사가 되어야겠다는 생각을 품게 되었다. 그녀는 키도 훤칠하고 걸음걸이도 당당했다. 매일같이 틀어올리는 금발 아래 보이는 각진 얼굴엔 늘 자부심이 가득했다. 준비에브는 예리한 눈으로 어떤 질병이든 정확하게 진단할 수 있었고, 심지어 아버지보다 먼저 진단을 내리는 일이 잦아지면서 환자들은 아버지 대신 준비에브를 찾아와 진찰을 부탁하기도 했다. 준비에브는 집에 있는 의학 서적을 모두 읽어 자기 것으로 흡수했고, 마침내 그 속에서 자신의 신앙을 찾았다. 그녀는 의학을 믿었다. 과학을 신봉했다. 그것이 그녀의 신념이었다. 준비에브는 자신이 간호사가 되리라는 것을 한 번도 의심하지 않았지만 오베르뉴에서는 아니었다. 그녀는 파리행을 꿈꿨다. 파리야말로 훌륭한 의사들이 활동하고 과학의 발전이 이루어지는 곳, 준비에브가 있어야 할 곳이었다. 준비에브의 야망이 부모의 망설임보다 강했고, 결국 그녀는 모은 돈을 털어서 수도로 향했다. 파리에 오고 몇 달 뒤, 아버지로부터 편지 한 통이 날아왔다. "심각한 결핵에 걸린" 블랑딘의 장례식 통고였다. 준비에브는 종이를 바닥에 떨구고 지금까지도 쭉 살고 있는 누추한 방에서 정신을 잃었다. 저물녘이 되어서야 정신을 차린 준비에브는 눈물을 흘리며 뜬눈으로 밤을 지새웠다. 분명, 신은 없었다. 만약 신이 존재하고 이 땅에서 정의를 행한다면, 열여섯 살짜리 독실한 신자를 죽도록 내버려두고 항상 자기를 부정하던 불경한 자를 살려둘 리 없을 터였다.

그때부터 준비에브는 사람들을 치료하는 일에, 자신이 할 수 있는 한 동시대 의학 발전을 위해 평생을 바치기로 다짐했다. 그녀는 사람들이 성인들을 찬양하듯이 의사들을 찬양했다. 그들의 옆에서 자신의 자리를 찾았다. 눈에 띄지 않고 대수롭지 않았지만, 그럼에도 없어서는 안 되는 자리였다. 준비에브는 근면함과 정확한 일 처리와 총명한 머리로 이 남자들의 존중을 받았다. 그렇게 점차, 살페트리에르병원에서 명성을 쌓아갔다.

준비에브는 독신이었다. 파리에 도착한 지 이 년이 되었을 때 어느 젊은 의사에게 청혼을 받았지만 거절했다. 준비에브는 동생이 죽었을 때 자신의 일부가 함께 죽었다고 믿었다. 살아남았다는 가책 때문에 그녀는 삶의 모든 기회를 받아들이지 않았다. 좋아하는 일을 직업으로 삼는 특권을 누리는데, 그 이상을 바라는 건 오만이 아닐까? 동생이 아내와 엄마가 될 수 있는 기회를 갖지 못했으니, 준비에브는 스스로에게서 그 기회를 박탈했다.

준비에브가 자물쇠에 열쇠를 밀어넣는다. 냉기가 도는 좁고 컴컴한 병실 안, 외제니가 침대 옆에 놓인 의자에 뒤돌아 앉아 있다. 가슴 앞에 팔짱을 낀 채다. 가느다란 흑갈색 머리칼이 등뒤로 흘러내려 있다. 외제니는 멍하니 방 한구석을 응시한다. 문이 열리는 소리에도 동요하지 않는다. 준비에브는 잠시 새로운 환자를 바라본다. 기분이 어떤지 살피려 하지만 가늠이 되지 않는다. 그래서 앞으로 걸어가 침대 위에 쟁반을 올려둔다. 쟁반 위에는 수프 한 그릇과 딱딱한 빵 두 조각이 놓여 있다.

"자, 네 저녁식사야, 외제니."

외제니는 꼼짝도 않는다. 준비에브는 그녀에게 가까이 다가가볼까 망설이다가 문가에 있는 편이 낫겠다고 판단한다.

"오늘밤에는 이 병실에서 지낼 거야. 내일은 구내식당에서 아침을 먹을 거고. 난 준비에브라고 해. 내가 이 병동을 감독하고 있어."

외제니가 준비에브의 이름을 듣고 뒤돌아본다. 다크서클이 드리운 크고 침울한 눈으로 수간호사를 주시하며 미소 짓는다.

"친절하시네요."

"네가 왜 여기에 있는지 아니?"

외제니는 차마 다가오지 못하고 문가에 서 있는 금발의 여자를 뚫어지게 응시한다. 그러고는 잠시 생각에 잠기더니 시선을 내려 자신의 편상화를 본다.

"할머니를 원망하지는 않아요. 결국 할머니가 본의 아니게 저를 해방시켜준 셈이죠. 더이상 비밀을 숨기고 살 필요가 없게 됐으니까요. 이제 제가 어떤 사람인지 모두가 알아요."

준비에브는 문손잡이를 잡고서 젊은 여자의 얼굴을 물끄러미 바라본다. 환자가 이토록 정확한 발음으로 분명하게 말을 하다니, 그녀에겐 익숙지 않은 일이다. 그때, 의자에 앉아 여전히 팔짱을 끼고 있던 외제니가 갑작스레 기진한 듯 몸을 앞으로 살짝 구부린다. 잠시 후 외제니가 준비에브를 향해 다시 고개를 든다.

"전 이곳에 오래 머물지 않을 거예요."

"결정은 네가 내리는 게 아니야."

"알아요. 당신이 내리죠. 당신은 나를 도와줄 거고요."

"글쎄, 내일 데리러 올게……"

"블랑딘이군요, 동생 이름이."

준비에브는 잡고 있던 문손잡이를 더 꽉 움켜쥔다. 그녀는 잠시 말문이 막혔다가 얼마 후에야 호흡을 되찾는다. 외제니가 차분한 눈길로 준비에브를 바라본다. 피곤이 역력한 얼굴에 내내 평온한 미소를 머금고 있다. 준비에브는 이 미치광이 앞에서 몸이 굳어버린다. 그리고 좋은 가문의 딸답게 깔끔하고 우아한 옷차림을 한 외제니를 보며 문득 마녀를 떠올린다. 그렇다, 옛날에 살던 마녀는 꼭 이 긴 흑갈색 머리 여자와 같았으리라. 카리스마 넘치고 매력적인 외모, 그러나 악랄하고 타락한 내면.

"입 다물어."

"붉은 머리 맞죠?"

외제니는 어두운 방의 다른 무언가를 보고 있는 듯 준비에브의 바로 뒤, 한 지점을 응시한다. 준비에브는 온몸이 감전된 느낌이다. 마치 오한이 든 것처럼 가슴이 떨리기 시작하더니 점점 심해지면서 상체와 팔까지 달달거린다. 통제할 수 없는 어떤 힘에 이끌린 준비에브는 본능적으로 뒤돌아 방을 빠져나온다. 신경이 곤두선 채 허둥대며 문을 걸어 잠근 뒤 텅 빈 복도로 몇 발짝 물러나다가 끝내 차가운 바닥에 나자빠진다.

준비에브가 집에 들어서자, 시계는 저녁 아홉시를 가리키고 있다. 비좁은 아파트는 어둠에 잠겨 있다. 준비에브는 집안으로 느릿느릿 걸어들어가 기계적인 동작으로 외투를 벗어 의자 등받이에 걸쳐놓고 침대에 앉는다. 어렴풋이 침대의 삐걱 소리가 들린다. 다시 까무러칠까봐 두려운 듯, 그녀는 두 손으로 매트리스의 가장자리를 움켜잡는다.

병원 복도 바닥에서 몸을 추스르기까지 얼마나 시간이 흘렀는지 정확히 알 수 없다. 뒤로 넘어지면서 그녀는 자신이 조금 전 걸어 잠근 문을 두려움과 놀라움이 뒤섞인 눈으로 바라봤다. 그 문 너머에서 무언가 설명할 수 없는 불길한 일이 일어나고 있었다. 무슨 일이 벌어지는 것인지 그녀로서는 분명하게 파악하기 어려웠다. 극심한 공포가 그녀를 바닥에 쓰러뜨리고 차분한 판단력을 앗아갔다. 그저 외제니의 얼굴만 떠올랐다. 내면에 어떤 악의가 도사리고 있을지 전혀 짐작할 수 없는 아름다운 얼굴이었다. 새로 들어온 환자가 준비에브에게 장난을, 그것도 교활하고 고약한 장난을 친 것이다. 준비에브를 농락하려 한 것이다. 대체 어떻게 속임수를 쓸 수 있었는지 모르지만 그녀를 동요시키려 했다. 그런 의미에서 외제니는 병동의 다른 환자들보다 훨씬 위험한 인물이었다. 다른 여자들은 사실 악의적이라기보다 그저 정신이 나간, 불쌍한 환자들일 뿐이었다. 반면에 외제니는 냉소적인데다 교활하기 짝이 없었다. 그것은 위험한 조합이었다.

준비에브는 한참이 지나서야 가까스로 몸을 일으킬 수 있었다. 그녀는 비트적거리며 잠든 병원을 벗어나 대로를 따라 올라갔다. 다른 건물들 지붕 위로 솟은 팡테옹의 돔지붕을 보며 오른쪽으로 돌아 활기 띤 주점들을 천천히 지나친 후 식물원 외곽의 철책을 따라 걸었다. 십 년도 더 전, 파리코뮌으로 굶주린 시민들이 식물원 안 동물원에 살던 초식동물들을 잡아먹은 이후로 철책 너머 동물의 울음소리는 더이상 들리지 않았다. 준비에브는 포석이 깔린 좁은 길들을 따라 팡테옹 뒤편으로 거슬러올라간 뒤, 팡테옹 주변을 돌아 마침내 자신의 아파트 건물에 도착했다.

　준비에브는 간호복도 벗지 못한 채 침대에 누워 몸을 웅크린다. 몸은 무겁고 머릿속은 혼란스럽기만 하다. 마음이 도저히 진정되지 않는다. 그 병실에서 분명 예사롭지 않은 강렬한 일이 벌어졌다. 준비에브가 이토록 냉정을 잃고 감정에 사로잡힌 적은 없었다. 간혹 그런 경우가 생기더라도, 적어도 스스로 그 감정의 정체를 알 수 있었다. 동생이 죽고 얼마 지나지 않아 어머니까지 세상을 떠났을 때 그녀는 슬픔에 잠겼다. 언젠가 동생과 닮은 환자에게 목이 졸렸을 땐 배신감과 비애를 느꼈다. 하지만 오늘 저녁에는 자신의 감정을 도통 정의하기 어려웠다. 그 방에서 숨이 막혔던 것은 알고 있다. 외제니의 말, 그녀로서는 도무지 설명할 수 없는 그 말은 마치 낯설고, 예사롭지 않고, 꺼림칙한 세상으로 열린 문 같았다. 합리적인 사고와 과학적 논리의 원칙하에 교육받은 준비에브는 '망자들과 말한다'는 것이 무엇을 뜻하는지 직접 경험할 준비가 되어 있지 않았다. 준비에브는 더이상 그 일을 떠올리고 싶지 않다. 오늘 저녁의 일은 잊고 싶다. 그녀는 방을 덥히는 난롯불조차 지피지 않은 채 금방 잠에 빠져든다.
　한밤중에 준비에브가 느닷없이 잠에서 깨어난다. 그녀는 본능적으로 침대에서 몸을 일으켜 벽에 등을 기댄다. 심장이 멈출 것만 같다. 준비에브는 어두운 방안을 둘러본다. 누군가 그녀의 어깨를 건드렸다. 누군가의 손이 어깨에 닿았고, 준비에브는 그것을 확신한다. 눈이 어둠에 익자 가구와 그림자와 천장이 차츰 구분된다. 아무도 없다. 문도 잠겨 있다. 하지만 준비에브는 분명히 느꼈다.

그녀는 얼굴에 손을 대고 눈을 감은 채 호흡을 가다듬으려 애쓴다. 바깥의 도시는 고요하다. 건물 내에서도 소음은 들리지 않는다. 시계가 새벽 두시를 가리키고 있다. 준비에브는 침대에서 내려와 숄을 어깨에 걸치고 석유등에 불을 붙인 뒤 콘솔테이블 앞에 앉는다. 종이를 꺼내고, 펜촉을 잉크통에 담갔다가 서둘러 편지를 쓰기 시작한다.

1885년 3월 5일, 파리

내 동생에게

너에게 급히 편지를 써야 할 것 같았어. 새벽 두시인데도 잠을 이룰 수가 없어. 아니 잠들었다가 깨어났지. 꿈이었다 믿고 싶지만, 꿈이라 하기에는 느낌이 너무나 생생했어.

내가 무슨 말을 하는지 어리둥절하겠구나. 나도 오늘 겪은 일을 어떻게 설명해야 할지 모르겠어. 시간도 늦었고, 아직 너무 혼란스러워서 생각을 명확하게 정리하기가 어려워.

내가 정신 나간 사람처럼 횡설수설하더라도 이해해줘.

차분히 쉬고 나서 내일 더 자세히 이야기해줄게.

사랑 가득한 입맞춤을 보내며.

언제나 너를 생각하는 언니가

준비에브는 펜을 내려놓고 한 손으로 종이를 들어 불빛 아래서 편지를 다시 읽어본다. 그러곤 잠시 생각에 잠겼다가 의자에서 일어선다. 창문 너머 함석지붕을 따라 늘어선 굴뚝들이 어둠 속에서 어렴풋이 보인다. 하늘은 구름 없이 맑고 달이 도시 위에서 빛나고 있다. 창문을 열자 밤의 한기가 얼굴에 훅 끼친다. 그녀는 창가로 다가가서 눈을 감고 숨을 깊이 들이마셨다가 천천히 내뱉는다.

6

1885년 3월 5일

자물쇠 삐걱이는 소리에 외제니가 잠에서 깨어난다. 깜짝
놀라 침대 발치에 일어나 앉은 채 방안을 두리번거린다. 잠시
동안 자신이 이곳, 정신병원에 와 있다는 사실을 까맣게 잊은
터다. 이제 그녀는 가족에게 속아서, 어린 시절 경외의 대상이
었던 이의 손에 이끌려 병원에 감금된 수많은 정신질환자들
가운데 하나가 되었다.

열린 문 쪽으로 고개를 돌리자 목덜미에 통증이 느껴진다.
외제니는 미간을 잔뜩 찌푸리며 어깨에 손을 갖다댄다. 침대
는 딱딱하고 베개도 없는데다 마음이 불안해서 제대로 눈을

붙이지 못했다. 팔다리도 뻐근하다.

문가에 여자의 실루엣이 나타난다.

"따라와."

어제의 그 간호사는 아니다. 목소리에 짐짓 권위를 실어보려는 듯하지만 훨씬 앳되다. 외제니는 어제 보았던 준비에브를 떠올린다. 그녀의 근엄한 태도는 아버지를 연상시켰다. 특히 감정을 드러내지 않는 성격이며 스스로 절제하는 성향이 똑같았다. 하지만 아버지의 냉엄한 성정이 타고난 것이라면, 준비에브는 후천적으로 그런 사람이 되었다는 점에서 차이가 있었다. 그녀의 엄격한 면모는 단련된 결과일 뿐, 본성에서 비롯된 것이 아니다. 외제니는 준비에브의 눈을 보고 이를 알아차렸다. 특히 동생의 이름을 언급했을 때 그 점이 똑똑히 드러났고, 바로 그 순간 외제니는 준비에브의 시선 뒤에 자리한 고통을 이해했다.

그토록 빨리, 더구나 병원에 갇힌 상황에서 이런 식으로 그 존재를 보게 될 줄은 몰랐다. 준비에브가 병실에 들어왔을 때 외제니는 등진 채 앉아 있었다. 준비에브가 문을 지나는 순간 그녀가 누군가와 함께 온 것이 느껴졌다. 어떤 뚜렷한 존재가 자기 모습을 내보이고 목소리를 들려주려 했다. 그때 외제니는 기력이 없는 상태였다. 아직은 아니라고, 여기, 자기 방이 아닌 이 병실은, 이미 공포에 질려버리게 만든 이곳에서는 아니라고 되뇌었다. 하지만 결국 엄습하는 피로감을 받아들일 수밖에 없었다. 준비에브가 자신을 소개할 때, 외제니는 그 존재와 마주보기로 결심했다. 수간호사 뒤편 어둠 속에 블랑딘이 서 있었다. 그렇게 어린 혼령은 한 번도 본 적이 없었다. 달처럼 동그랗고 창백한 얼굴과 붉은 머리를 보자 테오필이 떠올랐다. 처음에 블랑딘은 아무 말 없이 준비에브와 외제니의 대화를 듣기만 했다. 그러다 얼마 후에야 말을 걸었다.

"난 저 사람의 동생 블랑딘이에요. 언니한테 말해요. 언니가 당신을 도와줄 거예요."

몸을 숙인 채 머릿속에서 울리는 목소리를 듣고 있자니 웃음이 나올 것 같았다. 이 상황이 너무 터무니없는 듯했다. 바로 그날 아침에, 외제니의 삶은 자유에서 감금으로 돌이킬 수 없는 변화를 겪었다. 햇빛이 거의 들어오지 않는 벽과 벽 사이에서, 아버지가 딸을 평생 가둬두기로 결심한 그 벽과 벽 사이에서 겨우 한나절을 보낸 참이었다. 그런데 그 와중에 도움을 약속하는 새로운 존재가 외제니를 찾아오다니. 그렇다, 웃음이 나올 법도 했다. 신경질적이고 히스테릭한 웃음, 그녀를 걷잡을 수 없이 격한 감정에 빠뜨리고 끝내 광기에 몰아넣고 말 웃음이 말이다. 다행히 외제니에게는 웃을 기력이 남아 있지 않았고, 그래서 간신히 미소만 머금을 뿐이었다. 이 망자가 자신을 위해서나 그녀의 언니를 위해서 정말 나타난 것인지 알 수 없었지만, 외제니는 호의적인 감정을 느꼈다. 무엇보다 외제니는 이제 더이상 잃을 것이 없었다. 이곳보다 더 깊은 나락은 없으니까. 그래서 외제니는 준비에브에게 말했다. 아주 잠깐이었지만, 준비에브는 산산이 무너졌다. 어떤 일에도 눈 하나 꿈쩍하지 않는 여자에게, 다른 이들이 겪을 수 있는 온갖 장애와 질병과 고통을 마주하면서도 스스로 빈틈을 보이지 않았기에 아무 영향을 받지 않았던 여자에게 큰 충격이었던 게 분명했다. 자신의 말이 준비에브의 깊은 내면을 흔든 듯했고, 아무도 도달하지 못한 그 심연의 어느 지점에 마침내 가닿은 것 같았기에, 외제니는 어쩌면, 실낱같은 가능성이나마, 준비에브의 도움을 빌려 자신이 원하는 바를 이룰 수도 있겠다는 생각이 들었다.

외제니의 머릿속에는 한 가지 생각뿐이었다. 그녀는 이곳을 벗어나야 했다. 반드시 그래야 했다.

외제니는 간호사를 따라서 복도를 지나 공동 병실로 향한다. 하얀 간호복 위에 검은색 앞치마를 바짝 둘러맨 간호사의 굵은 허리춤이 꽉 쥔다. 단정하게 정리한 머리에는 이곳 간호사들을 환자들과 구별해주는 필수적인 액세서리인 하얀 머리쓰개를 핀으로 고정해둔 채였다. 두 여자의 구둣굽 소리가 텅 빈 복도에 울린다.

아치형 창문들을 지나치던 외제니는 창유리 너머 바깥을 본다. 병원이라기보다는 작은 마을 같은 곳이다. 수수한 개인 저택 같아 보이는, 연분홍색 긴 석조건물들이 병동을 이루고 있다. 1층과 2층엔 위아래로 길쭉한 창문을 통해 복도며 의사들의 사무실 혹은 검사실로 보이는 방으로 빛이 비쳐든다. 3층에는 비교적 작은 정사각형 창문들이 나 있는데, 아마도 독방들인 것 같다. 꼭대기층에는 짙푸른 지붕에 창이 뚫려 있어서, 나무와 건물 들을 내려다볼 수 있다. 저멀리 길이 나 있는 정원이 보인다. 그곳에서 기품 있게 차려입은 도시 여자들과 뒷짐을 지고서 조용히 토론하는 부르주아 남자들이 산책을 하고 있다. 마치 담장 저편에서 일어나는 일은 전혀 안중에 없거나, 반대로 거기서 일어나는 일을 몹시 궁금해하는 듯하다. 건물에는 사륜마차와 역마차가 지나갈 수 있는 아치형 통로들이 일정한 간격으로 있어 사방에서 포석을 박차는 말발굽 소리가 들려온다. 특정한 각도에서 보면, 건물 지붕 위로 웅장한 건물의 크고 검푸른 돔지붕이 고개를 내밀어 놀라움과 호기심을 불러일으킨다.

어디를 보아도 광기의 흔적은 찾을 수 없다. 살페트리에르 병원 원내의 길에서 사람들은 산책하고, 마주치고, 걷거나 말을 타고 이동한다. 길과 거리에는 이름이 있고, 안뜰은 꽃들로 가득하다. 이 작은 마을의 분위기는 얼마나 평온한지, 이곳 건물에 방 하나를 얻어 고요히 둥지를 틀고 싶은 마음까지 생길 정도다. 이렇게 목가적인 풍경을 보면서 살페트리에르병원이 17세기부터 무수한 비극의 무대였다는 사실을 어떻게 믿을 수 있겠는가? 하지만 외제니는 이 담벽 안의 삭막한 역사를 모르지 않았다. 파리 여자에게 도시 남동쪽의 살페트리에르병원으로 보내지는 것보다 최악의 운명은 없다.

오래전 병원 건물 공사가 완료되었을 때, 도시에서는 선별 작업이 시작되었다. 우선 왕명에 따라 빈자와 걸인, 부랑자와 노숙자를 가려냈다. 그다음은 방탕한 여자, 매춘부, 문란한 여자 등 모든 '죄인들'을 짐수레에 몰아넣고 병원으로 실어날랐다. 여자들의 얼굴은 눈을 매섭게 부릅뜬 시민들 앞에 공개됐고, 그들의 이름은 진작 밝혀져 공개적으로 단죄되었다. 이어 필연적으로 미친 여자, 노망난 여자, 난폭한 여자, 정신착란증 환자, 백치, 허언증 환자, 음모론자들이 나이에 상관없이 붙잡혀갔다. 건물은 빠르게 비명과 오물, 쇠사슬, 그리고 이중 잠금장치로 채워졌다. 정신병원이면서 감옥이기도 한 살페트리에르병원엔 도시 차원에서 관리하지 못하는 이들, 즉 환자들과 여자들이 수용되었다.

18세기에 윤리의식이 생기면서, 혹은 장소가 부족해지면서, 병원은 신경질환을 앓는 여자들만 수용하게 되었다. 비위생적인 장소들을 걸레로 닦고, 수감된 여자들의 다리를 옥죄던 쇠고랑을 풀고, 수용자들이 빽빽이 들어찬 방안을 여유 있게 비웠다. 바스티유 습격*에 이어 참수형 집행과 극렬히 불안정한 정세가 수년 동안 온 나라를 덮쳤다. 1792년 9월 '상퀼로트'** 들은 살페트리에르병원에 수감된 이들을 풀어달라고 요구했다. 국민군은 그 요구에 따랐으며, 자유를 되찾고 좋아서 어쩔 줄 몰라하던 여자들은 결국 강간당하고, 거리에서 도끼와 몽둥이와 망치로 살해당했다. 자유롭든 갇혀 있든, 여자들은 어디서도 안전하지 않았다. 여자들은 언제나 자신들의 동의 없이 내려진 결정에 가장 먼저 희생당했다.

세기초에 희망의 서광이 비쳤다. 보다 열의 있는 의사들이 세상에서 여전히 '미친 여자들'이라 불리던 그들의 치료를 맡기로 한 것이다. 선진 의료 기술이 급부상하면서 살페트리에르병원은 신경질환 치료와 연구를 전담하는 장소가 되었다. 완전히 새로운 부류의 환자들, 즉 히스테리, 간질, 우울증, 편집증 혹은 정신착란 환자들이 병원의 다양한 부속 건물에서 치료받기 시작했다. 쇠고랑과 누더기옷은 사라졌지만, 대신

---

* 루이 16세의 국민의회 해산에 반발하여 파리 시민들이 1789년 7월 14일 절대 왕권의 상징인 바스티유 감옥을 습격한 사건. 프랑스혁명의 발단이 되었다.
** 프랑스혁명에 참여했던 과격 공화파 시민들을 일컫는 말로, 이들이 귀족의 상징이었던 퀼로트를 입지 않은 데서 유래한다.

그들의 병든 몸은 실험 대상이 되었다. 의사들은 난소 압박기로 히스테리발작을 진정시켰고, 질과 자궁에 뜨거운 쇳덩이를 삽입하여 환자들의 임상증상을 완화했다. 향정신성 물질인 아질산아밀, 에테르, 클로로포름으로 젊은 여자들의 신경을 잠재웠으며, 아연과 자석 같은 다양한 금속을 마비된 팔다리에 붙이면 실제로 유익한 효과가 나타나기도 했다. 그러다 19세기 중반에 샤르코가 등장하면서 최면 요법이 의료계의 새로운 경향으로 자리잡았다. 매주 금요일에 열리는 그의 공개 강연에 세간의 관심이 집중되었으니, 이제 파리의 새로운 주역은 대로변 극장의 배우들이 아닌 병원의 환자들이었다. 사람들은 호기심이 동해서 오귀스틴과 블랑슈 위트망* 같은 이름을 입에 올렸다. 그 호기심은 때로는 경멸적이었으나, 때로는 성적인 것이기도 했다. 바야흐로 미친 여자들이 욕망의 대상이 된 시기였다. 그들의 매력은 모순적이었다. 두려움과 환상, 공포와 관능을 동시에 자극했다. 숨죽인 청중 앞에서 최면에 걸린 환자가 보이는 히스테리발작은 때때로 신경성 기능장애라기보다 절망에 사로잡힌 에로틱한 춤처럼 보였다. 미친 여자들은 더이상 두려운 존재가 아니라 매혹적인 존재였다. 그들에 대한 폭발적인 관심으로 인해 몇 년 전 시작된 것이 바로 미

---

* 마리 블랑슈 위트망(Marie Blanche Wittman, 1859~1913). 장마르탱 샤르코의 히스테리 환자. '히스테리 환자들의 여왕'으로 불렸다.

친 여자들의 무도회이자 파리의 연례행사인 미카렘 무도회였다. 그날만큼은, 당당하게 초대장을 내보일 수 있는 사람들 모두가 철문을 지나 정신질환자에게만 허락되었던 공간으로 들어설 수 있었다. 단 하룻밤, 소수의 파리 사람들이 이 가장무도회 날 상상할 수 있는 온갖 것, 이를테면 눈길, 미소, 어루만짐, 찬사, 약속, 조력, 해방 등을 기대하고 있는 여자들을 구경하러 왔다. 여자들이 희망을 품는 사이 낯선 이들은 이 신기한 짐승들을, 장애를 지닌 환자들을, 불구의 몸들을 오래도록 주시했고, 가까이에서 지켜본 이 미친 여자들을 무도회가 끝난 뒤에도 오랫동안 화젯거리로 삼았다.

살페트리에르병원의 여자들은 더이상 애써 존재를 감춰야 하는 페스트 환자들이 아니었다. 그들은 사람들이 일말의 가책 없이 스포트라이트를 비추는 오락거리였다.

외제니는 어느 창문 앞에 멈춰 서서 정원과 고목들을 응시한다. 구걸하던 여자들이 작은 병실에서 썩어가며 쥐들에 손가락과 발가락을 갉아먹히던 시절이 있었다. 수감된 여자들을 수백 명씩 풀어주고 병원 입구에서 잔인하게 살해당하도록 방치하던 시절이 있었다. 단지 간음했다는 이유만으로 여자들을 감금하던 시절이 있었다. 오늘날 병원은 평화로워 보인다. 그럼에도 그 모든 여자들의 혼백들이 병원을 떠나지 않았다. 이 곳은 유령과 비명과 유린된 몸으로 가득찬 장소다. 도착할 때 미치지 않았던 사람도 사방의 벽 안으로 들어서면 미쳐버리게 할 수 있는 병원. 창문마다 뒤에서 누군가 감시하는, 누군가 보고 있거나 보았던 병원.

외제니는 두 눈을 꼭 감고 숨을 깊이 들이마신다. 이곳을 빠져나가야만 한다.

공동 병실의 아침 풍경에 외제니의 눈이 휘둥그레진다. 침 대 위에는 옷감과 레이스, 깃털과 프릴, 장갑, 각종 머리쓰개 와 만틸라*가 쌓여 있다. 환자들은 전날부터 하던 일을 다시 붙 잡고 작업을 이어가느라 여념이 없다. 바느질을 하고, 주름을 달고, 오색찬란한 의상을 입고서 뽐내듯 걷거나 자리에서 빙 글빙글 돌아보고, 자투리 천을 서로 차지하겠다고 다투기도 한다. 우스꽝스러운 모자를 쓴 모습에 박장대소하는 여자들도 있고, 마음에 드는 옷이 없다며 불평하는 여자들도 있다. 무관 심한 여자들, 초점 없는 눈으로 그런 광경을 지켜보는 노인들 이나 우울증 환자들을 빼고는 다들 서로 부대끼며 활보하고

* 스페인 등지에서 여성들이 의례적으로 머리와 어깨에 덮어쓰는 베일.

춤을 춘다. 서로 손을 가볍게 마주잡고서 자신들만의 왈츠에 몸을 맡긴다. 마음이 들뜬 여자들이 하염없이 웅성거리는 소리에 취해 언뜻 보면 이곳이 병원이라기보다 여자들의 에덴동산이 아닌가 싶을 정도다.

"저기 가서 앉아."

간호사가 외제니에게 침대 하나를 가리킨다. 이토록 삼엄한 장소에서 활기 가득한 축제 분위기가 일자 외제니는 놀라움과 위축감을 동시에 느끼며 고개를 숙인 채 이 의상 박람회의 한복판으로 걸어들어간다. 조심스럽게, 사람들의 눈에 띄지 않도록 두 침대 사이로 들어가 벽에 등을 바짝 붙이고 선다. 공동 병실은 널찍하다. 적어도 백여 명의 여자들이 이곳에서 생활한다. 병실 저쪽 끝에는 정원을 향해 수직 창문이 나 있다. 양쪽에서 간호사들이 축제 분위기에 아랑곳없이 환자들을 감시한다. 놀란 눈으로 주위를 둘러보던 외제니는 준비에브와 눈이 마주친다. 준비에브는 병실 왼쪽 깊숙한 곳에 선 채 모멸적인 시선으로 외제니를 주시하고 있다. 외제니는 눈길을 피하고 매트리스에 앉아 자신의 두 다리를 끌어안는다. 마음이 불편해진다. 그녀의 입원을 정당화할 아주 작은 결점, 아주 사소한 결함이라도 기필코 찾아내려는 듯 일거수일투족을 관찰하고 분석하는 시선이 느껴진다. 주변의 여자들은 환희에 들떠 있지만, 불안정하고 취약한 기운 또한 감지된다. 한 번의 동요만으로 모든 것이 무너져내리고 집단히스테리를 일으킬 것만 같다. 희열과 절망이 뒤섞인 분위기 속에서 마음이 자꾸만 불편해진다. 서서히 의상과 머리쓰개들 사이로 뒤틀린 팔, 경련으로 일그러진 얼굴, 우울해 보이거나 지나치게 흥분한 표정, 드레스 밑으로 절뚝이는 다리, 시트 아래 무기력한 몸이 눈에 들어온다. 에탄올과 땀과 금속이 어우러진 퀴퀴한 냄새에 그녀는 창문을 활짝 열어젖혀 정원의 신선한 나무 향기를 한껏 들이마시고 싶어진다. 외제니는 전날 아침부터 입고 있던 원피스를 내려다본다. 집에 돌아갈 수만 있다면, 몸을 씻고 자신의 침대에 누울 수만 있다면 무엇이든 내어줄 수 있을 것 같다. 그 불가능성이 외제니가 처한 현실을 분명하게 보여준다. 자신에게 당연했던 모든 것을 그녀는 아무 동의 없이 잔인하게 빼앗겼고, 이제 다시는 되찾을 수 없을 것이다. 설령 이 병원을 벗어난다 한들—그렇지만 어떻게? 무엇보다 언제?—아버지의 집으로 돌아갈 순 없을 것이다. 외제니가 지금껏 누리던 삶, 그녀의 삶을 구성해온 모든 것, 그녀만의 책과 옷과 사생활은 이제 과거의 것이 되었다. 외제니에게는 더이상 아무것도 없다. 더이상 아무도 없다.

움켜쥔 손 안의 시트가 구겨진다. 외제니는 상체를 숙인 채 눈을 꼭 감고 울음을 삼킨다. 무너져서는 안 된다. 이렇게 빨리, 특히 간호사들 앞에서는. 수간호사가 눈물을 쏟는 외제니

의 모습을 보면 무척이나 의기양양해서 그녀를 독방으로 돌려
보내려 할지도 모른다.

애된 목소리가 들려와 외제니가 눈을 뜬다.

"못 보던 얼굴이네?"

루이즈가 외제니에게 가까이 다가와 있다. 동그란 얼굴 한
복판의 연분홍빛 뺨이 눈에 띈다. 매년 무도회가 다가오면 소
녀는 강한 흥분에 사로잡힌다. 일 년 중 나머지 시간에는 빛을
잃어버렸다가도 매해 3월이 되면 얼굴에 광채와 혈색이 돌아
온다. 또 기적처럼, 이 시기에는 히스테리발작도 사라진다. 그
건 다른 여자들도 마찬가지다.

루이즈는 레이스가 달린 붉은 드레스를 가슴에 꼭 안고 서
있다.

"난 루이즈라고 해. 앉아도 돼?"

"물론이지. 난 외제니야."

외제니는 울음기를 지우려고 목을 가다듬는다. 루이즈가 곁
에 앉아 씩 웃어 보인다. 숱 많은 검은색 곱슬머리가 폭포수처
럼 어깨에 쏟아져내려 있다. 소녀의 온화하고 애된 얼굴과 천
진한 태도가 외제니의 마음에 조금이나마 위안이 된다.

"뭐 입을지 골랐어? 난 스페인식 드레스야. 만틸라랑 부채
랑 귀걸이까지, 필요한 건 다 있어. 어때, 이 옷 예쁘지?"

"엄청."

"너는?"

"나?"

"의상 말이야."

"난 없는데."

"서둘러야지. 무도회가 이 주밖에 안 남았다고!"

"무슨 무도회?"

"아이참, 미카렘 무도회 말야! 여기는 언제 온 거야? 곧 알게 될 거야, 무도회가 얼마나 근사한지. 파리에서 첫째가는 사람들이 전부 우리를 보러 온다고. 있지, 내가 한 가지 알려줄까? 비밀인데…… 무도회 날 저녁에, 나 청혼받는다."

"그래?"

"쥘이라고, 여기 인턴인데 정말정말 잘생겼어. 난 그 사람 아내가 돼서 여기서 나갈 거야. 곧 의사의 아내가 될 거라고."

"그딴 헛소리 귀담아듣지 마, 신입."

루이즈와 외제니가 동시에 돌아본다. 테레즈가 바로 옆 침대에 앉아서 조용히 숄을 뜨고 있다. 루이즈는 화가 나서 벌떡 일어난다.

"입 닥치시지? 헛소리 아니야. 쥘이 나한테 청혼할 거라고."

"쥘이라는 네 애인 이야기로 귀가 다 아프다. 너까지 안 보태도 여긴 이미 소란스럽다고."

"허구한 날 뜨개질하는 소리로 귀 아프게 하는 사람이 누군데 그래? 온종일 그 딸깍딸깍 소리도 지겨워죽겠어. 아니 뜨개질을 그렇게 해대는데 손가락은 안 녹슬고 멀쩡해?"

테레즈가 웃음을 터뜨린다. 루이즈는 잔뜩 화가 난 표정으로 뒤돌아 자리를 뜬다.

"불쌍한 루이즈…… 헛바람이 들어서는. 미친 것보다 더 지독한 병이지. 난 테레즈야. 다들 뜨개질하는 여자라고 불러. 난 그 별명이 싫지만. 바보 같잖아."

"전 외제니예요."

"응, 들었어. 언제 온 거야?"

"어제요."

테레즈가 고개를 주억거린다. 테레즈의 침대 위에는 털실 뭉치와 가지런히 갠 숄이 여러 개 놓여 있다. 테레즈는 손수 짠 것들 중 완벽한 솜씨로 두툼하게 짠 검은색 숄을 걸치고 있다. 오십대쯤 되어 보인다. 아니, 어쩌면 나이가 조금 더 많을지도 모르겠다. 머리에 두른 스카프 밑으로 희끗희끗한 머리카락들이 삐져나와 이마로 흘러내려와 있다. 살집이 있는 부드러운 체형, 퉁명스럽지만 차분한 얼굴은 현명한 어머니 같은 푸근한 인상을 준다. 정상이라는 단어를 어떻게 정의하느냐에 따라 다르겠지만, 그녀는 다른 여자들에 비해 상대적으로 정상 같아 보인다. 말하자면, 외제니가 보기에 테레즈에게서는 불행의 기색이 명백하게 드러나지 않는다.

외제니는 능숙하게 뜨개질하는 테레즈의 두툼한 손을 바라본다.

"아주머니는요? 언제 들어오셨어요?"

"오…… 세지 않은 지 꽤 됐는데. 그래도 이십 년은 더 됐을걸. 그건 확실해."

"이십 년도 더 되셨다니……"

"그래, 얘야. 하지만 그럴 만한 이유가 있었어. 볼래?"

테레즈는 뜨개바늘을 침대에 내려놓더니 카디건의 오른쪽 소매를 어깨까지 걷어붙인다. 테레즈의 팔뚝 바깥쪽에는 세월에 바랜 초록색 잉크로 화살 박힌 심장과 '모모'라는 글씨가 새겨져 있다. 테레즈가 빙긋 웃어 보인다.

"내가 그놈을 센강에 처넣어버렸지. 하지만 그놈이 자초한 일이야. 그 개자식, 목숨 하나 질기데."

테레즈는 소매를 손목까지 내려 문신을 덮고서, 다시 차분하게 자신의 뜨개질을 이어간다.

"그놈을 죽도록 사랑했었지. 그를 만나기 전까지 나를 원하는 사람은 아무도 없었어. 못생긴데다 술주정뱅이 아버지한테 떠밀려 자빠진 이후로 다리까지 절게 됐으니. 내 인생은 끝장이구나 하고 생각했는데, 어느 날 모리스가 나타난 거야. 나를 단꿈에 젖게 해줬지. 품안에 꼭 껴안아주기도 하고. 그러다 정신을 차리고 보니까, 내가 거리에서 몸을 팔고 있더라고.

126

매일 밤. 돈을 웬만큼 벌어오지 않으면 따귀를 실컷 얻어맞았어. 하지만 상관없었어. 아버지한테 맞는 것보다는 견딜 만했으니까. 게다가 내가 그 작자를, 모리스를 사랑했거든. 그렇게 십 년을 살았지. 하루도 거르지 않고 피갈가에 나갔어. 밤마다 하루도 맞지 않은 날이 없었다니까. 모모한테든 손님한테든…… 하지만 모모가 한번 안아주면 모든 걸 씻은 듯이 잊어버리게 되더라고. 그놈을 현장에서 붙잡기 전까지는 말이야. 그날 그놈이 클로데트의 집으로 올라가는 걸 봤어. 정말, 피가 거꾸로 솟더라니까. 난 그놈을 위해서 뭐든 했는데…… 그놈이 나오기를 기다렸다가 뒤를 따라갔어. 아주 오랫동안. 참 멀리도 걷더라. 그러다 콩코르드 다리에서 더이상 참지 못하고, 냅다 달려가 그 자식을 확 밀어버렸지. 힘도 별로 안 들더라고. 빗자루같이 깡말라서는."

테레즈가 뜨개질을 멈추고 외제니를 바라보며 미소 짓는다. 오랜 세월의 인내와 무심함에서 말미암은 차가운 미소다.

"현장에서 바로 수갑이 채워졌어. 내가 얼마나 악다구니를 써댔는지 몰라. 그래도 그놈을 떠민 건 후회되지 않아. 다만 진작 그러지 못한 게 아쉬울 뿐이야. 나를 상처 입힌 건 그놈의 폭력이 아니라, 내가 아닌 다른 여자를 사랑했다는 거지."

"그러면 이십 년째…… 이곳에서 못 나간 거예요?"

"난 나가기 싫어."

"싫다고요?"

"그렇다니까. 여기서 미친 여자들한테 둘러싸여 지내는 지금만큼 마음 편한 날도 없었어. 남자들은 나를 학대했어. 내 몸은 불구가 됐지. 다리를 저는데다 통증도 심해. 오줌 눌 때마다 얼마나 찢어질 듯 고통스러운지 몰라. 왼쪽 가슴에는 크게 베인 흉터도 있어. 칼로 난도질당할 뻔했거든. 여기서는 보호받는 기분이야. 여자들끼리잖아. 나는 애들한테 줄 숄을 떠. 기분좋은 일이지. 바깥은 싫어, 두 번 다시 안 나갈 거야. 남자들한테 자지가 달려 있는 이상, 세상에서 악은 절대 사라지지 않을 거야."

외제니는 얼굴이 화끈거리는 것을 느끼고 고개를 돌린다. 이토록 노골적인 말이 생경하기만 하다. 외제니가 불편함을 느낀 것은 내용보다 그 표현방식이다. 허물없는 사이에서 간혹 너털웃음 정도만 허용되던 조용한 지역에서 자라, 파리라는 도시의 가난과 빈곤에 대해서는 신문이나 졸라의 소설에서만 읽어보았을 뿐 전혀 알지 못했던 그녀는 이제 파리의 저쪽 끝, 그러니까 몽마르트르의 빈민가에서 벨빌의 언덕에 이르는 북쪽 지역, 기름때와 은어와 쥐가 시궁창에서 활개치는 지역 출신 사람과 어울리고 있다. 외제니는 큰 대로변의 어느 의상실에서 맞춘 원피스를 입고 있는 스스로가 지독하게 부르주아처럼 느껴진다. 이 원피스 하나가, 단순한 옷 한 벌이 그녀를 다른 여자들과 구별 짓는다. 외제니는 옷을 벗어던지고 싶다.

"내 말에 충격받은 건 아니지?"

"아니, 아니에요."

"저기 저 가슴에 두 손 모으고 있는 통통한 여자애를 봐봐. 쟤는 로즈앙리에트야. 부르주아 집안의 하녀였지. 주인한테 얼마나 지독하게 학대를 당했는지 결국 완전히 망가져버렸어. 까치발로 걷는 저 여자 보여? 저 여자는 안클로드인데, 남편의 구타를 피하려다가 계단에서 굴러떨어졌어. 그리고 저기, 팔이 제멋대로 움직이는 땋은 머리 여자애는 발랑틴. 일을 마치고 세탁소를 나오는 길에 변태한테 강간을 당했지. 물론 여기 있는 여자들이 죄다 남자 때문에 온 건 아니야. 저기, 얼굴이 마비된 저 여자는 아글라에라고, 자기 애가 죽어서 건물 4층에서 뛰어내렸대. 그 맞은편에 꼼짝 않고 서 있는 애는 에르실리인데, 개한테 공격을 당했어. 그리고 절대 입을 열지 않는 여자들이 있지. 우리도 이름조차 몰라. 그래, 어때? 첫날부터 너무 거지같은 얘기만 하나?"

테레즈는 뜨개질하는 손을 멈추지 않고 외제니를 바라본다. 테레즈의 눈에 이 젊은 부르주아 여자는 딱히 미친 것처럼 보이지 않는다. 물론 가장 지독한 광기는 눈에 보이지 않는 법이지만. 테레즈는 첫눈에 가장 품위 있고 깔끔해 보이던 손님들을 떠올려본다. 좁은 단칸방의 문이 닫히고 나면 그들만큼 심각한 환자도 없었다. 하지만 남자들의 광기와 여자들의 광기는 비교할 수 없다. 남자들은 타인에게 광기를 부리지만, 여자들의 광기는 자기 자신을 향한다.

그래, 이 잔뜩 위축된 흑갈색 머리 여자에게는 호기심을 자극하는 무언가가 있다. 이 젊은 여자가 대번에 다른 여자들과 구별되는 것은 그녀의 교육 정도와 사회계층 때문만이 아니다. 그보다 훨씬 심오한 다른 무언가가 있다. 게다가 고참 역시 이미 무언가를 눈치챈 게 아니라면 병실 한쪽에서 이토록 집요하게 그녀를 지켜보지도 않았을 것이다.

"넌? 누가 널 여기에 데려온 거야?"

"아버지요."

테레즈가 뜨개질감을 허벅지에 툭 내려놓는다.

"군경찰한테 끌려오는 편이 훨씬 나은데."

외제니가 대답할 새도 없이 소란통 속에서 비명소리가 들려온다. 하얀 옷을 입은 간호사들이 공동 병실 한복판으로 서둘러 달려가고, 비명소리에 공포를 느끼거나 신경이 곤두선 환자들이 재빨리 길을 터준다. 로즈앙리에트가 바닥에 무릎을 꿇고 온몸을 바들바들 떨고 있다. 가슴 앞에 팔짱을 끼고서 두 손이 집게처럼 굳어버린 이 삼십대 여자는 고개를 수그린 채 격렬하게 머리를 흔들어대며 숨이 넘어갈 듯 거친 비명을 내지른다. 간호사들은 다리가 마비된 로즈앙리에트를 일으켜세우지 못하고 쩔쩔맨다. 그때 준비에브가 꼿꼿하고 의연한 자세로 환자들을 헤치고 다가오더니, 호주머니에서 작은 약병을 꺼내 거즈에 그 내용물을 살짝 묻힌다. 그러곤 더이상 아무것도 알아보지 못하는 가련한 여자 앞에 꿇어앉아 얼굴에 거즈를 갖다댄다. 잠시 후 비명이 잦아들고 여자의 몸이 쿵 하는 둔탁한 소리와 함께 바닥에 쓰러진다.

외제니가 테레즈를 바라본다.

"아예 여기로 끌려오지 않는 편이 훨씬 낫겠죠."

로즈앙리에트의 공황발작이 싸늘한 바람처럼 공동 병실을 한바탕 휩쓸고 난 뒤, 오후는 단조로운 침묵 속에 흘러갔다. 환자 몇몇은 외출 허락을 받아 정원에 산책하러 나갔고, 다른 환자들은 침대에서 각자의 의상을 찬찬히 살펴보며 다가올 무도회에 대해 상상의 나래를 폈다.

저녁식사는 구내식당에서 했다. 여느 때처럼 조용한 분위기 속에서 포타주 한 접시와 빵 두 조각이 제공되었다.

외제니는 돌연한 허기에 사로잡혀 그릇 바닥이 보이도록 숟가락으로 싹싹 긁어 수프를 해치웠다. 그때 누군가가 오른쪽에서 불쑥 손을 내밀어 그녀에게 대걸레를 건넸다. 준비에브였다.

"여기서는 모두가 각자 맡은 일을 해. 너도 다른 여자들이랑 바닥을 닦아야 해. 다 닦으면 날 찾아오고. 이제 그릇은 내려놓지그래. 아무것도 없잖아."

외제니는 묵묵히 준비에브의 명령을 따른다. 반시간이 넘는 시간 동안 환자들은 의자를 정리하고, 그릇을 비워 설거지한 다음 물기를 닦고, 바닥을 광내고, 나무 테이블들을 행주로 훔친다. 일을 다 마친 후 대걸레와 식기를 제자리에 정리하고 공동 병실로 돌아간다. 시계는 저녁 여덟시를 가리키고 있다.

준비에브가 지시한 대로, 외제니는 입구에서 그녀를 찾는다. 피로에 짓눌린 외제니의 눈가가 거뭇거뭇하다.

"따라와."

설명도 없이 냉랭하게 명령하는 태도에 외제니는 신경이 곤두선다. 예전에 아버지가 그랬듯 이젠 이 쌀쌀맞은 간호사가 명령을 내린다. 사람들은 평생 그녀의 삶을 결정하고, 그녀에게 나아갈 길을 지시하려는 걸까? 외제니는 어금니를 악문 채 준비에브를 따라 아침에 공동 병실을 향해 걸어왔던 그 복도를 되짚어간다. 바깥의 어둠 속에서는 정원에 난 길을 따라 가로등 불빛들이 반짝이고 있다.

준비에브가 마침내 병실의 문 앞에 멈춰 서서 열쇠 꾸러미를 뒤적거린다. 외제니는 전날 자신이 머물렀던 그 병실임을 알아차린다.

"또 여기서 자요?"

"그래."

"하지만 공동 병실에 제 침대가 있는데요."

준비에브가 열쇠로 문을 연다.

"들어가."

외제니는 짜증을 억누르며 차가운 방으로 들어간다. 준비에브는 전날처럼 한 손으로 손잡이를 잡은 채 문가에 서 있다.

"적어도 설명은 해줄 수 있지 않나요?"

"내일 아침에 바빈스키 선생님한테 검사를 받을 거야. 네가 독방에 있어야 할지, 아니면 공동 병실에 있어도 될지는 그분이 결정하실 거고. 그사이에 네가 그 유령 이야기를 퍼뜨려서 다른 환자들에게 겁을 주는 일은 없었으면 하거든."

"어제 제가 간호사님을 겁먹게 했다면 사과드려요."

"겁을 먹어? 아니, 너한테 그런 힘 따위 없어. 하지만 내 동생 이야기는 앞으로 꺼낼 생각도 마. 네가 어떻게 그애 이름을 알았는지 모르겠는데, 그런 건 알고 싶지도 않아."

"이름을 말해준 건 그애예요."

"입 다물어. 유령 따위는 없어. 알아듣겠어?"

"유령이야 없죠. 혼령은 있지만."

준비에브는 맹렬히 빨라지는 심장박동을 느끼고 호흡을 가다듬으려 애쓴다. 어제 그녀는 확실히 겁이 났다. 지금 이 순간, 침대 발치에 꼼짝 않고 서 있는 어두운 실루엣 앞에서 겁이 나는 것처럼. 그녀는 지금껏 어느 환자 앞에서도 평정을 잃은 적이 없었다. 자신의 확신이 흔들리는 느낌이지만, 속내를 들키지 않으려면 기필코 냉정을 유지해야 했다.

준비에브는 깊이 숨을 들이마시고 자기도 모르게 말을 내뱉는다.

"아버지가 널 입원시키길 잘하셨네."

어둠 속의 외제니가 준비에브의 일격을 묵묵히 받아낸다. 준비에브는 즉각 자신이 한 말을 후회한다. 언제부터 환자에게 일부러 상처를 주려 했단 말인가? 다른 사람의 약점을 공격하는 것은 그녀의 기질상으로도, 윤리에도 어긋나는 일이다. 심장이 더욱 세차게 뛴다. 자리를 떠야 한다. 당장 이 병실을 벗어나야 한다. 하지만 준비에브는 발이 떨어지지 않는다. 마치 스스로 감히 인정하지 못하는 무언가를 기다리는 것처럼, 준비에브는 거기, 병실 문 앞에 망설이며 서 있다.

외제니는 침대 가장자리에 걸터앉아 어제 앉았던 의자를 바라본다. 한동안 시간이 흐른다.

"그럼 혼령의 존재를 믿지 않으시는 건가요, 준비에브 간호사님?"

"당연히 안 믿지."

"왜요?"

"말도 안 되잖아. 그건 모든 과학적 논리를 거스른다고."

"하지만 혼령의 존재를 믿지 않으신다면…… 왜 그토록 오랫동안 동생한테 편지를 쓰신 거예요? 부치지도 못할 수천 통이나 되는 편지를요. 동생한테 편지를 쓰신 건 동생이 어딘가에서 간호사님의 말을 듣기 바라고, 그게 어느 정도 가능하리라 믿었기 때문 아닌가요? 실제로 동생은 간호사님의 말을 듣고 있어요."

준비에브는 현기증이 나서 한 손으로 벽을 짚는다.

"제가 이 말을 하는 건 간호사님을 겁주려는 것도, 놀리려는 것도 아니에요. 간호사님, 제 말을 믿고 제가 이곳을 벗어날 수 있게 도와주세요."

"그렇지만…… 만약…… 네 말이 사실이라면…… 정말로 어떤 목소리들이 들리는 거라면…… 병원에서 절대로 널 퇴원시키지 않을 거야…… 상황이 더 나쁘다고!"

외제니가 일어나 준비에브에게 다가선다.

"제가 미치지 않았다는 걸 잘 아시잖아요. 간호사님은 모르시겠지만, 파리에는 과학자와 연구자로 구성된 심령학회가 있어요. 그들은 사후의 실재를 입증하는 활동을 하죠. 전 그 사람들과 합류하려 했어요. 아버지의 손에 끌려 이곳에 오기 전까지는요."

준비에브는 놀란 눈으로 마주한 얼굴을 바라본다. 외제니의 진솔한 태도에 그녀는 더이상 본심을 감출 수 없다. 평소의 권위, 냉정함, 엄격함이 한순간 발아래로 무너져내린다. 지금까지 자신도 모르게 지고 있던 무거운 짐으로부터 해방되자, 준비에브는 좀전부터 묻고 싶어 조바심치던 말을 마침내 입 밖으로 꺼낸다.

"블랑딘이…… 내 동생이 여기 있다고? 이 방에?"

의외의 반응에 외제니는 놀라지만, 곧 그녀 역시 짐을 내려놓은 기분이 든다. 마치 그동안 가로막고 있던 첫번째 장벽이 들어올려지고 마침내 첫 단계를 넘어서 이 저주받은 장소에서 자신을 도와줄 유일한 조력자의 양심과 공감으로 향하게 된 느낌이다.

"네."

"……어디?"

"……의자에 앉아 있어요."

병실 왼쪽 깊숙이 놓인 작은 나무의자는 비어 있다. 준비에브는 극심한 현기증에 사로잡힌다. 그녀는 손잡이를 잡아당겨 세차게 문을 닫아버린다. 그 바람에 귀가 먹먹해지는 소리가 울리며 복도 유리창들이 뒤흔들린다.

7

1885년 3월 6일

"준비에브 간호사님? 제 말 들리세요?"

한 간호사가 준비에브의 어깨를 가볍게 흔든다. 눈을 뜬 수간호사는 자신이 사무실에 와 있다는 사실에 깜짝 놀란다. 발밑의 먼지 뭉치들이 치맛단에 군데군데 매달려 있다. 준비에브는 그제야 자신이 무릎을 세운 채 캐비닛에 등을 기대고 바닥에 앉아 있다는 걸 알아차린다. 목덜미에 통증이 느껴진다. 고개를 들어보니 간호사가 걱정스러운 표정으로 준비에브를 내려다본다.

"괜찮으세요?"

"몇 시지?"

"오전 여덟시예요, 수간호사님."

아침 안개를 통과한 부윰한 빛이 방안에 새어든다. 준비에 브는 손을 목덜미에 가져다댄다. 전날의 기억이 떠오른다. 외 제니와의 대화, 쾅 닫힌 문, 그리고 무겁게 짓누르던 피로감. 그녀는 곧장 집으로 돌아갈 수는 없을 것 같았다. 그래서 사무 실에 앉아 기력을 조금이나마 회복하며 생각을 정리하기로 마 음먹고, 원내를 터벅터벅 가로질러 사무실 문 앞까지 다다랐 다. 그후 기억이 끊긴 것이다. 준비에브는 집으로 돌아가지 못 하고 여기, 날마다 입원 서류에 서명을 받는 이 방에서, 먼지 가 굴러다니는 이 바닥에 앉아 밤을 보낸 것이 틀림없다.

준비에브는 욱신거리는 몸을 일으켜 옷에 묻은 먼지를 떨어 낸다.

"수간호사님, 설마…… 여기서 주무신 거예요?"

"당연히 아니지. 아침 일찍 출근했다가 어지러워서 잠시 앉 아 있었어. 그런데 여기는 무슨 일로 왔어?"

"오늘 아침에 검진할 환자들 차트를 챙기러 왔는데요……"

"그건 네 업무가 아니잖아. 어서 나가봐, 여기 있을 이유 없 는 것 같은데."

간호사가 고개를 숙이고 사무실을 나가며 문을 닫는다. 준 비에브는 팔짱을 낀 채 근심어린 표정으로 방안을 서성거린다. 그녀는 나약해진 이 순간을 자책하고 있다. 심지어 누군가에게 그 모습을 들키기까지 했다. 살페트리에르병원에서 소문은 시골 동네에서보다도 빠르게 퍼져나간다. 아주 작은 실수, 아주 약간의 모호한 태도에도 사람들의 관심이 집중된다. 관심은 피하는 것이 좋다. 준비에브는 누군가 자신을 의심의 눈초리로 지켜보는 것을 도저히 용납할 수 없다. 저들에게 한번 더 미심쩍은 행동을 보였다가는 이곳의 다른 환자들과 함께 공동 병실에 갇히게 될 것이다.

두 번 다시 일어나서는 안 될 일이다. 자기도 모르게 마음이 약해져 유혹적인 생각에 빠져든 것뿐이었다. 그러니까 사랑하는 사람들이 죽은 뒤에도 여전히 곁에 머문다는 생각, 죽음이 반드시 한 사람의 정체성, 존재 자체의 종말을 의미하지는 않는다는 생각에 잠시 현혹된 것뿐이었다. 그녀는 이 허무맹랑한 이야기들을 믿었다. 외제니가 그녀의 가장 깊은 상처를 건드렸기 때문이다. 하지만 외제니는 미친 여자다. 그렇다, 외제니는 미쳤고 블랑딘은 죽었다. 그러므로 이성적으로 판단해야 한다.

준비에브는 깊이 숨을 들이마신 뒤, 책상에 놓인 서류들을 집어들고 사무실을 나온다.

외제니가 검사실로 들어선다. 젊은 여자 다섯이 검사실 한 가운데에 서 있다. 여자들은 의사가 온 줄 알고 열리는 문 쪽을 불안스레 돌아본다.

　언뜻 보기에 실내는 흡사 자연사박물관의 작은 전시실 같다. 황갈색 벽 상단과 천장 모서리 부분에 코니스와 몰딩 장식이 보인다. 입구 근처 벽면을 따라 길게 늘어선 책장에는 수백여 권의 과학, 신경과학, 인체해부학 분야 책들과 의학 도해집이 꽂혀 있다. 검사실 저 끝, 정원이 내다보이는 커다란 세로형 창문들 사이로, 창유리가 달린 거무스름해진 목재 수납장이 있고, 거기에 유리로 된 작은 약병들과 약물들이 보관되어 있다. 보조 테이블 위에는 과학을 모르는 일반인에게 생소한, 크고 작은 정교한 의료 도구들이 즐비하고, 그 뒤쪽에 있는 가림막이 기다란 의자를 조촐하게 가리고 있다. 실내에서 나무 냄새와 에탄올 냄새가 진동한다.

　의사들보다 더 검사실을 사랑하는 사람은 없다. 과학적 사고의 집약체인 그들에게 검사실은 병리가 밝혀지는 곳, 의학의 발전이 이루어지는 곳이다. 그들은 사람들을 공포에 떨게하는 저 도구들을 사용하며 희열을 느낀다. 반면 이 사람들, 옷을 벗고 자기 몸을 드러내야 하는 환자들에게 검사실은 두려움과 불안을 야기하는 장소다. 검사실에서 만나는 두 사람은 더이상 평등하지 않다. 의사는 환자가 처한 상태를 판정하고, 환자는 의사의 말을 곧이곧대로 믿는다. 의사에게 자신의 경력이 달려 있다면, 환자에게는 삶이 달려 있다. 여자 환자가 검사실 문 안으로 들어서면 둘 사이의 저울추는 보다 현저히 기운다. 여자 환자는 진찰을 위해 남자 의사에게 욕망의 대상이자 미지의 대상인 몸을 맡기고, 의사는 그 몸을 다룬다. 의사는 언제나 자신이 환자보다 더 많이 안다고 믿고, 남자는 언제나 자신이 여자보다 더 많이 안다고 믿는다. 바로 이런 시선에 대한 직관이 이 순간 진찰을 기다리는 젊은 여자들을 초조하게 만든다.

외제니를 데려온 간호사가 무리 지어 있는 여자들 틈에 서라고 명령한다. 편상화 아래서 삐걱대는 마룻바닥 소리가 들린다. 젊은 여자들은 나이가 엇비슷해 보인다. 그들은 이 끝없이 이어지는 기다림의 시간 동안 손을 어찌해야 할지 몰라 깍지를 끼거나 뒷짐을 지거나 손가락을 비틀어댄다.

여자들 맞은편에는 남자들이 모여 있다. 어두운색 정장에 넥타이를 맨 세 명의 조수가 장방형 책상 앞에 앉아 불안해하는 환자들은 안중에 없이 자기들끼리 속닥거린다. 그들 뒤에는 하얀 가운을 입은 다섯 명의 인턴도 기다리고 서 있다. 그들은 입술을 비죽이며 노골적으로 오늘의 진찰 대상들을 유심히 쳐다본다. 그 시선이 여자들의 가슴, 입술, 엉덩이에 오래 도록 머문다. 그들은 팔꿈치로 서로를 찌르며 저속한 말들을 귓가에 속닥인다. 그런 모습을 바라보며 외제니는 그들이 분명 여자들을 거의 본 적도 없고 만나보지도 못했기에 이 무방비상태의 환자들 앞에서 이토록 희희낙락하는 것이리라 짐작한다.

외제니는 지쳤다. 체스의 기물처럼 이 방 저 방을 옮겨다니는 데 지쳤고, 명령조의 말에 지쳤다. 오늘밤에는 또 어디에서 잘지 불확실하다는 사실에도 지쳤다. 그저 물 한 잔 마시고, 목욕장갑으로 몸을 문질러 씻고, 옷을 갈아입고 싶을 뿐이다. 경직되고 불합리한 상황이 외제니의 신경을 곤두서게 한다. 외제니는 자신을 향한 한 인턴의 음흉한 시선을 알아차리고 그를 맹렬하게 쏘아본다. 그러자 그 젊은 남자가 콧수염 아래 빙긋 웃어 보이며 동료들에게 맞은편 오른쪽에 서 있는 길들지 않은 짐승을 고갯짓으로 가리킨다. "저 눈 좀 봐!" 그 순간 문이 발칵 열리면서 여자들을 소스라치게 하지 않았더라면, 외제니는 그 인턴에게 달려들어 목을 비틀 수도 있었을 것이다.

의사 하나가 방에 들어선다. 포마드를 바르고 옆가르마를 탄 짧은 곱슬머리. 처진 눈꺼풀과 입가에 드리운 우아한 콧수염 덕분에 그의 시선은 주의깊고 우수어린 듯이 보인다. 그는 조수들과 인턴들에게 인사를 건네고 책상 저편으로 돌아가 앉는다. 남자의 뒤쪽에 있던 준비에브가 환자들의 차트를 책상에 내려놓고 멀찍이 물러선다.

젊은 여자들이 서로 속삭인다.

"저 사람이 샤르코야?"

"아니, 바빈스키……"

"샤르코는 어디 있지?"

"그 사람이 오기 전에는 아무도 내 몸에 손 안 대면 좋겠는데……"

바빈스키가 차트들을 빠르게 훑고 옆자리에 앉은 질 드라투레트*에게 넘긴 뒤 의자에서 일어선다.

"그럼, 시작하죠. 뤼세트 바두앵? 앞으로 나오세요."

깡마른 금발머리 여자가 지나치게 큰 원피스에 파묻혀 쭈뼛쭈뼛 걸어나온다. 느슨하게 땋은 머리카락이 여자의 등뒤로 늘어져 있다. 여자는 앞에 서 있는 남자를 불안스레 바라본다.

"선생님, 죄송하지만…… 샤르코 선생님은 안 오시나요?"

"난 조제프 바빈스키라고 합니다. 내가 오늘 그분 대신 진찰할 겁니다."

"정말 죄송하지만…… 아무도 제 몸에 손대지 않았으면 좋겠는데요."

---

* 질 드라투레트(Gilles de la Tourette, 1857~1904). 프랑스 신경학자. '투레트 증후군'을 처음 발견하고 보고했다.

"그러면 진찰을 못해요."

"샤르코 선생님은 괜찮지만…… 다른 사람은 안 돼요."

가련한 여자의 몸이 바들바들 떨리기 시작한다. 여자는 손으로 팔을 문지르며 마룻바닥을 응시한다. 바빈스키가 건조한 말투로 대답한다.

"좋아요, 며칠 뒤에 다시 오시죠. 저분 데리고 나가게. 자, 다음은 누구지?"

"외제니 클레리입니다."

"앞으로 나오세요, 환자분."

외제니가 두 걸음 앞으로 다가선다. 라투레트가 책상에 앉은 채로 외제니의 차트를 큰 소리로 읽는다.

"나이 열아홉. 부모 건강상태 양호. 친오빠 건강상태 역시 양호. 과거 병력, 임상 증상 모두 전무. 죽은 사람들과 대화할 수 있다고 주장함. 부친이 심령술을 이유로 입원시킴."

"외제니 클레리?"

"네."

"원피스 목 단추를 풀어보세요."

외제니는 준비에브를 흘깃 본다. 준비에브는 시선을 피한다. 검사가 진행되는 동안 그녀는 결코 적극적으로 개입하지 않는다. 여기에서는 의사들과 그들의 조수들, 간혹 인턴들에게만 발언권이 주어진다. 준비에브의 역할은 잠자코 물러나 있는 것이고, 그녀는 그 규칙을 준수한다.

외제니는 어금니를 악문 채 원피스 단추를 가슴까지 푼다. 바빈스키는 싸늘하고 냉담한 시선으로 그녀의 동공과 혀, 입천장과 목구멍을 살피고, 호흡과 기침 소리를 듣고, 맥박을 재고, 반사신경을 확인한다. 그가 진찰을 하며 무어라 말할 때마다 뒤에서 종이에 깃펜으로 빠르게 받아적는 소리가 이어진다.

마침내 바빈스키가 당황한 표정으로 외제니를 바라본다.

"모두 정상이군요."

"그럼 집에 갈 수 있겠네요."

"그렇게 간단한 문제가 아닙니다. 부친이 당신을 입원시킨 데는 이유가 있으니까요. 혼령들과 대화를 나눈다는 게 사실입니까?"

실내는 완전히 침묵에 잠긴다. 모두가 어떤 대답을 기대하는 듯하다. 모두들 똑같은 걸 궁금해하고 있는 것이다. 특히 인턴들에게서 그런 기색이 역력하다. 그들은 과학만을 신봉하는 사람들이지만 실제로는 이런 유의 이야기에 열광한다. 이 주제에 관심을 보이지 않는 사람은 없다. 사후에 관한 이야기는 늘 상상을 자극하고, 감각을 일깨우며, 공포에 질리게 만든다. 모두가 자기만의 이론을 가지고 진상을 규명하거나 반박하려 애쓰지만, 사실상 옳은 사람은 없는 듯 보인다. 대개는 사후가 존재한다고 믿고 싶어하면서도 두려워하는 이중적인 태도를 보이고, 두려움은 흔히 불신으로 이어진다. 그런 생각에 얽매이지 않는 것이 훨씬 더 편하고 훨씬 덜 억압적이기 때문이다.

외제니는 모여 있는 사람들의 집요한 시선을 의식한다.

"파리 전역에 새롭게 내보일 별난 짐승을 찾는 거라면, 미리 말해두지만 이건 오락거리가 아니에요."

"우리는 이해하고 치료하려고 이 자리에 있는 거지, 즐기려는 게 아닙니다."

"살페트리에르병원이 여자들의 서커스단으로 전락한다면 정말 애석할 거예요."

"샤르코 교수님의 공개 강연에 대한 이야기라면, 의학계에서 그분 강연보다 권위 있는 건 없습니다."

"그럼 무도회는요? 병원이 사교의 장인 줄은 몰랐는데요."

"미카렘 무도회는 환자들의 기분전환에 도움을 주고, 외견상으로나마 그들의 정상성을 되찾게 해주죠."

"부르주아들의 기분전환에 도움을 주는 거겠죠."

"이제 그만 질문에 대답해주시죠."

"정확히 말하면, 전 혼령들과 대화하는 게 아니에요."

책상에 앉아 있던 라투레트가 서류를 손가락으로 짚으며 끼어든다.

"차트에는 당신이 당신 할머니에게 직접 그렇게 털어놓았다고 적혀 있는데요……"

"돌아가신 할아버지가 저한테 메시지를 전해달라고 부탁하셨다고요, 네 맞아요. 하지만 전 아무것도 요구하지 않았어요. 그저 그런 일이 일어났을 뿐이죠."

바빈스키가 웃는다.

"죽은 사람들의 목소리를 듣는 게 흔히 '일어나는' 일은 아니지요."

"제가 왜 여기 있는지 정확하게 말씀해주시겠어요?"

"대답이야 뻔하지 않습니까?"

"루르드에서 한 소녀가 성모마리아를 보았다는 얘기는 다들 받아들이잖아요."*

"그거랑은 다르죠."

"왜죠? 어째서 신을 믿는 것은 되고 혼령의 존재를 믿는 것은 안 된다는 거죠?"

"믿음은 곧 신앙입니다. 당신이 주장하는 것, 그러니까 죽은 자들을 보고 그들의 목소리를 듣는 것은 비정상이고요."

"보고도 모르시겠어요? 전 미치지 않았어요. 발작 한 번 일으킨 적 없고요. 여기에 갇혀 있을 이유가 없다고요. 전혀!"

"당신의 정신 기능에 이상이 있다고 믿을 만한 근거가 있습

---

* 1858년 프랑스 남서쪽의 작은 마을 루르드에서 베르나데트 수비루라는 소녀가 여러 차례 성모마리아를 보았다고 전해지면서 그 지역이 가톨릭 성지가 되었다.

니다만……"

"난 전혀 미치지 않았어. 당신들이야말로 머리로 이해할 수 없는 것이 그저 두려운 거겠지. 치료자인 양 지껄이면서…… 당신 뒤에 서 있는 저 흰색 가운 입은 멍청이들이 보이기나 해? 아까부터 침흘리면서 우리를 고깃덩어리 보듯 흘깃대는 저자들 말이야! 당신들은 가증스러워!"

준비에브는 실내에 팽배한 불안감을 감지한다. 바빈스키가 두 인턴에게 손짓하자 그들은 곧장 흥분한 외제니에게 다가가 팔을 붙잡는다. 준비에브는 나서고 싶은 마음을 꾹 억누른다. 지금껏 신중하게 행동하던 외제니가 고함을 지르고 발버둥치다가 끝내 절망하여 밖으로 끌려나가는 모습을 그저 지켜볼 뿐이다.

"아파, 이 야만인들아! 이거 놔!"

외제니의 틀어올린 머리가 풀려 그녀의 양 뺨으로 흘러내린다. 준비에브의 앞을 지나치는 순간, 위기에 처한 외제니가 지금까지 한 번도 보지 못한 표정으로 준비에브를 바라본다. 그녀가 갈라진 목소리로, 기진맥진하여 나직하게 속삭인다.

"준비에브 간호사님…… 도와주세요…… 제발……"

문이 열리자 바깥에서 대기하던 환자들이 더욱 강하게 비명을 내지르는 외제니를 피해 비켜선다.

울부짖는 소리가 복도를 따라서 서서히 멀어진다. 준비에브는 목이 잠긴다.

　오후의 부드러운 햇살이 정원 잔디밭을 내리비춘다. 여전히 서늘한 3월이지만, 최근 몇 주간 너무도 간절했던 햇빛에 환자들은 잠깐의 화창한 날씨를 만끽하기 위해 밖으로 나왔다. 그들은 벤치에 앉아 참새들과 비둘기들을 바라보기도 하고, 나무에 기대 나무껍질을 어루만지거나 원피스 자락으로 포석을 쓸며 거닐기도 한다.

　하얀 실루엣이 정원 여기저기를 느릿느릿 돌아다닌다. 키와 틀어올린 금발머리만 봐도 멀리서도 '고참'임을 알 수 있다. 조금만 자세히 살펴보면 누구라도 그녀의 태도에 놀라지 않을 수 없을 것이다. 평소라면 간호복 차림으로 꼿꼿하게 서서 주변을 주의깊게 감시할 준비에브가, 오늘 오후에는 방심한 듯 멍하니 생각에 잠겨 주변에서 벌어지는 모든 일에 무관심해 보인다. 준비에브는 뒷짐을 지고 고개를 숙인 채 평소보다 느린 걸음으로 잔디밭을 걷는다. 준비에브와 마주친 이들은 그녀가 눈길조차 주지 않자 놀란다. 화가 난 걸까? 아니면 우울한 걸까? 물론 우울해하는 '고참'의 모습을 상상하기도 어렵다. 준비에브는 환자들에게 결코 위안을 주는 사람이 아니며, 환자들이 속내를 털어놓는 대상도 아니다. 무엇보다 그녀는 위압적일 뿐 아니라, 간혹 단 한 번의 눈길만으로 소란을 잠재울 수 있는 사람이다. 그렇긴 해도 준비에브는 병동을 지탱하는 기둥이요, 일 년 내내 한결같고 충실한 존재다. 병동의 순조로운 일상은 준비에브에게 달려 있다. 준비에브가 편안해 보이면 병동의 분위기도 편안해지고, 반대로 그녀가 긴장한 듯 보이면 병동의 분위기도 긴장에 휩싸인다. 지금 길을 헤매듯 걷고 있는 준비에브를 지켜보는 산책자들이 의아해하다가 결국 자신들 역시 길을 헤매는 듯한 기분에 사로잡히는 것도 그 때문이다.

환자들은 안중에도 없이 포석만 주시하고 있던 준비에브가 왼쪽에서 들려오는 목소리에 화들짝 놀란다.

"저, 준비에브…… 안색이 안 좋네요."

테레즈가 벤치에 앉아 있다. 햇볕을 쬐면서 빵 덩어리를 조금씩 뜯어먹다가 잔디밭에서 뛰노는 참새들과 비둘기들 쪽으로 부스러기를 던져주고 있다. 테레즈의 불룩한 배가 호흡에 따라 부풀어올랐다가 꺼지기를 반복한다. 준비에브가 걸음을 멈춘다.

"오늘은 뜨개질 안 해요, 테레즈?"

"손가락에 볕을 쬐어주고 있어요. 앉을래요?"

"아니요, 괜찮아요."

"봄이 오니 좋네요. 정원에 다시 파릇파릇한 새싹이 돋고.

애들 기분도 최상이고."

"무도회도 다가오잖아요. 그게 환자들의 마음을 달래주죠."

"생각을 딴 데로 돌리는 게 좋으니까요. 당신은요?"

"저요?"

"무슨 생각 해요?"

"별생각 없는데요, 테레즈."

"그렇게 안 보이는데요."

준비에브가 테레즈의 말을 부정하려는 듯 뒤돌아선다. 그녀는 간호복 앞주머니에 손을 찔러넣는다. 두 여자가 정원을 주시한다. 저멀리, 이따금 아치형 통로로 마차가 들어와 병원으로 이르는 길을 급히 가로지른다. 이곳에서 파리는 대단히 멀고 낯설어 보인다. 도시의 야단법석과 불확실성, 위험으로부터 보호받는 이 적막한 장소에서 사람들은 어쩌면 삶의 아늑함마저 느낄 수 있으리라. 하지만 동시에 벽이 도시와 도시에서의 자유와 가능성까지 막아서고 있으니 한계를 깨닫고 아무기약 없는 현실을 인식하기도 한다.

테레즈가 발밑에 모여든 새들에게 계속 빵 부스러기를 던져주며 말한다.

"새로 온 애, 어떻게 생각해요? 말 똑 부러지게 하는 흑갈색 머리 말예요."

"일단은 지켜보는 중이에요."

"그애가 미치지 않았다는 건 당신도 알지 않나요? 난 환자들을 알아요. 당신도 알잖아요, 준비에브. 그애는 정상이에요. 그애 아버지가 그애를 이곳에 집어넣은 이유를 모르겠어요. 무엇 때문인지는 몰라도 분명 아버지 심기를 단단히 거스른 거겠죠."

"아버지 이야기는 어떻게 알았어요?"

"어제 그애한테 들었죠."

"다른 이야기도 하던가요?"

"아니요. 하지만 할말이 많아 보이던데요?"

준비에브는 앞주머니에 손을 더욱 깊숙이 찔러넣는다. 오늘 아침 사건이, 특히 외제니의 얼굴이 머릿속을 떠나지 않는다. 하지만 그녀가 뭘 할 수 있단 말인가. 환자의 입원 적합 여부를 결정하는 것은 그녀의 소관이 아니다. 살페트리에르병원에 끌려온 여자들은 저마다 이유가 있어서 이곳에 있는 것이다. 준비에브의 역할은 병동을 총괄 관리하고 환자들과 의사들 중간에서 일하는 것이지, 진단을 내리거나 이런저런 미친 여자를 변호하는 것이 아니다. 그런데, 언제부터 그녀가 이런 생각까지 하게 됐단 말인가? 환자들의 식사를 챙기고 그들을 간호하는 것—적어도 그들을 간호해 호전되도록 노력하는 것—외에는 환자들에 관해서 생각해본 적이 전혀 없는데. 외제니와 얽힌 일을 떠올리면 너무 기운이 빠진다. 이제 그 일은 그만 생각해야 한다.

지나치게 가까이 다가오는 비둘기를 발로 쫓아버린 뒤 준비에브는 잰걸음으로 정원을 가로질러간다. 그 모습을 환자들이 불안스레 지켜본다.

그후로 며칠이 흘렀다. 여자들은 이제 의상 선택을 마치고 무도회가 열릴 홀을 꾸미는 데 여념이 없다. 우아한 샹들리에가 매달린 길쭉하고 광활한 홀에서, 이들은 실내 구석구석을 풀과 꽃으로 장식하고, 뷔페용 테이블을 옮겨두고, 창문 아래 벨벳을 씌운 장의자들을 가져다놓고, 커튼의 먼지를 떨고, 오케스트라석을 쓸고, 창유리를 말끔히 닦는다. 환자들 모두가 즐겁고 원만한 분위기 속에서 행사 준비에 동참한다.

병원 밖에서는, 파리의 고위 인사들이 초대장을 받는다. "1885년 3월 18일 살페트리에르병원에서 열리는 미카렘 가장무도회에 귀하를 초대합니다." 의사, 관료, 공증인, 작가, 언론인, 정치인, 귀족 등 파리의 특권층 사람들 모두가 미친 여자들만큼이나 희열에 들떠 무도회를 기다린다. 살롱에서 오가는 이야기는 이제 다가올 무도회 이야기뿐이다. 누군가는 지난 몇 년간 열린 무도회에 대한 기억을 소환하고 누군가는 갖가지 화려한 의상을 차려입은 삼백 명의 정신질환자가 춤을 추는 광경을 묘사한다. 난소 압박으로 경련이 누그러든 미친 여자, 심벌즈 소리에 강경증을 일으킨 열댓 명의 환자, 야회에 참석한 모든 남자들에게 자신의 몸을 비벼대던 색광증 환자에 관한 이야기 등 놀라운 일화들도 오간다. 멍한 시선의 한 가련한 환자가 알고 봤더니 늙은 연극배우였다는 둥, 각자 자신의 기억과 경험과 에피소드를 풀어놓는다. 일 년에 단 한 번, 가까이에서 어울릴 수 있는 환자들의 매력에 사로잡힌 부르주아들에게 이 무도회는 그 모든 연극과 사교계 야회를 합친 것만큼의 가치가 있다. 하룻밤 동안, 살페트리에르병원은 이 행사가 아니었다면 결코 만날 이유도, 그럴 욕망도 없을 두 세계, 두 계층을 서로 가까이 이어준다.

아침나절이 한참 지났을 무렵이었다. 준비에브가 사무실에서 행정 서류 업무에 매달려 있을 때, 누군가 노크를 한다.

"들어오세요."

수간호사는 캐비닛에 서류들을 정리하느라 어느 젊은 남자가 머뭇거리며 들어오는 모습을 보지 못한다. 남자가 실크해트를 벗자 붉은 곱슬머리가 드러난다.

"준비에브 글레즈 간호사님이신가요?"

"그런데요?"

"테오필 클레리라고 합니다. 외제니 클레리의 오빠예요. 저희가…… 저희 아버지가 지난주에 동생을 입원시키셨죠."

준비에브는 하던 일을 멈추고 테오필을 바라본다. 젊은 남자는 모자를 가슴에 바짝 붙인 채 소심하게 그녀를 바라본다. 준비에브는 그를 기억한다. 병원 안으로 들어서자마자 곧바로 돌아서서 뛰쳐나갔던 사람.

준비에브는 그에게 의자를 권하고 자신도 책상 앞에 앉는다. 테오필은 그녀를 똑바로 마주보지 못하고 주저하며 말한다.

"무슨 말씀부터 드려야 할지 모르겠네요…… 다름이 아니라…… 살페트리에르병원에서 허가를 해줄지는 모르지만…… 동생을 만날 수 있을까 해서 찾아왔어요. 그애와 이야기를 나누고 싶습니다."

준비에브가 이런 부탁을 받는 것은 처음이다. 가족이 편지로 환자의 안부를 묻는 경우도 꽤 드문데 하물며 환자를 면회하러 병원에 오다니, 그야말로 이례적인 사건이다.

준비에브는 의자에 등을 기댄 채 시선을 돌린다. 그녀 역시 바빈스키의 검사 날 이후로 외제니를 보지 못했다. 그후로 닷새가 지났다. 외제니가 독방으로 옮겨졌다는 건 알고 있다. 전해 들은 바로는, 간호사들이 식사를 가져다주는 족족 접시를 방 저편으로 맹렬하게 집어던져버린다고 했다. 그래서 이제 숟가락도 포크도 그릇도 없이 버터 바른 빵 조각만 제공되었지만 외제니는 이마저도 입에 대지 않았다. 준비에브는 겁먹은 간호사들의 증언을 무심하게 흘려들었다. 외제니를 보지 않으니 더는 괴롭지 않고 약해진 마음도 회복된 기분이다. 외제니가 갇혀 있는 이대로 그녀와 거리를 두는 편이 오히려 좋다.

"죄송합니다, 클레리 씨. 동생분과의 면회는 어렵습니다."

"동생은 잘 지내나요? 정말 한심한 질문이네요."

남자는 약간 얼굴을 붉힌다. 그가 집게손가락으로 목을 죄는 새틴 머플러를 살짝 잡아당긴다. 붉은 곱슬머리가 창백한 이마 위로 흘러내린다. 그의 모습을 보며 준비에브는 동생 블랑딘을 떠올린다. 유약한 인상, 섬세한 손짓, 코와 광대뼈에 점점이 박힌 주근깨. 그녀는 머릿속에 떠오르는 동생의 모습을 지우려 애쓴다. 분명 클레리가 사람들은 이래저래 자꾸만 블랑딘을 떠오르게 한다.

"동생분은 강하니까 분명 이겨낼 겁니다. 확신해요."

테오필은 그 대답에 만족하지 못한 듯하다. 그가 자리에서 일어나 창가로 걸어간다. 그는 창문 너머 길과 나란한 병원 건물들을 응시한다.

"여기, 굉장히 넓네요."

준비에브는 자리에 앉은 채 몸을 돌려 남자를 바라본다. 날카롭고 곧은 콧날, 도톰한 입매가 돋보인다. 옆얼굴이 외제니와 똑 닮았다.

"아시다시피, 동생과 저는 딱히 가까운 사이가 아니에요. 우리를 이어주는 거라곤 아버지가 물려주신 클레리라는 성뿐이죠. 우리는 그렇게 자랐어요. 하지만 이 일이 끔찍이 부당하다는 인상을 지울 수 없어요. 지난주부터 잠을 못 이뤘어요. 동생 얼굴이 머릿속을 떠나지 않더라고요. 외제니는 선택의 여지가 없었어요. 저 역시 힘이 없어서, 동생을 입원시키려는 아버지를 거들었죠. 후회됩니다. 이런 식으로 속내를 털어놓아서 죄송합니다. 결례를 범하네요. 면회가 안 된다면, 최소한 그애한테 뭔가를 전할 수는 있을까요?"

준비에브가 대답할 새도 없이 테오필은 재킷 안쪽에서 책한 권을 꺼내 떨리는 손으로 준비에브에게 내민다. 표지에 '혼령의 책'이라고 적혀 있다. 준비에브는 영문을 몰라 가만히 바라본다.

"아버지가 발견하고 불태우시기 전에 제가 겨우 손에 넣을 수 있었어요. 부디 동생한테 전해주세요. 그애에게 용서를 구하려는 게 아니에요. 그애가 그나마 덜 외롭기만을 바랄 뿐이에요. 부탁드립니다."

갑작스러운 부탁에 준비에브는 책을 건네받을지 망설인다. 마음 같아서는 가까이서든 멀리서든 외제니와 더이상 엮이고 싶지 않다. 특히 혼령이니 유령이니 영혼이니 하는, 사후의 존재를 상기시키는 그 어떤 것에 관해서도 더는 듣고 싶지 않다.

하지만 테오필이 손을 내민 채 간절한 눈빛을 보내고 있다. 그때 복도에서 발소리가 서서히 가까워지다가 사무실 문 앞에서 그치더니, 곧 세 차례 문을 두드리는 소리가 들린다. 준비에브는 화들짝 놀라서 책을 받아들고 황급히 서랍 속에 감춘다. 테오필은 미소 띤 얼굴로 감사 인사를 건넨 뒤, 실크해트를 쓰고 사무실을 빠져나가며 문 앞에 서 있는 간호사에게 자리를 비켜준다.

　준비에브는 열네 살 때, 아버지의 서재에서 해부학 책을 처음 펼쳐 보았다. 그 책을 읽은 것이 준비에브에게는 삶의 전환점이 되었다. 책장을 넘길수록 그녀는 과학적 논리에 눈을 떴다. 그 책이 인간에 관한 모든 것을 설명해주었다. 동생에게 성서가 그랬던 것처럼 그것은 그녀에게 충격이자 계시였다. 두 자매는 각자 책을 읽고 깊은 감명을 받았고, 그 책들이 장래를 선택하는 데 큰 영향을 미쳤다. 준비에브는 의학을, 블랑딘은 종교를 선택했다.

　준비에브는 과학서 외에는 거들떠보지 않았다. 소설도 좋아하지 않았다. 허구의 이야기에 별다른 재미를 못 느꼈기 때문이다. 시도 아무런 쓸모가 없기에 끌리지 않았다. 준비에브에게 책이란 실용적이어야 했다. 인간에 대한 가르침, 최소한 자연과 세상에 대한 가르침을 주어야 했다. 하지만 준비에브는 몇몇 책들이 개인에게 결정적으로 작용할 수 있다는 사실을 모르지 않았다. 자신과 동생에게뿐 아니라 환자들에게서도 그런 경우를 볼 수 있었다. 환자들은 소설책에 놀라울 정도의 열정을 보였다. 준비에브는 시를 암송하며 눈물짓는 여자들, 친밀한 사람에 대해 이야기하듯 유쾌하게 문학작품 속 여주인공 이야기를 하는 여자들, 울먹이는 목소리로 몇몇 구절을 읊조리는 미친 여자들을 본 적 있었다. 그 속에서 사실적인 것과 허구의 차이가 확연히 드러났다. 사실적인 것은 마음의 동요를 일으킬 수 없었다. 정보와 객관적인 사실이 전부이니까. 반면에 허구는 사람들을 열광하게 하고, 감정을 폭발시키고, 그들의 마음을 뒤흔들었다. 허구는 이성적 사고도 깊은 사유도 야기하지 않았으며, 일반 독자들, 특히 여성 독자들을 감정의 파국으로 내몰았다. 준비에브는 허구의 이야기에 지적 흥미를 전혀 느끼지 못했을 뿐 아니라 경계하기도 했다. 결과적으로 정신병동에서는 그 어떤 소설도 허락되지 않았다. 미친 여자들의 감정을 자극하는 위험을 감수할 이유가 없지 않은가.

그날 저녁, 준비에브는 여전히 불신 가득한 눈초리로 손에 들린 책을 바라본다. 바깥은 어둠에 잠겨 있다. 층계참에 있는 세면장에서 몸을 씻고 부리나케 수프를 한 그릇 비운 뒤, 외투 주머니에 감춰둔 책을 꺼내어 침대 가장자리에 걸터앉았다. 침대 머리맡 협탁 위에 놓인 석유등이 환히 빛난다. 『혼령의 책』. 의사들이 회의 도중 형이상학적 추세에 대해 이야기하면서 이 책을 언급하는 것을 어렴풋이 들은 적 있다. 그들은 책 내용을 한껏 비웃으며 비난을 쏟아냈고, 이런 사상이 그저 생각에 그치지 않고 책으로 출간되었다는 사실에 분노했다. 그녀가 기억하기로는 이 책의 저자는 사실적 근거를 바탕으로 사후의 존재에 대해 논증하려 했다. 대담한 주장이었고, 그 점에 관한 한 이견은 없었다. 그러나 이 책 역시 몹시 자극적인 내용인 듯했기에 당시 준비에브는 아예 관심을 두지 않았다.

침대 맞은편에 놓인 투박한 난로가 방안을 훈훈하게 덥힌다. 바깥의 수플로가는 고요하다. 준비에브는 책을 펼칠 엄두를 내지 못하고 가만히 표지만 들여다본다. 외제니는 이 책을 읽은 뒤 아버지의 손에 이끌려 이 병원에 입원하게 되었다. 이해할 만한 일이다. 자식이 사후세계에 대해 언급하는 소리를 듣고 싶어할 부모가 어디 있겠는가. 인간이 경계를 흐리고, 생의 끝에 의문을 품고, 보이지 않는 존재와 대화를 시도하는 것은 부자연스러운 일이다. 이성보다 광기에 의한 행동이다.

준비에브는 책장을 넘겨 빠르게 내용을 훑다가 협탁 위에 올려놓고, 이내 다시 집어든다. 책을 펼쳐 조금 읽어보는 게 뭐 대수인가. 게다가 앞부분 몇 줄만이라면…… 의사들의 말대로 얼토당토않은 내용이라면 오래지 않아 짜증이 밀려올 테고, 그럼 곧바로 덮어버리면 그만이다. 어찌됐든 이걸 외제니에게 건네 괜한 망상을 키우지는 않을 것이다.

시곗바늘이 밤 열시를 가리킨다. 준비에브의 손은 여전히 덮인 책 위에 놓여 있다. 마치 이 책에서 자신이 알게 될 것을 두려워하듯이.

'뭐해, 준비에브? 이건 그냥 책일 뿐이야. 바보같이 굴지 마.'

준비에브는 결연히 침대 위에 다리를 올리고 베개에 등을 기댄 채, 마침내 첫 장을 펼친다.

8

1885년 3월 12일

파리에 새벽이 찾아든다. 거리는 일찍 일어난 사람들로 벌써 부산하다. 센강과 생마르탱 운하를 따라서, 수십 명의 세탁부들이 부르주아들이 맡긴 세탁물을 가득 채운 자루를 등에 짊어지고 배 위의 공동세탁장으로 향한다. 되팔 만한 물건들을 찾아 꼬박 하룻밤을 새운 넝마주이들은 야밤에 수거한 잡동사니들로 그득한 커다란 망태기들을 싣고 무거운 짐수레를 끌고 간다. 거리 모퉁이마다 가로등 점등원들이 소등을 한다. 에밀 졸라가 "파리의 배腹"라 묘사했던 레알 시장에서는 식료품점 주인들과 다른 상인들이 과일과 채소가 담긴 나무 궤짝을 부리고, 얼음 위에 생선을 진열하고, 고깃덩이를 자른다. 그 근처 생드니가에서는 피갈가나 프로방스가에서처럼 한쪽에서 매춘부들이 마지막 손님을 기다리는 동안 다른 한쪽에선 사람들이 취객을 내쫓는 광경이 펼쳐진다. 인쇄소 밖으로 나온 신문 배달부들은 어깨에 엇멘 가방에 오늘자 신문을 담는다. 구역마다 진동하는 갓 구운 빵 냄새가 노동자, 물지게꾼, 숯장수, 청소부, 도로보수원 들의 콧속까지 물씬 풍겨오고, 이들의 실루엣으로 파리가 생동할 즈음 새벽 여명이 지붕 위를 비춘다.

살페트리에르병원이 여전히 잠들어 있을 때, 준비에브가 앞뜰을 가로지른다. 아치형 입구를 통과해 병원 건물로 들어가려면 누구나 반드시 지나야 하는 긴 길의 차가운 포석 위로 준비에브의 구둣굽 소리가 울린다. 길 오른쪽, 잔디밭 한가운데서 고양이 한 마리가 죽은 쥐를 가지고 논다. 행인 한 사람, 사륜마차 하나 보이지 않는다.

준비에브가 집을 나섰을 때부터 먹구름이 드리우고 있었다. 생루이성당으로 향하는 길에 가는 빗줄기가 떨어진다. 한쪽에 꽃장식이 달린 수수한 모자가 아침 이슬비를 막아준다. 준비에브는 장갑 낀 손으로 외투를 바짝 여민다. 뜬눈으로 밤을 지새운 탓에 눈가가 거뭇거뭇하다.

준비에브는 상단부에 '라세 구역'이라고 새겨진 아치형 통로를 지나 생루이성당 안뜰에 들어선다. 맞은편에 정원과 나목들이 보이고, 왼쪽에는 검은 철모를 씌워놓은 듯한 성당 지붕과 그 압도적인 하얀 전면이 나타난다. 준비에브의 외투 안주머니에는 전날 밤에 읽은 책이 들어 있다. 그녀는 책을 가슴에 품은 채 성당으로 향한다.

자주색 나무문 앞에 이른 준비에브는 잠시 뜸을 들이다가 숨을 깊이 들이마시고, 마침내 문을 밀어 안으로 들어선다.

첫눈에 가장 인상적인 것은 내부의 소박함이다. 금박 장식도, 몰딩 장식도 없다. 군데군데 거무스름해진 돌벽에도 불필요한 장식은 전혀 없다. 꼭 버려진 교회 같다.

입구 왼쪽에서부터 오른쪽으로 초석에 서 있는 여섯 성인상이 우묵한 벽감 안에서 준비에브를 내려다본다. 성당의 규모도 그 배치도 놀랍다. 네 개의 신랑身廊으로 구분된 네 군데의 제실, 중앙의 돔지붕은 고개를 뒤로 젖혀야 보일 정도로 높아 아찔한 현기증을 유발한다.

준비에브는 본능적으로 모자를 벗어 빗방울을 털어낸다. 자기 손으로 성당 문을 밀고 들어왔다는 사실을 도무지 믿을 수가 없다. 스무 해가 넘도록 그냥 지나치기만 하던 곳, 결코 발을 들이지 않겠다고 다짐했던 이 건물 안에 들어오다니.

준비에브는 한기가 느껴지는 습한 석조건물 한가운데로 조심스럽게 걸어들어간다. 간소하고 간결한 고유의 양식이 돋보이긴 해도 제실마다 나무 벤치나 일인용 의자, 작은 제대, 촛대와 성모마리아상 등 묵상에 필요한 모든 것이 제대로 갖추어져 있다. 고요함이 스며 있는 보기 드문 공간이다. 준비에브의 귀에 자신의 숨소리가 들린다. 그 소리가 마치 거대한 벽 사이에서 울리는 것만 같다.

어디선가 들려오는 속삭이는 소리에 주의가 쏠린다. 왼쪽 두번째 제실의 석조 성모마리아상 앞에 작고 통통한 여자가 서 있다. 원피스 차림에 세탁부 앞치마를 허리에 두른 모습이다. 턱 아래 두 손을 모은 여자는 검은 진주 묵주를 쥐고 있다. 여자는 눈을 감은 채 자기 앞의 여인상을 향해 가만가만 이야기를 건넨다. 이른 아침, 너무도 커 보이는 이 성당에 홀로 나와 가장 먼저 기도를 드리는 여자를 보니 그 믿음이 부러울 정도다. 준비에브는 잠시 여자를 바라보다가, 자신의 행동이 무례하게 여겨져 고개를 돌리곤 입구에서 오른쪽 첫번째 제실에 가보기로 마음먹는다. 자리에 앉자 의자 다리에서 삐걱 소리가 난다. 모자는 허벅지에 내려놓는다. 제단 밑에 촛불 몇 개가 켜져 있다.

준비에브는 고개를 들고 어릴 적 끔찍하게만 여겨지던 이 세계를 주시한다. 여기 있는 모든 것들이 그녀에게 끝없는 고통을 안겨주었던 일요일 아침을 떠오르게 한다. 준비에브는 이곳을 증오했다. 블랑딘이 죽은 뒤로 그 증오심은 더욱 커졌다. '예배의 장소'. 사람들은 너무 나약해서 믿음과 우상이 필요하고, 심지어 자기 집, 자기 방으로는 충분하지 않다는 듯이 별도의 기도 장소까지 필요한 걸까? 그렇게밖에 생각할 수 없다. 그런데 여전히 믿음이 없다면, 준비에브는 왜 이 성당에 온 것일까? 전날 밤에 읽은 책이, 밤새 넘긴 책장들이 새벽부터 그녀를 성당으로 떠밀었다. 책에 종교적인 내용은 전혀 없었다. 오히려 정반대였다. 하지만 이 책을 읽을 때 빨리 이곳에 와야 한다는 불가항력적인 느낌이 들었다. 준비에브는 자신이 진정 무엇을 찾으러 온 것인지 알지 못한다. 어쩌면 어떤 대답이나 설명, 아니면 적어도 지시일지 모른다. 이제 준비에브도 저항해봐야 소용없다는 것을 안다. 일주일 전, 외제니가 온 후로 그녀가 통제한다고 믿었던 모든 것들이 그녀의 손을 벗어나고 있다. 고통스러우리만치 무력한 기분이지만, 더는 저항하지 않는다. 저항해봐야 아무 소용이 없었다. 더 아래로, 최대한 깊은 곳으로 떨어져야 한다면 그럴 것이다. 그래야 더 힘차게 일어나 계속 나아갈 수 있다면 기꺼이 떨어지리라.

뒤에서 들리는 발소리에 준비에브가 의자에 앉은 채 돌아본다. 작고 통통한 세탁부가 출구로 향한다. 준비에브는 벌떡 일어나서 여자에게 다가간다. 여자는 멈춰 서서 놀란 눈으로 준비에브를 바라본다.

"같이 나가요. 여기 혼자 있고 싶지 않아요."

그 말에 여자가 미소 짓는다. 다른 사람들의 세탁물을 빨며 평생을 보내오면서 거칠어진 얼굴, 물에 튼 손가락과 팔뚝이 보인다.

"여기서 당신은 절대 혼자가 아니에요. 여기서도, 다른 어디에서도."

세탁부는 준비에브를 남겨둔 채 사라진다. 준비에브는 멍한 눈으로, 오른손을 가슴께로 들어 외투를 더듬는다. 책은 여전히 그 자리에 있다.

자물쇠 안에서 달그락거리며 열쇠 돌아가는 소리가 들린다. 외제니가 눈을 뜬다. 잠에서 깨어나자마자 다시 위경련이 인다. 침대 위에서 몸을 더 웅크린다. 외제니는 맨발이다. 최근 며칠 신고 지낸 꽉 끼는 편상화 탓에 발목이 퉁퉁 부어올라 결국 벗을 수밖에 없었고, 다시 신을 엄두를 내지 못했다. 몸을 죄는 갑갑한 원피스 역시 더이상 참을 수가 없어 소매와 어깨와 허리에 달린 단추며 실을 뜯어버렸다.

외제니는 배를 움켜잡은 채 얼굴을 찌푸린다. 늘 단정하게 빗어넘기던 윤기 나는 흑갈색 머리는 먼지와 오물투성이다. 어제 아침부터 방치해두었던 빵 한 조각을 저녁에 먹은 것이 화근이었다. 나흘 만에 먹은 첫 끼였다. 이곳에서 약해지면 안 된다는 것을, 육체적으로나 정신적으로나 힘을 온전히 유지해야만 살아남을 수 있다는 것을 외제니는 알고 있다. 이곳, 약한 모습을 보이는 순간 사람을 무너뜨리는 이 병원에서 의지할 수 있는 것은 자기 자신뿐이라는 사실도 너무나 잘 알고 있다. 하지만 검사가 진행되는 동안 일었던 감정적 동요가 좀체 가라앉지 않았고, 그녀로서는 지난 며칠간 음식을 철저히 거부함으로써 홀로 외로운 시위를 이어갈 수밖에 없었다. 외제니는 감정에 압도되었던 것이다. 지금껏 그녀는 진정한 분노를 경험한 적이 없었다. 물론 아버지와 극심하게 불화했던 것은 사실이다. 남자들이 여자들을 조롱하는 모습에 소리 없는 분노를 느끼기도 했다. 하지만 파도처럼 몸과 마음을 집어삼켜서, 무례에 맞서 끝내 포효해야만 하는 이런 감정은 이제껏 경험해보지 못했다. 외제니는 자신이 처한 부당한 상황에 격분했다. 노여움은 사그라들지 않았고, 오히려 자신이 삭아 없어지는 기분이었다. 침대를 벗어나려 할 때마다 머리가 어지럽고, 명치끝이 찌르듯이 아프고, 빈속에서 헛구역질이 일었다. 간호사가 가져다준 물통을 집어드는 것마저 힘겨웠다. 외제니는 어스름한 빛 속에서 며칠을 보냈다. 창문의 덧창이 닫혀 있었지만, 군데군데 뚫린 나무 틈새로 빛이 조금 새어들어왔다. 분노와 피로가 동시에 느껴졌다. 이토록 무력하고 버려진 듯한 기분이 든 적이 없었다. 외제니는 가족과 함께 살면서 자신이 외톨이라고 생각했다. 자신의 성격, 도발, 말대답 때문에 스스로 고립되고, 자신을 이해하지 못하는 가족들과 소원해졌다고. 얼마나 순진했던가! 외제니는 이해받지 못했을지 몰라도, 외톨이는 아니었다. 고독은 그런 게 아니었다. 고독이란 일말의 이동의 자유도, 미래에 대한 전망도 없이 정신병원에 감금되는 것이었다. 특히 멀리서든 가까이에서든 자신을 걱정해주는 한 사람, 단 한 사람도 없이 말이다.

"외제니 클레리."

외제니는 자신을 부르는 소리에 놀라 침대에서 몸을 일으킨다.

준비에브가 문가에 서서 방안을 훑어본다. 바닥에는 깨진 그릇 조각들이 어수선하게 흩어져 있다. 편상화 한 켤레는 아무렇게나 널브러져 있고, 의자는 뒤집힌 채 다리 하나가 두 동강 나 있다.

외제니는 침대 위에서 몸을 일으킨 채로, 죽은 사람처럼 무표정하게 준비에브를 바라본다. 그녀의 얼굴에서 생기와 자신감은 사라졌다.

"구내식당에서 밥 먹을래? 그다음에 함께 이야기를 나누면 좋겠는데."

외제니는 놀란 듯 눈썹을 치올린다. 그녀가 놀란 건 우선 말투 때문이다. 명령이 아니라 질문이라니. 준비에브의 목소리도 어딘가 달라졌다. 역광이라 제대로 보이지 않지만 얼굴도 달라 보인다. 정말이지, 준비에브의 실루엣이 평소와 달리 엄격해 보이지 않는다. 내면의 무언가가 한결 느슨해졌다. 이 예상하지 못한 친절의 이유가 무엇이든, 이제 외제니는 방에서 나갈 수 있다. 무엇보다 따뜻한 우유를 마시러 갈 수 있다.

외제니는 침대 가장자리에 걸터앉아 통증을 참아가며 편상화에 발을 구겨넣고 원피스에 아직 붙어 있는 단추를 잠근 뒤, 더러운 머리카락을 한 손으로 쓸어넘기며 준비에브에게 다가선다.

"감사합니다, 준비에브 간호사님."

"방 청소는 해야 해, 나중에."

"그럼요. 제가 너무 흥분했었어요."

"식사 마치면 좀 씻고. 기다리고 있을게."

새벽부터 이어지는 이슬비가 병원 통로를 지나는 사람들의 뾰족한 모자와 실크해트 위로 내려앉는다.

외제니는 준비에브를 만나러 정원으로 나왔다. 머리를 감고서 물기가 채 마르지 않은 머리를 한 갈래로 길게 땋아 가슴 한쪽에 내려뜨린 모습이다. 베이지색 케이프로 몸을 감싸고, 케이프에 달린 커다란 후드를 머리에 뒤집어썼다. 외제니의 눈빛은 평소처럼 의연함을 되찾았다. 허기를 달래고 몸을 씻었을 뿐인데 약간의 활력과 자신감이 돌아왔다. 이제 무력감도 줄고 행색도 나아졌다. 준비에브가 와서 문을 열어주었다는 사실만으로 외제니는 벌써 믿음을 되찾았고, 며칠 전부터 그녀를 꼼짝 못하게 만들었던 무기력 상태에서 벗어날 수 있었다.

사람들의 눈길을 피해 어느 나무 옆에 서 있던 준비에브가 가까이 다가오는 외제니를 발견하고, 주변에 다른 사람들이 없는지 확인한 뒤에 기척을 한다.

"걷자."

외제니가 준비에브를 뒤따른다. 길은 텅 비어 있다. 그들의 오른쪽으로, 정원 안쪽 가장자리를 에워싼 낮은 담장을 따라, 떨어지는 빗방울을 피해 도망치던 쥐들이 구멍이 보이는 즉시 파고들어 몸을 숨긴다. 잔디밭에는 진흙 웅덩이들이 생겼다. 이슬비는 점점 굵어지며 천천히 떨어지다가 마침내 정원을 완전히 뒤덮을 듯 쏟아져내릴 것이다.

두 여자는 고개를 숙인 채 걷는다. 몇 발짝 걸음을 떼던 준비에브가 외투 속에서 『혼령의 책』을 꺼내 외제니에게 건넨다. 외제니는 영문을 모르는 눈으로 책을 바라본다.

"어서 받아, 사람들이 보기 전에."

외제니는 어리둥절한 표정으로 책을 받아 케이프 속에 감춘다.

"네 오빠가 직접 전해주고 싶어했어. 하지만 너도 알다시피
그건 안 되는 일이라."

외제니는 케이프 위로 팔짱을 껴, 가슴에 숨긴 책을 끌어안
는다. 자신을 만나기 위해서 여기, 이런 곳으로 찾아온 오빠
생각에 목이 멘다.

"언제 왔어요?"

"어제 아침."

가슴이 뭉클해진다. 그녀는 슬프면서도 행복하다. 오빠가
여기에 왔었다니. 오빠는 그녀를 잊지 않은 것이다. 외제니는
스스로 생각했던 것만큼 외톨이가 아니었다. 잠시 생각에 잠
겨 있던 그녀가 준비에브를 슬쩍 돌아보며 말한다.

"그런데 왜죠? 안 된다면서, 왜 저한테 이 책을 전해주시는
거예요?"

외제니는 준비에브의 눈빛을 보고 알아챈다.

"읽어보신 건가요?"

"이곳에서 책 반입은 금지야. 이걸 받는 대신 네가 해줄 일
이 있어."

준비에브는 숨이 가빠오고 머리가 약간 어질어질하다. 자신
이 무슨 일을 꾸미고 있는 것인지 스스로도 얼떨떨하다. 지금
껏 이런 일이 생기리라곤 꿈에도 생각지 못했다. 수간호사인

자신이 환자와 마주보고 이야기를 나누면서, 스스로 정한 규칙을 어기고 호의를 베푸는 대가로 무언가를 요구하다니. 아니, 이 상황에 대해 더는 생각하고 싶지 않다. 자신의 행동이 얼마나 터무니없는지 충분히 의식하고 있지만, 한번 더, 소신껏 끝까지 밀어붙여보고 싶다. 설령 후회할지라도.

"나…… 내 동생이랑 얘기해보고 싶어."

빗방울이 굵어지고 이제 빠른 걸음으로 병원 건물을 지나가는 실루엣들 위로 비가 세차게 퍼붓는다. 두 여자는 정원 끝에 다다라 아치형 통로 안으로 몸을 피한다. 외제니가 젖은 후드를 벗는다. 그러고는 잠시 골똘히 생각하다가 눈을 들어 준비에브를 바라본다.

"간호사님…… 이게 거래라면 전 책이 아니라 자유를 되찾고 싶은데요."

"그건 불가능하다는 걸 알잖아."

"그럼, 안타깝지만 동생분과의 대화도 불가능할 거예요."

준비에브는 속이 끓어오른다. 미친 여자와 협상을 벌이려 하다니. 그녀야말로 체면을 구기고 분별력을 잃은 것이다. 이 어린 부르주아 여자애를 독방으로 돌려보내고 두 번 다시 어떤 말에도 귀기울이지 말아야 했다. 한편으로 외제니의 입장에서 보면, 동생을 볼모로 으름장 놓는 건 당연하다. 준비에브가 어리숙하게도 협상 카드를 외제니의 손에 내어줘버린 것이다. 강신술을 부리는 대가로 책 이상을 요구할 게 뻔했음에도.
정말이지, 짜증이 치민다. 준비에브는 더이상 물러설 수 없다.
동생과의 만남이 준비에브의 유일한 소망이다. 그리고 어떤
약속을 하든, 그 약속을 꼭 지켜야 할 이유는 없다. 도의적이
지는 않지만, 약속이란 약속을 지키려는 사람들에게만 구속력
을 발휘하니까.

"좋아. 내가 의사 선생님께 할 수 있는 일은 다 해볼게. 단,
내가 동생과 대화를 했을 경우에 한해서야."

외제니는 안도하며 고개를 끄덕인다. 아직 기뻐하기는 이르
지만, 이미 그 자체로 작은 승리를 거둔 셈이다. 어쩌면 블랑
딘의 말이 맞을지 모른다. 어쩌면 준비에브가 도와줄지 모르
고 그래서 어쩌면 생각보다 더 일찍 이곳을 벗어나게 될지 모
른다.

"언제요?"

"오늘 저녁에. 내가 다시 너를 독방으로 데려갈게. 자, 이제
혼자서 병동으로 돌아가. 함께 있는 모습을 너무 오래 보였어."

외제니는 준비에브를 빤히 바라본다. 젖은 모자에서 준비
에브의 얼굴과 어깨로 물이 뚝뚝 떨어진다. 평소 완벽했던 올
림머리가 느슨하게 풀려서, 지금은 얼굴 양옆으로 곱슬곱슬한
금발이 몇 가닥 늘어져 있다. 늘 너무나 권위를 세우는 탓에,
이제 준비에브의 표정은 완고하게 굳어버렸다. 하지만 눈빛에

서만은 그녀가 어떤 사람인지가 드러난다. 그녀의 파란 눈을 조금만 찬찬히 들여다보면 연약함과 불안을 읽을 수 있다. 하지만 이제까지 그녀를 진정으로 바라본 사람이 없었기에 그녀가 때때로 드러낸 감정은 조용히 묻혀버렸다.

외제니는 준비에브를 잠시 바라보다가 감사의 미소를 지어 보인다. 그러고는 다시 후드를 뒤집어쓰고 빗속을 달려 정원을 가로지른다.

그날 오후, 새로운 활동으로 공동 병실이 어수선하다. 정렬된 침대들 사이에 한 남자가 서 있다. 얼굴은 절반쯤 검은 수염에 덮여 있고, 머리칼은 짧게 손질되어 있다. 꽉 끼는 정장 차림이라 비대한 복부가 조인다. 이곳 침대 발치에 도구를 설치하고 조심스럽게 다루는 모습보다 농촌에서 땅을 일구는 모습이 훨씬 어울릴 듯하다. 삼각대에 올려둔 흑백카메라는 꼭 소형 아코디언 같다. 카메라를 만져보려 손을 뻗는 이들을 가로막으며 간호사 둘이 사진가를 둘러싼다. 사진가 주변으로 여자들이 모여든다. 여자들은 흥분을 억누르고, 주름상자 같은 카메라의 몸체와 남자의 다부진 몸을 번갈아 훑어본다.

"참 신기하네. 전에는 아무도 우리한테 관심이 없었는데."

멀찍이서 테레즈가 침대 위에 다리를 뻗은 채 숄을 뜨며 그

광경을 지켜보고 있다. 바로 옆 침대에서는 외제니가 루이즈를 도와 스페인풍 드레스에 난 구멍을 꿰맨다. 준비에브와 대화를 나눈 뒤로 외제니는 마음이 한결 진정되고 분노도 가라앉았다. 여기서 나가는 일은 이제 시간문제다. 퇴원하여 도시로 돌아갈 수 있다는 기대, 이 지옥 같은 곳에서 벗어날 수 있다는 희망으로 마음이 놓이면서 가슴이 벅차오른다. 퇴원 허가를 받는 즉시 테오필에게 편지를 쓸 것이다. 그러면 오빠는 루이와 함께 그녀를 데리러 오리라. 루이는 언제나 그랬듯이 비밀을 지켜줄 것이다. 이 병원을 나서면 외제니는 우선 호텔에 머물다가 레마리를 찾아갈 것이다. 그리고 그에게 지금껏 보고 들은 모든 것을 털어놓고, 그의 잡지에 글을 기고할 수 있게 해달라고 부탁할 것이다. 병원에 오기 전 계획했던 모든 일이 이루어질 것이다. 입원은 한낱 뜻밖의 사고에 불과했다. 당연히 가족과 연이 끊어질 터였고, 적어도 외제니가 직접 나설 필요는 없다. 혼자가 되었으니 이제 아무에게도 해명하지 않아도 된다.

바깥에서 비가 창유리를 두드린다. 외제니 옆에 배를 깔고 엎드려 있던 루이즈가 자기 드레스에 달린 레이스 장식을 어루만지며 멍한 시선으로 사진가를 흘끔 바라본다.

"난 알베르 롱드*라는 저 사람 정말 좋아, 내 사진도 이미 찍어줬어. 저 사람도 내가 오귀스틴이랑 닮았대."

외제니도 사진촬영 현장을 지켜본다. 알베르 롱드는 침대에 누운 한 여자 앞에 서 있다. 여자는 스무 살쯤 되어 보인다. 실내복 차림에 분홍색 리본으로 머리를 하나로 묶었다. 여자는 가만히 허공을 응시하고 있다. 백일몽에 너무 깊이 잠겨서 주위에서 벌어지는 일에는 완전히 무관심한 듯하다.

외제니가 테레즈를 돌아보며 묻는다.

"카메라 앞에 저애는 누구예요?"

테레즈가 어깨를 으쓱인다.

"조제트. 침대 밖으로 나오는 법이 없지. 우울증이라던가. 난 말이야, 저애는 쳐다도 안 봐. 보면 내가 다 우울해지거든."

플래시가 터지자 환자들이 소스라친다. 사진가 뒤로 반원형으로 모여 있던 무리가 일제히 소리지르며 뒤로 물러선다. 찍히는 조제트만 동요하지 않고 가만히 있다.

알베르 롱드는 주변의 시선에 아랑곳없이 카메라와 삼각대를 들고 먼발치에 있는 침대로 이동한다. 추종자 무리가 웃고 속닥거리며 이번에도 그의 뒤에 따라붙는다. 다음 촬영 대상역시 침대에 무기력하게 누워 있다. 여자는 턱끝까지 이불을 끌어당긴 채 마치 바닥으로 떨어질까봐 두려운 듯 손가락으로 이불을 꽉 붙잡고 있다. 여자는 규칙적으로 엉덩이를 들썩이

---

* 알베르 롱드(Albert Londe, 1858~1917). 의학 사진의 선구자로 알려진 프랑스 사진가.

며 침대 시트에 다리를 비비댄다. 사방을 두리번거리지만 실제로 누구를 보는 것 같지 않다.

외제니는 바느질을 멈춘다.

"파렴치하지 않아?"

루이즈가 고개를 들어 외제니를 바라본다.

"파렴치하다니?"

"그러니까…… 여기 와서 환자들 사진 찍는 것 말이야."

"난 좋은 일이라고 생각해. 외부인들이 사진을 보고 우리가 여기서 어떻게 생활하는지 알 수 있잖아. 우리가 누구인지도."

"만약 사람들이 환자들을 정말로 보고 싶어했다면, 여기서 내보내줬겠지 이렇게……"

외제니는 말을 멈춘다. 그녀는 침묵하기로 마음먹는다. 지금은 분란을 일으켜 퇴원할 기회를 망칠 때가 아니다. 지난 며칠간 간호사들에게 접시를 던지고 악담을 퍼부은 만큼, 이젠 눈에 띄는 행동을 삼가는 편이 현명하다. 게다가 싸움도 가려서 해야 하는 법이다. 매사 저항하고, 불의를 저지르는 모든 사람 혹은 기관을 사사건건 비난할 수 없을뿐더러 그런 태도는 효과적이지도 않다. 분노라는 압도적인 감정을 닥치는 대로 쏟아부어서는 안 된다. 외제니는 이 순간 가장 중요한 건 다른 사람들의 권리가 아니라 자신의 권리라는 점을 깨닫는다. 이기적인 생각에 약간 수치심이 일기도 하지만 잠시뿐이다. 당장은 이곳에서 벗어나는 데 전념해야 한다.

테레즈가 뜨개질 도구를 침대에 내려놓고 숄의 크기를 살피며 말한다.

"애, 내가 이미 말했잖니…… 이곳에서 나가고 싶지 않은 사람도 있다고. 나만 그런 게 아니야. 설령 벽을 허문다 해도 우리는 꼼짝하지 않을걸. 가족도 없고 할 줄 아는 것도 없이 걸핏하면 길가로 내몰리는 여자들이 어떻게 사는지 아니? 그거야말로 범죄일 거야. 아무렴, 이곳이 완벽하다고 할 순 없지. 하지만 여기에 있으면 보호받는 느낌이라고."

플래시가 터지자 구경하던 무리가 재차 놀라며 "아!" 하고 소리지른다. 침대 위의 여자는 겁에 질려 이불 속으로 머리를 파묻고, 침대 시트에 다리를 더욱 격렬하게 비비댄다.

루이즈가 몸을 일으켜 침대에 앉더니 외제니의 무릎 위에 펼쳐진 자신의 원피스를 바라본다.

"어때? 그 보기 싫은 구멍들은 꿰맸어?"

"확인해봐."

루이즈는 화려한 옷감의 주름을 하나하나 살펴본다. 꼼꼼히 살펴보고 나자 앳된 얼굴에 함박웃음이 번진다. 소녀는 침대에서 내려와 드레스를 몸에 대고 턱을 치켜든 채 말한다.

"엿새만 있으면 무도회야. 난 이 드레스를 입고 청혼받을 거야!"

루이즈가 의상을 꼭 끌어안고 제자리에서 돌자 드레스 밑단 프릴이 나풀거린다. 소녀는 침대 사이를 뛰어다닌다. 자신에게만 들리는 선율에 맞춰 춤을 추며, 리듬과 욕망에 이끌려 빙글빙글 돌며, 벨빌의 고아인 자신이 파리의 명사들 앞에서 의사의 약혼녀가 될 순간을 상상한다.

저녁식사 시간이 지나고, 준비에브와 외제니가 공동 병실을 슬그머니 빠져나온다. 수간호사는 석유등을 들고 이제 외제니에게도 익숙해진 복도를 앞서 걸어간다. 외제니는 고개를 숙인 채 고참을 뒤따른다. 두려움이 엄습하면서 두 다리가 뻣뻣해진다. 외제니는 단 한 번도 자발적으로 그 존재를 소환하려 한 적이 없다. 그들을 부르지 않았는데, 심지어 그들이 나타나기를 바라지도 않았는데, 매번 그들이 외제니를 찾아왔다. 이러한 현상은 여전히 불가사의하고, 그들이 경계를 넘어 산 자들의 세계로 들어서는 건 외제니에게 결코 유쾌한 일이 아니다. 하지만 지금 외제니가 느끼는 두려움은 단연코, 자신의 자유가 저 수간호사의 손에 달려 있다는 사실 때문이다. 만약 블랑딘이 나타나지 않는다면, 아니 블랑딘이 나타난다 해도 준비에브가 만족할 만한 대화가 이루어지지 못한다면, 외제니가 병원을 나갈 가능성은 희박해질 것이다. 준비에브는 스스로 납득해야만 외제니를 도울 것이다. 그래서 외제니는 블랑딘을 부른다. 독방에 다가가면서, 벌써 두 번이나 나타났던 블랑딘을, 준비에브에게 자신의 존재를 알려달라고 했던 창백한 안색의 붉은 머리 소녀를, 자신의 존재를 언니에게 증명해 보이려고 외제니에게 비밀을 밝히던 소녀를 속으로 조용히 부른다. 이제 외제니는 걸어가면서 블랑딘의 얼굴을 떠올리고, 어딘가에서 블랑딘이 듣고 나타나기를 바라며 그 이름을 마음속으로 부른다.

멀찍이서 들려오는 구둣굽 소리에 준비에브와 외제니는 고개를 든다. 복도 끝에서 한 간호사가 두 사람 쪽으로 걸어오고 있다. 외제니는 그 간호사를 알아보고 얼굴을 붉힌다. 독방에 갇힌 다음날 외제니에게 식사를 가져다주러 왔었고, 그녀의 격분한 모습을 보며 공포에 사로잡혔던 간호사다.

두 사람을 지나치는 순간 간호사 역시 외제니를 알아보고 핏기가 가신 얼굴로 걱정스러운 듯 수간호사를 향해 묻는다.

"도와드릴까요, 준비에브 간호사님?"

"괜찮아, 잔, 고마워."

"이 환자, 독방에서 나와도 되는 건가요?"

"나와서 씻으라고 내가 허락했어. 게다가 이제는 훨씬 진정됐어. 안 그래, 클레리? 진정된 거 맞지?"

"그럼요, 간호사님."

준비에브는 젊은 간호사를 안심시키려는 듯이 미소를 지어 보이며 계속 앞으로 나아간다. 불안한 기색을 전혀 내비치지 않지만, 준비에브 역시 외제니 못지않게 불안함을 느낀다. 외제니와 복도에 들어선 순간부터 심장이 울렁거렸다. 오른손은 석유등을 들고 있어서 떨리지 않았지만 왼손은 하얀 앞치마의 주머니에 감추어야 했다.

문 앞에 도착하자 준비에브가 열쇠 꾸러미를 꺼내 쳇소리 요란하게 열쇠를 찾아 자물쇠를 열고 열린 문 안쪽으로 외제니를 먼저 들여보낸다. 그녀는 좀전에 마주친 간호사가 복도 끝에서 보이지 않을 때까지 기다렸다가 주변을 살핀 뒤에야 안으로 들어선다.

외제니는 침대에 걸터앉아 얼굴을 찌푸리며 편상화를 벗고, 부어오른 종아리를 잠시 주무른다. 준비에브가 침대 머리맡 협탁에 석유등을 올려놓고 앞치마 주머니를 뒤적거려 하얀 양초 한 줌을 꺼낸다. 양초를 외제니에게 내밀자, 외제니가 어리둥절한 눈으로 바라본다.

"초 켤까?"

"초는 왜요?"

"혼령을 불러야 하잖아, 자."

외제니는 놀란 눈으로 준비에브를 바라보다가 미소 짓는다.

"의식 같은 건 전혀 필요 없어요. 알랑 카르데크의 책을 읽었다면 아셨을 텐데."

준비에브는 겸연쩍어하며 양초를 앞주머니에 다시 집어넣는다.

"그 사람이 진실을 다 아는 것도 아니잖아. 책 속 내용은 그저 가설일 뿐이야."

"신을 믿으세요, 준비에브 간호사님?"

외제니는 침대에 두 발을 올려 책상다리를 하고 벽에 기대앉는다. 검은 두 눈은 준비에브에게 붙박여 있다. 준비에브는 질문에 놀란 듯 보인다.

"내가 개인적으로 무엇을 믿든 안 믿든 네가 신경쓸 바 아니야."

"반드시 믿어야만 무언가가 존재하는 것은 아니에요. 저는 혼령의 존재를 믿지 않았지만, 그들은 존재했어요. 사람들은 믿음을 거부할 수도 있고, 받아들이거나 불신할 수도 있죠. 하지만 눈앞에 나타난 것을 부인할 수는 없어요. 이 책은⋯⋯ 내가 미치지 않았다는 사실을 일깨워줬어요. 군중 속 내가 비정상이 아니라 유일하게 정상이라는 기분을 처음 느꼈어요."

준비에브는 외제니를 바라본다. 외제니는 분명 정신질환자가 아니다. 준비에브는 처음부터 짐작했다. 외제니가 차라리 블랑딘의 이름을 언급하지 않았더라면 상황이 훨씬 나았을지도 모른다. 준비에브 앞에서 자신의 재능을, 어떤 식으로든,

증명하지 않았더라면 훨씬 좋았을 것이다. 그랬다면 준비에브가 두려움과 호기심이 뒤섞인 눈으로 외제니를 바라보는 일은 없었을 테니까. 아마 두세 차례 검사 후에 신경 기능 이상에 대한 의심은 모두 불식되었을 것이고, 외제니는 적어도 한 달 이내에 집으로 돌아가게 되었으리라. 하지만 상황이 복잡해졌다. 우선, 외제니가 말을 했다. 그것도 너무 많이. 아무도 없는 틈에 준비에브의 집에 들어가봤어야만 알 수 있었을 것에 대해 세세하게 언급했다. 더욱이, 외제니는 의료진들의 이목을 끌었다. 며칠이나 격노한 채 울부짖고 욕설을 퍼부었다. 준비에브가 아무리 윗사람들에게 외제니를 옹호한다 해도, 그들이 퇴원을 쉽게 허락할 리 없었다.

준비에브는 병실을 둘러본다. 이곳에 와 있자니, 낯선 환자와 함께 이 방에 숨어서 유령, 그것도 죽은 동생의 유령이 오기를 기다리고 있는 자신의 행동이 조금은 어리석게 느껴진다.

"그럼…… 우린 이제 뭘 하면 되지?"

"아무것도 안 해요."

"아무것도?"

"찾아올 때까지 기다리면 돼요. 그게 다예요."

"네가…… 동생을 불러야 하는 게 아니고?"

"누구를 불러야 하는 사람이 있다면 그건 바로 간호사님이에요."

그 말에 준비에브는 혼란스럽다. 그녀는 어금니를 악문 채 뒷짐을 지고 작은 방안을 서성거린다. 시간이 흐른다. 때때로 문 밖에서 복도를 지나가는 이의 발소리가 들려오면 두 사람은 숨을 죽였다가, 발소리가 멀어지면 다시 긴장을 푼다. 닫힌 덧창 너머 어둠 속에서 별안간 길고양이들의 울음소리가 들려온다. 조금 전 맞닥뜨린 두 고양이가 죽은 쥐나 정원 한구석을 서로 차지하려 대치하고 있다. 고양이들은 몇 분간 위협적인 소리를 내고 날카로운 발톱을 세워 몸싸움을 벌이며 헐떡거린다. 마침내 둘 중 하나가 이겼거나 둘 다 후퇴했는지 곧 사위가 잠잠해지면서 병원은 다시 잠에 빠져든다.

한 시간이 지났다. 신경을 곤두세운 채 침대에 앉아 있던 준비에브가 몸을 일으킨다.

"그래, 여전히 아무것도 없어?"

"이상해요…… 평소대로라면 여기 나타나야 하는데."

"처음부터 나를 속인 거 아니야?"

"절대 아니에요. 여기 있었다고요, 간호사님이 오셨을 때 두 번 다요."

"그만 됐어. 네 말을 믿는 게 아니었는데. 넌 이제 이곳에서 지내게 될 거야."

외제니가 뭐라 대답할 겨를도 없이 준비에브는 신경질적인 걸음으로 문을 향해 다가선다. 하지만 문이 열리지 않는다. 힘을 주어 손잡이를 돌려보고 밀어보지만 소용없다. 도무지 이해가 되지 않는다.

"문이 왜 이러지?"

"나타났어요……"

준비에브가 뒤돌아본다. 침대 위에서 외제니가 한 손으로 자신의 목을 붙잡고 있다. 침을 삼키기도 힘든 듯하다. 고개를 약간 앞으로 숙인 채 얼굴이 순식간에 창백해진 외제니를 보자 준비에브는 소름이 돋는다.

"간호사님 아버지가…… 의식을 잃으셨어요…… 다치셨어요……"

외제니가 숨통을 틔우느라 원피스 목 단추를 푼다. 겁에 질린 준비에브는 속이 뒤틀려 배를 움켜잡는다.

"대체 무슨 말이야?"

"머리를 부딪히셨어요…… 부엌 나무 식탁 모서리에…… 왼쪽 눈두덩이에 상처가 났어요…… 아버지가 쓰러지셨어요."

"네가 그걸 어떻게 알아!"

그 순간, 외제니의 눈이 스르르 감기더니 어조가 달라진다. 목소리는 똑같지만, 마치 아무 감정 없이 글을 읽듯 단조로운 투로 말한다. 겁에 질린 준비에브는 한 걸음 물러나 문에 바짝 기대선다.

"부엌의 흑백 타일 위에 쓰러지셨어요…… 오늘 저녁에

일어난 일이에요…… 저녁식사 후에 몸이 좋지 않으셨나봐요…… 아침에는 묘지에 다녀오셨어요…… 당신 어머니와 블랑딘의 무덤에 노란 튤립을 놓아두셨어요…… 여섯 송이씩두 다발을…… 가서 도와드려야 해요. 어서요, 준비에브."

다시 눈을 뜬 외제니가 허공을 바라본다. 등은 앞으로 굽어 있고, 호흡도 고르지 않다. 팔다리는 힘이 모조리 빠진 듯 둔중한 상태다. 침대에서 아무런 움직임 없이 눈만 크게 뜨고 앉아 있는 모습이, 마치 어린아이가 함부로 다룬 헝겊인형 같아 보인다.

준비에브는 일순간 경직된 채 서 있다. 묻고 싶은 것들이 셀 수 없이 많지만, 말이 나오지 않는다. 어안이 벙벙해서 입만 반쯤 벌리고 있을 뿐이다. 돌연, 통제하지 못하는 충동에 사로잡힌 듯 다리가 저절로 움직인다. 뒤돌아서서 불현듯 손잡이를 돌리자 이제 아무 저항 없이 문이 열린다. 벌컥 열어젖히는 바람에 문이 벽에 부딪친다. 준비에브는 모든 일이 시작된 이 방을 서둘러 벗어난다.

9

1885년 3월 13일

준비에브가 클레르몽에 있는 아버지의 집 앞에 도착했을 때, 도시는 여전히 잠들어 있었다.

지난밤, 모든 일은 순식간에 진행됐다. 방에서 달려나와 마주친 두 간호사에게 자리를 비운다고 알린 뒤 앞뜰을 성큼성큼 가로질러 로피탈대로를 지나가던 가장 먼저 보인 삯마차에 올라탔다. 마차가 내달리는 동안, 마치 말재기들이며 뜨내기들이 독방에서 있었던 일을 바람결에 듣기라도 한 양 파리의 온 거리가 들썩였다.

클레르몽행 막차가 남아 있었다. 십여 곳의 다른 도시에 기착하는 열차였다. 준비에브는 좌석에 앉고서야 자신이 아직 간호복 차림이라는 사실을 깨달았다. 하얀 옷에 생긴 주름을 손으로 문질렀다. 그러면 근무복에 생긴 결함이 감쪽같이 사라질 것만 같았다. 차창에 비친 모습에 그녀는 깜짝 놀랐다. 거무칙칙하고 퀭한 눈. 틀어올린 머리에서 너저분하게 삐져나온 곱슬 금발. 준비에브는 흐트러진 머리 타래를 손가락빗으로 쓸어넘겼다. 같은 객차 안의 승객들이 가쁜 숨을 몰아쉬는 준비에브를 뚫어져라 쳐다보았다. 이미 준비에브가 어딘가 이상하다고 판단한 듯했고, 그래서 아무리 설명하고 해명해본들 소용없을 것 같았다. 오랫동안 살페트리에르병원에서 일하며, 준비에브는 소문이 사실보다 더 파괴적이라는 것과 한번 정신질환자로 낙인찍히면 설령 후에 병이 완전히 다 나은들 다른 이들의 눈에는 영원히 정신질환자라는 것, 그리고 거짓으로 실추된 명예는 어떠한 진실로도 다시 회복시킬 수 없다는 것을 깨달았다.

기차가 기적을 울리자 이윽고 날카로운 소리가 이어지며 기차역이 진동했다. 거대한 검정 기관차의 기계장치들이 하나둘 활기를 띠고 바퀴가 덜커덩거리며 육중하게 돌아가기 시작했다.

사람들의 따가운 눈총에 지친 준비에브는 차창에 이마를 기대고 곧장 잠에 빠졌다. 깊은 잠이었다. 어떤 꿈도 그녀의 잠을 방해하지 않았다. 아주 가끔, 객차가 갑작스레 덜컥거리거나 어느 역에 멈췄다 다시 출발하며 기적을 울릴 때 잠시 깨어나 몸과 마음이 얼마나 지쳤는지 실감했다. 준비에브는 눈을 뜰 수조차 없었다. 기차가 여전히 움직이고 있다는 걸 느끼며 매번 다시 스르륵 잠에 빠져들었다. 며칠 내리 잘 수도 있을 것 같았다. 잠에서 깨어난 짧은 순간에는 부엌 바닥에 쓰러져 있을지 모르는 아버지가 퍼뜩 떠올라 그녀가 기차에 몸을 실은 이유를 상기시켜주었다. 준비에브는 아버지의 이름을 외쳐 부르고 싶었다. 하지만 기력이 없어 그저 속으로 조용히 아버지를 부르며 조금만 기다리라고, 지금 가고 있다고, 이제 다 왔다고 말할 수밖에 없었다.

준비에브는 새벽녘이 되어 깨어났다. 차창에 여전히 이마를 기댄 채 눈을 떴다. 저멀리, 옅은 분홍색 줄무늬가 생긴 청명한 하늘 아래 오베르뉴 지방의 산 윤곽이 거대한 파도처럼 지평선에 넘실거렸다. 그 굴곡진 배경 한가운데, 퓌드돔 봉우리가 마치 잠든 화산 왕국을 지키는 왕처럼 다른 산들보다 더 높고 위엄 있는 모습으로 위풍당당하게 솟아 있었다.

기차가 요동치는 느낌은 도시에 들어선 이후에도 줄곧 계속됐다. 고향의 거리를 걷는 내내, 그녀의 몸도 여행의 리듬에 맞추어 계속 흔들렸다. 오렌지색 벽돌 지붕 위로 대성당의 두 쌍둥이 탑이 어둡고 날카로운 두 산봉우리처럼 하늘 높이 솟아 있었다. 이 황량하고 검은 외관의 대성당은 주변을 둘러싼 푸른 산이 주는 평온함과 대비되어 끔찍할 만큼 근엄하게 느껴졌다.

준비에브는 어느 길목으로 접어들어 아버지의 집 앞에 당도했다.

집안이 적막하다. 준비에브는 등뒤로 문을 닫고서 거실로 몇 발짝 내디딘다.

"아빠?"

덧창은 닫혀 있고 실내에서 양파수프 냄새가 풍긴다. 아버지가 거실의 초록색 벨벳 소파에 앉아 평화롭게 모닝커피를 즐기고 있길 바랐다. 의식을 잃고 부엌 바닥에 쓰러져 있거나 그보다 더 나쁜 상태로 발견하고 싶지 않다. 이 순간, 준비에브는 외제니의 말이 틀렸고 모든 것이 진부한 연극이었을 뿐이기를, 오로지 자신을 살페트리에르병원에서 멀리 보내기 위해 그 미친 여자가 꾸민 거짓이었기를 바란다.

준비에브는 주먹을 꽉 움켜쥐고 부엌으로 향한다.

부엌은 텅 비어 있다. 장방형 탁자에는 누군가 행주를 깔고 전날 사용한 그릇들을 말려두었다. 바닥에 아무 흔적도 보이지 않는다. 준비에브는 다리가 후들거려 의자를 잡고 자리에 주저앉는다. 한 손으로 등받이를 꼭 붙든 채다. '그애한테 완전히 속아넘어갔어. 모든 게 다 연극이었던 거야. 어쩜 이렇게 순진했지?' 준비에브는 고개를 숙이고, 다른 한 손으로 이마를 짚은 채 팔꿈치를 허벅지에 괸다. 안도감인지 실망감인지 모를 기분이다. 무엇을 기대하거나 기다려야 하는지 더이상 갈피를 잡을 수 없다. 너무나 피곤하다. 그렇게 잠시 상체를 숙인 채 꼼짝 않고 있는데, 바닥의 거뭇한 흔적이 눈에 들어온다. 준비에브는 몸을 웅크리며 미간을 찌푸린다. 두 흑백 타일 사이에 핏자국이 말라붙어 있다.

준비에브는 벌떡 일어나 거실로 달려나가다 한 노부인과 갑작스레 맞닥뜨린다. 놀란 두 여자가 동시에 비명을 지른다.

"준비에브, 심장 멎는 줄 알았잖아. 무슨 소리가 들린다 싶어서 와봤더니."

"이베트 아줌마…… 우리 아버지는……"

"세상에, 신께서 너를 보내주셨구나! 아버지가 어제저녁에 쓰러지셨어."

"지금 어디 계세요?"

"걱정 마, 아버지는 괜찮으셔. 침대에 누워 계신다. 내가 밤새 간호했어. 이리 오렴."

준비에브의 성장 과정을 지켜보았던 이웃 아주머니가 미소를 짓는다. 아주머니는 차분하게 준비에브의 손을 잡고 계단으로 이끈다. 다른 손으로는 난간을 잡고 연로한 몸을 의지해 계단을 오른다.

"어제저녁에 조르주랑 같이 아버지한테 케이크를 가져다주려고 왔는데, 영 기척이 없어서 걱정이 되었어. 다행히 우리한테 복사해둔 열쇠가 있어서 집안에 들어와봤더니, 글쎄 아버지가 부엌 타일 바닥에 쓰러져 계시더구나. 하지만 네 아버지가 얼마나 강한 분이냐? 조르주랑 다른 이웃 사람이 방으로 모시고 올라갔을 땐 이미 의식을 되찾으셨어."

준비에브는 감격스레 이야기를 듣는다. 거의 황홀감에 가까운 기쁨에 젖어 계단을 오른다. 외제니의 말은 사실이었다. 준비에브의 아버지는 쓰러지면서 다쳤던 것이다. 물론 아버지가 사고를 당한 것이 기뻐할 일이라는 뜻은 아니다. 하지만 그 일이 실제로 벌어졌다는 건, 블랑딘이 어제저녁 방안에 함께 있었다는 의미이기도 했다. 블랑딘만이 아버지의 사고를 알고 외제니에게 그 사실을 알려줄 수 있었을 것이다. 준비에브는 난간을 꽉 붙든다. 가슴이 벅차오르고 목이 멘다. 엉엉 울고도 싶고, 웃음을 터뜨리고도 싶다. 이베트 아주머니의 어깨를 부여잡고 자신이 어떻게 이곳에 왔는지, 아버지의 소식을 어떻게 알았는지, 동생이 자신과 아버지를 어떻게 보살펴주었는지 털어놓고, 나가서 동네방네 이 사실을 외치고 싶다.

계단을 앞서 오르던 노부인은 준비에브가 감정적으로 동요하는 것을 알아차리고 뒤돌아본다. 그리고 달래듯이 미소 지어 보인다.

"울지 마라, 얘야. 눈썹 쪽에 살짝 상처가 났을 뿐이야. 네 아버지가 얼마나 강한 분인데. 너처럼 말이다."

계단 끝에 이르러 이베트는 준비에브가 먼저 지나가도록 비켜선다. 크리스마스를 맞아 매년 이틀 이 방으로 돌아올 때마다 준비에브는 다시 소녀가 되는 듯한 기분이다. 아무도 건드리지 않은 방안 가구들 사이에 시간이 멈추어 있다. 왼쪽 벽을 차지한 서랍장, 침대 양쪽에 놓인 협탁 두 개, 하얀 레이스가 달린 커다란 커튼을 쳐둔 작은 창문들. 마룻바닥은 규칙적으로 삐걱거리고, 침대 밑에는 먼지가 쌓여 있다. 비좁은 공간에 빛은 거의 들지 않는다. 따스하지도, 그렇다고 아주 삭막하지도 않은, 친숙한 광경이다.

아버지는 색 바랜 파란 솜이불을 덮고 베개 두 개를 머리에 받치고 있다. 깜짝 놀란 아버지가 입을 뗄 새도 없이 준비에브가 달려가 머리맡에 꿇어앉아 아버지의 손에 입을 맞춘다.

"아빠…… 정말 다행이에요."

"네가 여기는 어쩐 일이냐?"

"저…… 휴가를 받았어요. 놀라게 해드리고 싶었는데."

노인은 놀란 눈으로 딸을 뚫어져라 바라본다. 왼쪽 눈두덩이에 전날의 상처가 남아 있다. 피로해 보이지만 사고 때문만은 아니다. 작년 크리스마스 이후로 얼굴이 많이 상했다. 몸은 야위고 사물을 또렷하게 보려면 눈을 가늘게 떠야 한다. 말을 듣고 이해하는 데 더딘 모습을 보이는 것도 처음이다. 아버지는 마치 외국어를 듣는 사람처럼 상대방을 바라보며 말뜻을 파악할 때까지 뜸을 들이다가 입을 연다. 준비에브는 아버지의 가늘고 주름진 손을 붙잡는다. 자신의 부모가 늙어가는 모습을 지켜보는 것, 한때 불멸하리라 여기던 이 존재들의 강인함이 이제 돌이킬 수 없는 연약함으로 바뀌고 있음을 확인하는 것보다 더 서글픈 감정이 있을까?

남자가 딸의 얼굴을 두 손으로 감싸고, 몸을 기울여 이마에 입을 맞춘다.

"놀라긴 했지만 네 얼굴을 보니 나도 기쁘구나."

"뭐 필요한 건 없으세요?"

"그냥 자고 싶구나. 아직 이른 시간이잖니."

"그러세요. 전 오늘 하루종일 여기 있을 거예요."

준비에브의 아버지는 다시 베개를 베고 눈을 감는다. 왼손을 딸의 머리 위에 그대로 얹어둔 채다. 침대 옆에 무릎을 꿇고 앉은 준비에브는, 지금껏 단 한 번도 자신을 축복해준 적 없던 이 손을 감히 내려놓지 못한다.

하루가 더디게 흘러간다. 아버지가 2층에서 쉬는 동안 준비에브는 습관대로 가구 밑을 쓸고, 아버지의 셔츠와 바지를 정성껏 다림질하고, 먼지떨이로 선반의 먼지를 털고, 창문을 열어 신선한 공기로 실내를 환기한다. 시장에서 빵과 채소와 치즈를 사 오고, 작은 뜰에 쌓인 낙엽을 치운다. 그러는 틈틈이 주기적으로 아버지에게 차를 가져다주며 필요한 것이 없는지 확인한다. 준비에브는 조용히 이 방 저 방을 오간다. 간호복은 벗고 아버지의 집에 보관해둔 파란 평상복으로 갈아입었다. 느슨하게 풀어 내린 곱슬곱슬한 머리카락이 그녀의 어깨 위로 흘러내린다. 준비에브는 차분하게 집안을 청소하고 장을 본다.

이 조용한 집에는 줄곧 슬픈 선율이 흘렀다. 먼저 동생이 갑작스럽게 떠났고, 몇 년 뒤에는 어머니가 동생을 뒤따랐다. 기력이 너무 쇠한 탓에 아버지가 진료를 보지 않은 이후로는 환자들이 찾아오는 일도 없었다. 이 작은 집안에서 목소리와 움직임과 웃음이 자취를 감추었다. 매년 크리스마스를 맞아 집에 돌아올 때마다, 이 집안의 모든 것이 준비에브에게는 음울하게만 느껴졌다. 더는 아무도 앉지 않는 소파, 블랑딘의 잠긴 2층 방, 남자 혼자 사용하기에는 너무 많은 식기류, 방치된 뜰의 죽은 꽃과 잡초들. 이웃집 부부가 주기적으로 방문하지 않았다면, 마지막 거주자가 떠나기도 전에 이미 이곳에서 삶의 흔적을 찾아보기 어려웠으리라.

거실의 시계가 오후 네시를 알린다. 준비에브는 부엌 화덕의 무쇠 냄비 안에서 익어가는 채소를 나무 숟가락으로 부드럽게 휘젓는다. 손이 약간 떨린다. 여독과 감정의 피로가 느껴진다. 준비에브는 포타주가 담긴 냄비를 뚜껑으로 덮어두고 소파에 앉는다. 쿠션이 딱딱한데다 자리가 편하지 않아서 허리를 곧추세워야 하지만, 어차피 자고 싶은 마음은 없다. 그녀는 소파에 팔꿈치를 괴고 앉아 손으로 머리를 받친 채 가만히 실내를 훑어본다. 평소 집안에서 느껴지던 침울함은 간데없다. 서재, 소파, 벽에 걸린 그림들, 타원형 식탁 등 이 모든 것들이 이제 전혀 음울해 보이지 않는다. 부재가 곧 방치를 의미하지는 않는다. 준비에브의 어릴 적 고향집에 동생이나 어머니가 더이상 살지 않는다 해도, 어쩌면 두 여자의 무언가가 여전히 머물고 있지 않을까? 그들의 개인 소지품이 아니라 어떤 생각이나 마음이나 존재감 같은 것. 준비에브는 블랑딘을 떠올린다. 여기 어딘가, 방 한구석에서 동생이 자신을 지켜본다는 상상을 한다. 정신 나간 생각 같지만, 그럼에도 그런 상상을 하면 준비에브는 마음이 한결 편해진다. 죽은 가족이 곁에 머물고 있다는 생각보다 더 위안이 되는 것이 있을까? 이렇게 죽음은 무게와 필연성을 상실하고, 존재는 가치와 의미를 얻는다. 더이상 어떤 시점을 기준으로 이전과 이후는 없고, 다만 총체가 있을 뿐이다.

아무것도 방해하지 않는 고요 속에서 준비에브는 소파 끝에 곧게 앉아 문득 자신도 모르게 미소 짓고 있다는 사실을 깨닫는다. 평소 병원의 의료진에게 보이는 것과는 다른 미소다. 이 순간 준비에브의 미소는 진실되고, 특별하고, 경이롭다. 준비에브는 수줍은 듯 기쁨이 흘러넘치는 입술을 한 손으로 가린다. 눈을 감고 깊이 숨을 들이마시자 가슴이 부풀어오른다. 준비에브는 마침내 믿음이란 무엇인지 깨닫는다.

오베르뉴 지방의 지붕들 위로 날이 저문다. 창 너머 거리에서 말발굽 소리와 행인들의 목소리가 들려온다. 이곳 사람들은 땅거미가 내린 뒤 바깥에서 오랜 시간을 보내지 않는다. 다들 굳게 닫힌 상점들 앞을 지나치며 집으로 돌아가기 위해 발걸음을 재촉한다. 집집마다 덧창이 닫히고 빛이 어둠에 자리를 내어준다. 곧 거리가 조용해지고 집안으로 아무 소리도 새어들지 않는다. 이곳에서는 뜨고 지는 해의 움직임에 따라 하루의 일과와 수면 리듬이 결정된다.

부엌의 약한 장작불이 몸을 덥히고 실내의 일부를 밝힌다. 준비에브와 아버지가 저녁식사를 하는 식탁에는 석유등이 놓여 있다. 두 사람은 나무 숟가락으로 그릇의 밑바닥을 긁어 포타주를 마지막 한 방울까지 남김없이 떠먹는다. 준비에브가

2층으로 식사를 가져다주겠다고 했지만, 침대에 가만히 누워 있는 것에 진력이 난 아버지가 내려와서 식사를 하겠다며 고집을 피웠다.

"포타주 더 드려요, 아빠?"

"됐다. 이제 배부르구나."

"며칠 더 드실 수 있게 넉넉히 만들어놓았어요. 전 오늘 저녁에 파리로 돌아가야 해요. 내일 아침에 공개 강연이 있는데다, 막바지 무도회 준비도 감독해야 하거든요."

노인은 고개를 들고는 딸의 표정을 살핀다. 준비에브가 어딘가 달라 보인다. 그러나 아픈 것 같지는 않다. 덜 무뚝뚝하고, 덜 완고해 보인다. 머리칼은 더 금빛을, 눈은 더 파란빛을 띤다.

"남자가 생겼니, 준비에브?"

"오, 아니요. 왜 그런 말씀을 하세요?"

"그럼, 나한테 할말이 뭐냐?"

"무슨 말씀인지 모르겠어요."

그는 그릇에 숟가락을 내려놓고 체크무늬 냅킨으로 입술을 닦는다.

"오늘 저녁에 바로 파리로 돌아가야 한다면서. 고작 하루 머물 거면서 왜 온 거니? 뭔가 할말이 있어서 온 거겠지. 어디 아픈 게냐?"

"절대 아니에요."

"그럼? 말 돌리지 말고 바른대로 말해라. 나는 이제 인내심이 없으니까."

준비에브의 얼굴이 붉어진다. 그녀가 얼굴을 붉히는 건 아버지 앞에서뿐이다. 준비에브가 의자를 뒤로 빼고 일어서자 의자 다리에 바닥이 긁히며 날카로운 소리가 난다. 준비에브는 두 손을 맞잡은 채 부엌을 서성인다.

"이유가 있긴 한데…… 아빠가 어떻게 판단하실지 겁나요."

"내가 너를 판단한 적 있었니?"

"한 번도 없었죠."

"나는 악의와 거짓에 대해서만 판단한다. 너도 알잖니?"

준비에브는 타닥타닥 소리를 내며 조용히 타오르는 불 앞에서 계속 초조하게 서성거린다. 단추를 채운 원피스 칼라가 목을 죄어오지만 개의치 않는다.

"전…… 아빠가 다치셨다는 사실을 알았어요. 그래서 여기온 거예요."

"어떻게 알았지? 이베트가 기별을 보내지도 않았는데."

"전 알았어요. 그래서 최대한 서둘러 왔고요."

"도대체 무슨 말을 하는 게야? 환시라도 나타난다는 소리냐, 지금?"

"저 말고요."

준비에브는 아버지 옆에 앉는다. 어쩌면 이 비밀은 혼자서 간직해야 하는 것일지도 모른다. 누군가와 공유하면 더욱 구체적인 실체를 갖게 될 것이다. 준비에브는 다른 사람에게 이 사실을 알리고 싶다. 자신이 그랬듯 아버지도 믿어주었으면 한다.

"아빠한테 털어놓기가 두렵지만, 동시에 기쁘기도 해요. 실은…… 블랑딘이에요. 블랑딘이 제게 알려줬어요."

남자는 대리석처럼 꼼짝도 않는다. 위중한 병이 진단된 환자에게 우선 아무 내색도 하지 않는 의사로서의 습벽 같은 것이다. 그는 식탁에 팔꿈치를 괸 채 딸을 유심히 지켜본다. 준비에브는 자리에서 일어나 아버지가 한 번도 들어보지 못한 어조로 말을 쏟아낸다.

"병원에 새로 온 환자가 있어요. 지난주에 들어왔어요. 환자 가족들은 환자가 죽은 자들과 대화를 한다고 주장해요. 저도 전혀 믿지 않았어요. 아빠도 제가 아빠를 닮아 합리주의적이라는 걸 아시잖아요. 하지만 그 환자가 제 생각을 완전히 뒤집었어요. 저한테 죽은 자들과의 대화를 증명해 보였다고요, 아빠. 그것도 세 번이나요. 알아요, 터무니없는 소리로 들리겠죠. 처음에는 저도 그랬어요. 하지만 제가 살면서 딱 한 번 맹세를 해야 한다면 여기, 아빠 앞에서 맹세할게요. 블랑딘이 그 환자한테 알린 게 분명해요. 그 환자로서는 알 수 없었던 것들

을 블랑딘이 말해준 거라고요! 아빠의 사고 소식을 알려준 것
도 블랑딘이에요. 블랑딘이 우리를 지켜보고 있어요, 아빠. 저
와 아빠를요. 블랑딘은 항상 여기에 있어요."

준비에브가 돌연 다시 자리에 앉아 아버지의 손을 붙잡는다.

"저도 믿는 데 시간이 필요했어요. 아빠도 받아들이기까지
시간이 필요할 거예요. 정 의심스러우면 병원에 와보세요, 그
환자를 한번 만나보면 아실 거예요. 블랑딘은 우리 곁에 있어
요. 지금도 우리와 함께 있고요, 여기, 이 부엌에요."

남자가 준비에브에게서 자신의 손을 빼 식탁에 올려놓는다.
그러고는 한참 동안 고개를 숙인 채 포타주 그릇만 내려다본
다. 준비에브에게는 이 시간이 끝없이 길게만 느껴진다. 환자
를 진찰할 때처럼 아버지는 조금 전 찾아낸 증상에 몰두한 모
습, 가장 가능성 높은 진단을 내리기 위해서 골몰한 모습이다.
마침내 그가 고개를 절레절레 젓는다.

"늘 그런 생각을 했다. 네가 미친 여자들 틈에서 일하다가
언젠가 스스로도 미쳐버릴 거라고……"

준비에브는 그대로 굳어버린다. 아버지에게 손을 뻗고 싶
지만 그럴 수 없다.

"아빠……"

"당장이라도 살페트리에르병원에 편지를 써서 네가 방금 무
슨 말을 했는지 알릴 수도 있겠지만, 그러지 않을 생각이다.

넌 내 딸이니까. 하지만 이 집에서 나가줬으면 좋겠구나."

"왜 저를 내쫓으시려는 거예요? 아빠한테 비밀을 털어놓은 거잖아요."

"네 동생은 죽었어. 너한테 말을 했다는 사람은 죽은 사람이라고. 내 말 알아듣겠니?"

"진짜예요, 아빠, 믿어주세요. 저를 아시잖아요, 전 미치지 않았어요."

"그게 바로 너희 병원 환자들이 온종일 하는 소리 아니냐?"

준비에브는 정신이 아찔해진다. 난로에서 타오르는 불길에 열이 후끈 오른다. 의자에 앉은 채 고개를 돌려 주위를 둘러본다. 부엌 안의 그 무엇도 더이상 친숙하지 않다. 바닥에 쌓인 냄비, 벽에 걸린 행주, 어릴 적 동생과 부모님과 둘러앉아 식사하던 긴 나무 식탁. 이 순간 의자 맞은편에 앉아 있는 노인조차 낯설게만 보인다. 돌연, 그의 모습이 사무실에 앉아 마주했던 아버지들을 연상시킨다. 더이상 원치 않는 딸에 대한 경멸과 치욕에 짓눌린 아버지들, 아무런 가책 없이, 이미 머릿속에서 지워버린 딸의 입원 서류에 서명하던 그 모든 아버지들. 준비에브는 일어서다가 현기증을 느끼며 식탁 다리에 무릎을 찧고 만다. 넘어질 듯 위태롭게, 양손으로 겨우 벽을 짚고 선 준비에브는 애써 숨을 고르며 미동도 없이 가만히 앉아 있는 노인을 돌아본다.

"아빠······"

남자는 고개를 들어 준비에브를 마주본다. 그렇다, 준비에브는 저 눈빛을 너무도 잘 알고 있다. 자신의 딸에게 더는 애정이 없는 아버지들의 눈빛이다.

누군가 손으로 루이즈의 어깨를 흔든다.

"루이즈, 일어나. 강연 날이잖아."

소녀를 일으키려 애쓰는 간호사 주위에서 환자들이 하나둘 깨어나고 있다. 여자들은 무기력하게 침대를 나와 원피스를 꿰입고, 어깨에 숄을 걸치고, 머리를 대충 묶은 뒤 공동 병실 밖 구내식당으로 향한다. 바깥에는 이틀째 비가 내린다. 정원 잔디밭에 물웅덩이가 제법 깊게 파이고, 포석 사이로 물줄기가 도랑이 되어 흐른다. 질척거리는 산책길은 텅 비어 있다.

"루이즈!"

루이즈가 이불을 홱 뒤집어쓰고 옆으로 돌아눕는다.

"피곤해요."

"결정은 네가 하는 게 아니야."

순간 루이즈가 눈을 번쩍 뜨더니 몸을 일으켜 앉는다. 간호사가 소녀에게서 뒷걸음질친다.

"준비에브 간호사님은요? 오늘은 왜 그분이 깨우러 안 오신 거예요?"

"병원에 안 계셔."

"또요? 오셔야 하는데, 강연 날이잖아요!"

"오늘은 내가 너를 데려갈 거야."

"아니, 싫어요. 그분 없이는 한 발짝도 안 움직일 거예요."

"아, 그래?"

"절대 안 가요."

"샤르코 선생님을 실망시킬 생각은 아니겠지? 의사 선생님
이 너를 얼마나 믿으시는데. 너도 알잖아."

루이즈는 협박에 굴복한 아이처럼 눈을 내리뜬다. 공동 병
실에는 유리창을 때리는 빗소리만 들린다. 방에는 냉기가 감
돌고 습기에 온몸이 으스스하다.

"어떻게 할래? 그분을 정말 실망시킬 셈이야?"

"아니요."

"그럴 줄 알았어. 따라와."

강당 대기실에서는 늘 같은 의사들과 인턴들이 루이즈를 기
다리고 있다. 간호사가 한 손으로 루이즈의 팔을 붙잡고 문을
연다. 바빈스키가 두 여자에게 다가온다.

"고마워요, 아델. 수간호사님은 아직 안 오셨고?"

"아직 안 보이세요."

"하는 수 없지. 우리끼리 시작해야겠군."

바빈스키가 루이즈를 흘긋 본다. 소녀의 작고 통통한 손이 파르르 떨린다. 창백하고 불안해 보이는 얼굴 위로 머리카락들이 축 늘어져 있다.

"아델, 환자 원피스 단추 좀 단정하게 잠그고 머리도 잘 빗어줘요. 사람들 앞에 설 만하게. 꼴이 말이 아니잖아."

간호사는 신경질적인 한숨을 억누른다. 남자들이 말없이 지켜보는 가운데, 그녀는 루이즈의 어깨를 붙잡아 세운 후 원피스 단추를 다시 채워준다. 서툰 손길로 루이즈의 풍성한 검정 머리카락을 뒤로 빗어 넘기면서 소녀의 이마와 두피를 할퀸다. 루이즈는 입술을 깨물고 울음을 삼키며 이제나저제나 준비에브가 나타나기만을 간절히 기다린다. 그러다 복도에서 발소리가 들리는지 귀를 기울이고 문이 열리기를 기대하며 손잡이를 주시한다. 수간호사 없이는 모든 게 불확실하게 느껴진다. 환자들에게 인기를 얻지는 못해도, 준비에브는 환자들이 마음의 안정을 느끼는 데 없어서는 안 되는 존재다. 질서를 유지하고, 문제가 자리잡기 전에 해결하고, 공개 강연 동안 루이즈를 안심시키는 사람. 준비에브의 존재만으로 관심과 보호를 받는다고 느끼며, 무대에 오르는 소녀는 안심한다. 준비에브는 병원의 지주와도 같은 존재고, 그녀라는 중요한 조각이 하나 빠지면 이 불안정한 구조물은 무너지고 말 것이다. 준비에브는 다른 모든 여자들을 지탱해준다. 그래서 준비에브가 오늘 아침 오지 않으리라는 사실을 깨달은 루이즈는 아무 희망이 없는 사람처럼 무력하게 강당으로 끌려간다.

루이즈가 무대에 등장하자 남자들뿐인 관객들이 일제히 숨을 죽인다. 나무로 된 연단이 소녀의 발아래 삐걱거린다. 평소 루이즈의 밝은 모습만 보던 사람들은 아무도 이 소녀의 절망 어린 표정을 알아차리지 못한다. 경련이든 몸짓이든, 소녀가 정말 미쳤다는 사실을 증명할 만한 무엇이라도 찾으려고 눈에 불을 켜고 지켜보는 사백여 명의 시선 속에서 루이즈는 무대 중앙으로 걸어간다. 소녀는 가만히 자신을 내맡긴다. 자신을 움직이는 손, 자신에게 최면을 거는 목소리, 뒤로 넘어가는 듯한 느낌이 드는 순간 사람들이 팔로 자신의 몸을 붙잡는데도 개의치 않는다. 소녀는 최면에 빠져든다. 십오 분 뒤면 깨어나리라는 걸 알고 있다. 그때는 강연이 끝난 후일 것이고, 샤르코도 만족해할 것이며, 소녀는 이 불쾌한 경험을 잊기 위해 병실로 돌아가 잠을 청할 것이다. 그렇다, 다행히 잠을 자는 방법이 있었다. 잠들면 더이상 아무 생각도 하지 않을 수 있다.

하지만 루이즈의 의식이 돌아오는 과정이 평상시와 사뭇 다르다. 루이즈가 눈을 떠보니 주위에 의사들이 몰려와 누워 있는 소녀를 걱정스러운 얼굴로 내려다보고 있다. 객석에서도 평소와 달리 불안해하는 듯한 웅성거림이 들려온다. 루이즈는 귀를 울리는 고통스러운 소리를 쫓기 위해 머리를 흔든다. 둘러싼 사람들 틈을 비집고 샤르코가 다가오는 모습이 보인다. 의사는 루이즈의 오른쪽에 꿇어앉아 끝이 뾰족한 긴 금속 막대를 내보인다. 하지만 그의 말소리는 들리지 않는다. 샤르코는 루이즈의 오른쪽 소매를 걷어붙이더니 맨 팔뚝 위에 막대의 뾰족한 끝부분을 내리누른다. 루이즈는 반사적으로 팔을 빼 고통을 피하려 하지만, 팔은 꿈쩍도 하지 않는다. 샤르코는 루이즈의 오른쪽 몸을, 오른쪽 손, 손가락, 허리, 허벅지, 무릎, 정강이, 발과 발가락을 잇따라 도구로 찌른다. 다른 의사들이 걱정스러운 낯빛으로 루이즈의 표정과 반응을 살핀다. 걱정하기보다 집중한 듯한 샤르코는 이제 루이즈의 자그마한 왼쪽 손을 붙잡는다. 그가 기구 끝으로 루이즈의 손바닥을 찌르자 "아야!" 하는 고통스러운 비명이 튀어나오고, 주위에 모여든 의사들이 소스라친다.

"우측 반신불수."

그 말을 루이즈도 들었다. 그녀는 번쩍 정신이 든다. 자신의 왼손으로, 배 위에 놓인 움직이지 않는 오른손을 서둘러 붙잡는다. 손을 흔들어도 보고 때려도 보지만 아무 느낌이 들지 않는다. 무감각한 오른팔과 이제 들어올릴 수 없는 오른다리를 꼬집어봐도 소용없다. 오른쪽 몸이 더이상 반응하지 않자 루이즈가 흥분한다.

"아무 느낌이 없어. 왜 아무 느낌이 없지?"

루이즈는 격렬하게 화를 내고 욕을 퍼붓는다. 마비된 오른쪽 팔다리를 계속 괴롭히며 헛되이 자극을 주려 하고, 조금이나마 감각을 되찾고자 몸을 좌우로 흔들어본다. 어느새 분노가 가시고 공포에 휩싸인 소녀가 몸을 일으켜세우려 발버둥치면서 도와달라고 소리친다. 루이즈의 절규가 강당을 휩쓸고, 아연실색한 관객들의 몸이 얼어붙는다. 그때, 비로소 그때서야, 어찌할 바를 몰라 멍하니 루이즈만 바라보고 있는 의사들과 인턴들 사이로 준비에브가 나타난다. 기차에서 연이틀 밤을 보낸 탓에 지친 기색이 역력한 이 수간호사가 바닥에 누워 있는 루이즈를 발견한다. 루이즈 역시 준비에브를 보고 애처로운 목소리로 그녀를 부른다.

"간호사님!"

준비에브가 와주리라는 기대를 접었던 루이즈는 그녀를 향해 왼팔을 뻗었고, 그와 동시에 준비에브는 무릎을 꿇고 소녀를 품안에 안았다. 두 여자는 부둥켜안고서 그들만이 서로 이해하는 고통을 나눈다. 두 여자 뒤에서, 당혹감과 불안에 휩싸인 남자 관객들은 감히 숨조차 쉬지 못한다.

10

1885년 3월 14일

피갈광장. 가로등 발치에서 점등원이 장대를 뻗어 가스등을 켠다. 비는 그쳤다. 인도는 축축하고, 홈통 주둥이로는 여전히 빗물이 콸콸 쏟아져나온다. 사람들이 나무 덧창을 흔들어 물방울을 털고, 상점과 카페에서는 차양 아래쪽을 빗자루로 들쑤셔 고여 있는 물을 떨어뜨린다. 점등원은 광장을 가로지르며 땅거미가 진 거리의 조명을 차례로 밝힌다.

준비에브가 장바티스트피갈가 끝에서 멈춰 선다. 잠시 손을 허리춤에 얹고 호흡을 가다듬는다. 살페트리에르병원에서부터 몽마르트르로 이어지는 이 경사로까지 먼길을 빠른 걸음으로 걸어왔다. 얼마나 빨리 걸었는지, 대로변에서 모자가 몇 번이나 바람에 날아갈 뻔했다. 어둑어둑한 초저녁에 피갈에 도착하게 될세라 일이 끝나기도 전에 걸음을 재촉한 터였다. 여정의 마지막 오르막길에서, 준비에브는 저멀리 몽마르트르 언덕 위, 파리 사람들이 너도나도 이야기하는 공사중인 새로운 대성당의 비계飛階를 발견하고 놀라움을 금치 못한다. 언덕 위로 위용을 드러내는 건축물의 형상. 파리 사람들이 그토록 잊고 싶어하는 코뮌의 기억을 다시금 떠올리는 모습이다.

준비에브는 경계의 눈초리로 주변을 둘러본다. 광장을 지배하는 고요함은 놀라울 정도다. 신문과 소설에서 묘사되는 이곳은 전혀 매력적인 동네가 아니다. 카바레와 매음굴이 즐비하고 난봉꾼과 협잡꾼, 매춘부와 오입쟁이, 기인과 예술가 들이 운집한 곳. 파리에서 이보다 부도덕하고 환락에 취한 동네는 눈을 씻고 찾아봐도 없을 것이다. 그런 불미스러운 평판 때문에 준비에브는 이곳에 한 번도 발을 들인 적이 없고, 그래서 소문의 진위를 직접 확인할 수도 없었다. 준비에브의 삶은 집과 살페트리에르병원을 오가는 것이 전부였다. 도시의 다른 곳에 가보고 싶어하지도, 다른 동네를 궁금해하지도 않았다.

우측 인도로 접어들자 모퉁이에 '누벨 아텐'* 카페가 있다.

---

* '새로운 아테네'라는 뜻.

안에 사람들이 빽빽이 들어차 진홍색 의자는 남은 게 거의 없어 보인다. 주구장창 내리는 비에 질린 동네 주민들이 평소 만남의 장소로 애용하는 저 황토색 벽 안으로 피신해온 것이다. 담배 연기와 지적인 토론을 나누는 떠들썩한 목소리가 한데 뒤섞인다. 어떤 사람들은 격앙되어 단호한 손동작으로 자신의 발언에 힘을 실으면서 압생트 한 잔을 추가로 주문한다. 또 보다 차분한 사람들은 가만히 다른 이들을 지켜보다가 고개를 숙이고 담배를 문 채 연필로 공책에 크로키를 한다. 여자들은 냉소적인 눈빛과 매혹적인 몸매를, 남자들은 도전적인 말투와 나른하고 도발적인 태도를 드러낸다. 카페마다 특유의 분위기가 있듯, 누벨 아텐은 뚜렷한 흥분의 온상이라 할 수 있다. 신중한 외부인인 준비에브도 카페 앞을 지나면서 곧장 알아차린다. 이 카페는 전위적인 지성들이 만나 서로 영감을 주고받는 곳이다.

준비에브는 클리시대로와 수직으로 교차하는 제르맹필롱가로 접어들어 어느 5층 건물로 들어간다. 계단통은 비좁은데다 음습하고 어두컴컴하다. 마지막 층계참, 오른쪽 문 너머로 여자들의 웃음소리가 들린다. 준비에브가 세 차례 문을 두드린다. 이윽고 안에서 다가오는 발소리가 들린다.

"누구세요?"

"준비에브, 글레즈예요."

문이 반쯤 열리고 그 틈새로 젊은 여자가 얼굴을 내민다. 여자의 새빨간 입술을 보고 준비에브가 흠칫 놀란다. 그토록 짙게 화장한 얼굴이 익숙지 않아서다. 낯선 여자가 이를 알아차리고 준비에브를 위아래로 집요하게 훑으며 손에 들고 있던 사과를 한입 베문다.

"무슨 일로?"

"잔을 찾아왔는데요. 잔 보동*."

"이젠 그렇게 안 불러요. 잔은 옛날 이름이거든요. 지금은 미스 제인 에이브릴이에요. 영국식으로."

"아, 네."

"근데 누구시라고요?"

"준비에브 글레즈요. 살페트리에르병원에서 왔어요."

"오."

젊은 여자가 문을 열어준다. 무릎까지 내려오는, 입술 색처럼 빨간 슬립 차림이다. 여자의 큼직한 올림머리는 꽃으로 화려하게 장식되어 있다.

"들어와요."

이 작은 아파트의 응접실로 가려면 옷과 무대의상으로 가득

---

* 잔 루이즈 보동(Jeanne Louise Beaudon, 1868~1943). 일명 제인 에이브릴. '미친 제인' '멜리나이트'로 불리며 카바레 '물랭 루주' 댄서로 활동했다. 툴루즈 로트레크의 그림 모델로 유명하다.

한 트렁크, 장딴지에 몸을 비벼대는 고양이, 전신거울, 물건과 보석과 장신구가 꽉 들어찬 서랍장, 여기저기 널브러져 있는 나무의자 들을 요령껏 피해 한 발짝 한 발짝 조심스럽게 내디뎌야 한다. 응접실에서는 장미 향과 담배 냄새를 풍기며 네 여자가 바닥과 소파에 앉아 카드게임을 하고 있다. 석유등 불빛 아래 다들 얇고 편안한 옷차림이다. 팔을 훤히 드러내는 단출한 나이트가운을 입고, 간혹 손수 뜨개질한 숄을 걸친 채 담배를 피우며 위스키를 홀짝거린다.

소파 발치에서, 작고 매력적인 갈색 머리 여자가 카드판을 흘긋 보더니 불평을 늘어놓는다.

"또 리종이 이기다니 정말 말도 안 돼."

"이런 걸 재능이라고 하지."

"속임수라고 하는 거겠지."

"그냥 깨끗이 인정해. 그러니까 낯짝이 고약해 보이잖아."

"고약한 건 네 향수 냄새거든? 너한테서 나는 고약한 냄새가 클리시광장까지 풍기겠다."

"적어도 오늘밤에 남자 냄새는 안 맡을 수 있겠네."

두 여자가 거실에 들어서자, 모여 있던 이들 가운데 가장 젊은 여자가 준비에브를 알아본다. 여자는 놀라서 입을 벌린 채 자신의 카드를 내팽개치고 수간호사에게 두 손을 뻗는다.

"간호사님! 세상에, 여기는 어쩐 일이에요?"

"널 만나러 왔어. 바쁜 거 아니야?"

"전혀요. 우리 부엌으로 가요."

양초 몇 개로 불을 밝힌 투박한 부엌에서, 열일곱 살 소녀는 작은 화덕 불 앞에서 커피를 준비한다. 잔은 다른 환자들과 공동 병실에서 생활했었다. 일 년도 더 전의 일이다. 그녀는 불안정하고 신경질적인 상태로 살페트리에르병원에 입원했다. 자신의 간질 발작과 알코올의존증 어머니의 구타를 견디다못해 센강에 몸을 던졌다가 마침 길을 지나던 매춘부들 손에 간신히 목숨을 건졌다. 잔은 이 년간 샤르코의 병동에서 지냈다. 그리고 바로 그곳에서 춤에, 몸의 움직임에 눈을 떴다. 공간을 장악하고 타고난 우아함에 몸을 맡겼다. 잔은 퇴원하고 몽마르트르로 향했다. 그리고 거기에서도 계속 춤을 췄다. 허름한 술집이든 카바레든 단상이 놓인 곳 어디서든 춤을 추며 온몸을 마비시키려 옥죄던 유년 시절로부터 벗어날 수 있었다. 퇴원 후에도 잔은 병원을 두 차례 방문했다. 잘록한 허리, 갸름한 얼굴, 또렷한 이목구비, 사슴 같은 눈, 장난기 가득한 입은 사람들의 시선과 호감을 끌었다. 다들 그녀의 말에 귀를 기울이고, 그녀의 움직임을 보고 싶어했다. 우수에 잠긴 동시에 카리스마 있는 이 소녀에게서 눈을 떼지 못했다.

"설탕이 다 떨어진 것 같아요, 간호사님."

"괜찮아, 앉아."

잔이 준비에브에게 커피잔을 건네고 작은 나무탁자 맞은편에 앉는다. 수간호사는 따뜻한 커피잔을 두 손으로 감싼다. 여전히 모자와 외투를 벗지 않은 채다.

창밖으로 피갈광장을 지나는 마차가 보인다.

"올해 미카렘 무도회는 벌써 끝났어요?"

"아니, 나흘 뒤에 열려."

"와. 다들 잔뜩 흥분해 있겠네요."

"맞아, 얼마나 목을 빼고 기다리는지."

"테레즈는 어떻게 지내요?"

"똑같지. 여전히 뜨개질을 해."

"저 테레즈가 떠준 숄들을 아직 갖고 있어요. 그걸 볼 때나 몸에 두를 때면 미소가 절로 지어져요."

"병원에서 갖고 있던 물건을 간직하기 불편하지 않아?"

"안 그래요, 간호사님."

"그러니까 내 말은, 그게 나쁜 기억을 떠오르게 하지 않느냐는 뜻이야."

"정반대예요. 전 살페트리에르병원에 있는 게 좋았어요."

"정말?"

"간호사님하고 샤르코 선생님이 안 계셨다면…… 절대 그 힘든 시절을 극복하지 못했을 거예요. 제가 나아진 건 다 간호사님 덕분이에요."

"그래도…… 그때를 떠올리면…… 고통스러웠던 적 없어? 한순간도?"

소녀는 어리둥절한 눈으로 준비에브를 바라본다. 그녀는 잠시 골똘히 생각하다가 창문으로 고개를 돌린다.

"제가 처음으로 사랑받는다는 느낌을 받은 곳이었어요, 그곳은."

준비에브 역시 창밖을 바라본다. 잔을 만나러 이곳에 와 이런 질문을 던지다니, 죄책감이 느껴진다. 하지만 잔 때문이 아니다. 살페트리에르병원에 대한 죄책감이다. 자신이 병원을 배신하는 기분이다. 하지만 그녀는 단 한 번도 병원의 치료법을 문제삼은 적이 없었다. 지금까지 아무도, 심지어 인턴조차도 그녀만큼 병원을 옹호했던 사람은 없었다. 준비에브는 병원뿐 아니라 병원의 위상을 드높인 의사를 추앙했다. 지금도 그들에 대한 마음은 변함없다. 하지만 의심이 생겨났다. 이토록 오랫동안 간직한 믿음에 어떻게 돌연 의구심이 자리잡을 수 있단 말인가? 흔들릴 수 있는 것이라면 그런 확신을 고수하는 게 무슨 의미인가? 그러니 자기 자신을 믿는 건 불가능해도 항상 가치 있게 생각하던 병원에 대한 신의를 되찾을 수는 있을 것이다.

준비에브는 루이즈를 생각한다. 오늘 아침 기차가 파리 역에 도착하자 준비에브는 먼저 살페트리에르병원행 삯마차에 몸을 실었다. 병원에 도착하자마자 강당으로 달려갔다. 강당의 문을 지나기도 전에 귀를 찢는 루이즈의 울음소리가 흘러나왔다. 홀에 들어선 순간 준비에브에게 가장 충격적이었던 것은 모여 있는 남자들의 한결같이 무기력한 태도였다. 루이즈의 몸은 단상 위에 길게 뉘어 있었다. 소녀가 왼팔을 버둥거리며 도와달라 외치는데도 나서는 이가 한 사람도 없었다. 마치 여성의 절망적인 외침에 남자들이 얼어붙은 듯했다. 준비에브는 무슨 일이 일어났는지 진작 알아차렸다. 루이즈의 움직이지 않는 오른쪽 몸이 멀리서도 대번에 눈에 들어왔던 것이다. 준비에브는 단상 위로 올라가 방해꾼들을 밀쳐내고 본능적으로 소녀를 끌어안았다. 무의식적으로 한 행동이었다. 그녀는 지금껏 단 한 번도 환자들을 안아준 적 없었다. 환자만이 아니라 다른 누구에게도 마찬가지였다. 블랑딘과의 포옹이 처음이자 마지막이었다.

준비에브는 루이즈가 울음을 그칠 때까지 안고 있었다. 그후 기진맥진한 소녀는 공동 병실로 옮겨졌고, 병원측은 충격에 휩싸인 관객들에게 사과했다.

시간이 지나 오전 늦게야 준비에브는 바빈스키로부터 사고 경위를 전해들었다. 최면 강도를 평소보다 약간 더 높이는 바람에 히스테리발작이 심해졌고, 그것이 우측 반신마비를 야기했다는 설명이었다. "굉장히 이례적이고 연구해볼 만한 흥미로운 결과예요. 우리는 이번 사례를 연구할 계획입니다. 다음 강연에서는 환자의 반대쪽 몸이 마비될 수 있는지 시도해보려고요." 준비에브는 바빈스키의 설명이 불쾌했다. 이틀 밤을 꼬박 기차에서 보내며 피로가 쌓였던지라 평소보다 예민한 상태이기도 했다. 아버지의 말에 상처받은 후로 준비에브는 마음이 약해지고 도무지 이성적으로 생각할 수 없었다. 그래서 생각을 떨치기 위해 평소처럼 일에 신경쓰기로 마음먹었고, 그러던 중 환자 두 사람이 잔 보동에 대해 나누는 대화를 우연히 듣게 되었다. 이 병원에 갇혀 지내다 결국 이곳을 벗어난 그 여자를 만나보기로 한 것은 오후 무렵이었다. 준비에브에겐 병원을 아는 누군가와의 대화가 절실했다.

부엌에서, 잔이 다시 자리에서 일어나더니 찬장을 뒤져 성냥갑을 찾아낸다. 그러곤 자신의 앞치마 주머니에 들어 있던 담배 한 개비를 꺼내 불을 붙인다. 그녀는 선 채로 이 년간 가까이 지내던 금발 여자를 물끄러미 바라본다. 준비에브는 창밖을 바라본다. 그 얼굴에 영원히 깃들어 있을 것만 같던 엄격함이 어느새 울적함으로 바뀌어 있다.

"달라지셨어요, 준비에브 간호사님."

"내가?"

"눈빛이 예전 같지 않아요."

준비에브는 커피를 한 모금 마신 뒤 커피잔에 시선을 고정한 채 말한다.

"그럴지도."

이른 오후에 반짝 날이 개면서 살페트리에르병원이 활기를 띤다. 그칠 줄 모르고 쏟아지던 비가 잠시 멎은 사이 여자들은 정원에 산책을 나가고, 다른 몇몇은 성당으로 향한다. 성당에 간 여자들은 성모마리아상과 그리스도상 앞에 고개를 조아리고 묵상을 하거나 나직하게 기도문을 외운다. 그들은 낫게 해달라고 기도하기도 하고, 얼굴도 잊어버린 남편이나 자식들을 위해 기도하기도 한다. 딱히 특별한 이유 없이, 그저 누군가에게 호소하고 자신들의 메시지가 어딘가에 가닿기를 바라며 기도하는 이들도 있다. 간호사나 다른 환자들보다도 신이 자신들의 이야기를 더 잘 들어준다는 듯이.

공동 병실에 남아 있는 여자들은 무도회 의상 손질을 마무리한다. 그들의 침대에 햇살이 비쳐든다. 그들은 따로 또 같이 앉아 의상을 자르고, 꿰매고, 주름을 잡고, 화려한 자수로 장식한다. 무도회가 사흘 앞으로 다가왔다. 다들 마음이 들떠서 조바심치며 간혹 신경질적이지만 행복한 웃음을 터뜨린다.

무리 지어 의상을 손질하는 여자들로부터 멀찍이 떨어진 공동 병실 한구석에서, 테레즈가 루이즈의 머리칼을 부드럽게 쓰다듬는다. 환자들 중 가장 연장자인 이가 자신의 뜨개질 도구를 한쪽에 치워둔 채 어린 소녀의 곁을 지키며 돌보고 있다. 침대에 누운 루이즈는 오른팔을 구부려 마비된 손을 가슴 위에 올려두고, 테레즈의 다정한 손길에 제 풍성한 머리칼을 내맡긴다. 전날부터 루이즈는 말이 없다. 시선은 정처 없이 허공을 떠돌고 초점 잃은 눈이 불안정하게 흔들린다. 간호사들이 주기적으로 들러 빵과 치즈 조각을 먹이려 하고, 심지어 초콜릿까지 가져다주지만 루이즈는 통 입에 대려 하지 않는다. 마치 이불 밑에서 온몸이 굳어버린 것만 같다.

이웃한 침대에서 외제니가 두 사람을 지켜본다. 준비에브의 허락을 받아 전날부터 공동 병실에서 다른 환자들과 함께 지내게 되었다. 외제니가 병실에 막 도착했을 때 루이즈는 의식을 반쯤 잃은 채 실려왔다. 놀란 테레즈가 뜨개질 도구를 내팽개치고 최면 때문에 모습이 변해버린 아이를 허둥지둥 맞았다. "오, 안 돼, 안 돼, 우리 루이즈…… 저자들이 너한테 무슨 짓을 한 게야?" 테레즈가 울먹이며 인턴들과 함께 루이즈를 침대에 눕혔다. 공동 병실은 우울감에 휩싸였다. 오늘 여자들은 병실의 침울한 분위기에서 벗어날 수 있는 것이 그저 기쁠 따름이다.

외제니는 팔짱을 낀 채 책상다리를 하고 침대에 앉아 있다. 루이즈를 지켜보자니 속에서 분노가 끓어오른다. 하지만 자신이 할 수 있는 일은 아무것도 없다는 사실을 안다. 간호사들과 의사들, 특히 그 의사와 이 병원에 어떻게 반항하겠는가? 조금만 목소리를 높였다가는 독방에 갇히거나 얼굴에 에테르를 적신 가제수건이 덮일 텐데.

외제니는 창밖 정원으로 시선을 던진다. 저멀리, 햇살이 쏟아지는 길을 산책하는 여자들이 보인다. 그들을 보니 어릴 적 부모님과 몽소공원을 산책할 때 느끼던 감각이 되살아난다. 봄과 여름이 되면 일요일마다 주요 산책로와 그늘진 오솔길을 거닐었다. 연못과 주랑들을 관찰하고 하얀 다리와 난간을 지나며 길 위에서 놀고 있는 아이들, 눈길을 끄는 아름다운 드레스를 입은 숙녀들, 지팡이를 짚으며 대화에 장단을 맞추는 부르주아들과 마주쳤다. 풀밭 위에서 즐기던 가족 소풍, 손바닥에 느껴지던 싱싱한 풀, 플라타너스의 까끌하고 두꺼운 껍질, 쩍쩍거리며 나뭇가지를 옮겨다니던 참새들, 어린 강아지들을 따라 와르르 달려가던 아이들, 양산을 들고 페티코트를 갖춰 입고서 거리를 메우던 사람들, 검정 실크해트들과 꽃으로 장식된 모자들도 기억난다. 시간의 흐름이 멈춘 듯한, 지극히 살기 좋은 평화로운 곳에서 미래에 대한 걱정 없이 그저 오빠와 함께 현재를 즐길 수 있던 시절.

외제니는 고개를 흔들어 생각을 떨쳐버린다. 본래 우울한 사람은 아니지만, 이 시절 기억들은 떠올리기만 해도 무기력해질 것 같고, 지금으로서는 무기력에 빠지면 헤어날 길이 없을 것이다.

맞은편 침대에서, 마침내 루이즈가 테레즈를 돌아본다. 얼굴이 달처럼 동그랗고 창백하다.

"그 사람은 이제 날 사랑하지 않겠지, 테레즈?"

테레즈는 루이즈가 말을 한다는 사실에 잠시 놀랐다가 이내 안도하며 눈썹을 치올리고 미소 짓는다.

"누구 말이야?"

"쥘."

테레즈는 애써 시선을 위로 돌리지 않고 루이즈의 머리칼을 연신 쓰다듬는다.

"그 사람은 이미 너를 사랑해. 네가 나한테 말해줬잖아."

"그렇지만…… 이런 모습은 아니야."

"넌 치료받고 나아질 거야. 샤르코가 반신불수 환자들을 치료하는 걸 봤어."

"만약에 나는 치료되지 않으면?"

테레즈는 잠시 침묵한다. 사실 그녀는 샤르코가 반신불수 환자들을 치료하는 것을 본 적이 없다. 루이즈를 속인 건 마음에 걸리지만, 때로는 거짓말이 꼭 필요할 뿐만 아니라 위안을 주기도 한다.

그때 공동 병실 입구에서 들려오는 목소리에 세 여자가 깜짝 놀란다.

"테레즈!"

그들이 일제히 고개를 돌린다. 출입구에서 한 간호사가 테레즈에게 오라고 손짓한다.

테레즈는 루이즈의 어깨에 손을 얹는다. 이 대화가 중단된 것에 오히려 마음이 놓이는 기색이다. 다시 거짓말을 이어간다는 게 영 내키지 않았던 것이다.

"면담하고 올게, 루이즈. 둘이서 잘 기다리고 있어."

테레즈가 외제니에게 미소를 지어 보이곤 자리를 뜬다. 그러다 문 앞에서 공동 병실로 들어오는 준비에브와 맞닥뜨리자 온몸이 뻣뻣하게 굳는다. 두 여자는 서로를 빤히 보며 꼼짝하지 않는다. 준비에브를 바라보는 테레즈의 시선에는 슬픔과 원망이 뒤섞여 있다.

"당신은 루이즈를 지키지 못했어, 준비에브."

테레즈는 준비에브를 멀뚱히 남겨두고 공동 병실을 나선다. 테레즈의 비난이 비수가 되어 준비에브의 가슴에 박힌다. 준비에브는 눈을 들어 루이즈를 바라본다. 루이즈의 침대 발치에 외제니가 미동도 없이 가만히 서 있다. 고개를 오른쪽으로 살짝 돌린 채 마치 자신의 어깨 너머 등뒤에서 들려오는 무언가, 혹은 누군가의 목소리에 귀를 기울이는 듯했다.

공동 병실의 다른 환자들은 외제니의 몸짓을 눈여겨보지 못한다. 다가올 무도회에서 입을 드레스를 손질하느라 여념이 없어서다. 간호사들은 무리지어 있는 여자들 주변을 서성이며 그들이 과도하게 흥분하지 않는지 감시한다.

준비에브는 무리에서 떨어져 있는 두 여자에게 조심스레 다가간다. 외제니는 루이즈 곁에 꼼짝 않고 서 있다. 틀어올린 흑갈색 머리 아래 외제니의 곧고 우아한 목덜미가 드러나 있다. 고개는 여전히 한쪽으로 살짝 돌아가 있다. 어딘가에 귀를 기울이는 것이다. 간혹 고개를 천천히 끄덕이기도 한다. 준비에브가 눈여겨보지 않았다면 알아차리지 못할 정도로 미세한 움직임이다.

다음 순간, 외제니가 루이즈의 왼쪽 어깨에 손을 얹는다. 그러고는 천천히 소녀에게 몸을 기울여, 다른 사람들의 이목을 끌지 않을 만큼 나직한 목소리로 동요를 불러준다.

"나의 아가, 사랑하는 우리 딸,

우유처럼 새하얀 너의 피부,

너의 영롱한 두 눈이

얼마나 반짝이는지 너는 아니?

너의 두 눈이 나를 비추니

나의 영혼이 밝게 빛나는구나."

그러자 루이즈가 눈을 휘둥그레 뜨고 외제니를 쳐다본다.

"그거…… 우리 엄마가 나한테 불러주던 노래야."

루이즈는 가만히 가슴에 얹혀 있던 자신의 오른손을 왼손으로 꼭 감싸쥔다. 추억들이 소녀의 눈앞에 어른거린다.

"그 노래를 어떻게 알아?"

"네가 한 번 불러준 적 있어."

"내가?"

"응."

"난 기억 안 나는데……"

"네가 사흘 뒤에 열리는 무도회에 참석하면 너희 엄마도 기뻐하실 거야."

"아냐, 엄마는 이런 모습을 흉하다고 하실걸."

"그 반대야. 아주 예쁘다고 하실 거야. 네가 드레스를 입고 음악을 즐기기를 바라실 거야. 너 음악 좋아하잖아."

"맞아."

루이즈가 왼손으로 자신의 오른손을 연신 신경질적으로 만지작거린다. 마음을 정하지 못한 듯 입은 삐죽 나와 있다. 잠시 뒤, 이불을 홱 잡아채더니 머리 위로 끌어당겨 그 안에 몸을 숨긴다. 하얀 베개 위로 엉클어진 풍성한 머리칼만 비죽 나와 있다.

외제니가 돌아선다. 어지러운 듯이 자신의 침대로 손을 뻗어서 가까스로 매트리스에 앉는다. 몸이 무겁게 내려앉는다. 외제니는 다른 손으로 이마를 짚고 깊이 한숨을 쉰다.

준비에브는 꼼짝도 하지 못한다. 무슨 일이 벌어지고 있는지 이해한 순간 숨이 멎었다. 그러고는 얼마 후에야 숨을 쉬지 않고 있었다는 사실을 깨달았다. 심령현상을 직접 경험한 것만 해도 대단한데, 더욱이 이를 목격하기까지 하다니 기적 같은 일이다.

준비에브는 외제니에게 다가간다. 상체를 숙이고 있던 외제니가 다가오는 구둣굽 소리를 듣고 창백한 얼굴을 든다. 준비에브를 보고는 몸을 곧추세운다.

"네가 방금 한 일 다 봤어."

두 여자는 잠시 서로를 응시한다. 외제니가 준비에브에게 그녀의 아버지가 쓰러졌다는 사실을 알려준 그날 저녁 이후로 두 사람은 한마디도 나누지 않았다. 외제니 역시 그날 자신이 메시지를 받은 방식에 놀랐다. 한 시간이 넘도록 블랑딘이 오기만을 초조하게 기다리는데 돌연 피로감에 온몸이 짓눌리면서 온 병실이 무겁게 느껴졌다. 외제니는 도처에서, 자신의 몸뿐 아니라 물건들, 방을 나가려는 준비에브를 가로막은 잠긴 문손잡이에서조차 하중을 느꼈다. 블랑딘은 보이지 않았다.

이번에는 블랑딘이 목소리를 내어 묘사하는 이미지들이 눈앞에 떠올랐다. 마치 눈앞에 사진첩을 한 장 한 장 넘겨보듯 컬러사진 같은 그 이미지들은 아주 세세한 부분까지 선명하고 또렷했다. 노인의 집, 부엌, 그가 저녁을 먹던 식탁, 타일 바닥에 엎드려 있던 몸, 찢어진 눈두덩이가 보였다. 또 두 모녀의 무덤, 그가 올려놓은 튤립 다발도 보였다. 아버지 집에 가도록 준비에브를 설득해야 한다던 블랑딘의 집요하고 다급한 목소리도 들렸다. 결국 설득당한 준비에브는 방을 나섰고, 동시에 블랑딘도 떠났다. 외제니는 그날 침대에 누운 채 밤새 한숨도 자지 못했다. 마음이 산란했다. 이제야 겨우 망자들을 보고 그들의 목소리를 듣는 일에 익숙해지기 시작했는데, 이제 다른 것, 이미지들, 어떤 장면들까지 보였다. 이 이미지와 장면들은 외제니의 상상에서 비롯된 것이 아니었다. 외제니는 자신이 도구로 전락한 기분이었다. 자기 자신을 빼앗긴 것만 같았다. 망자들은 그들의 메시지를 전달하기 위해 외제니의 기력과 재능을 이용하고, 더이상 필요 없어지면 극도로 기진맥진해진 그녀를 내팽개쳐버렸다. 외제니는 벌어지는 일을 더이상 통제할 수 없었다. 정신적으로도 육체적으로도 힘겨운 이 강렬한 경험을 통해 자신이 얻는 게 무엇인지 도무지 납득할 수가 없었다. 이런 재능이 있다는 것 자체가 불합리하게 여겨졌다.

그때부터 이러한 두려움은 지속적으로 외제니를 괴롭혔다.

그녀에게 답을 줄 수 있는 이는 단 한 사람뿐이었고, 그는 이곳이 아닌 생자크가에 있었다.

준비에브는 다른 간호사들의 시선이 이쪽으로 쏠리는 것을 알아차리고, 다시 평소처럼 엄격한 태도를 보이며 외제니에게 침대를 가리켜 보인다.

"침대 정리해."

"뭐라고요?"

"사람들이 우리를 보고 있잖아. 이렇게 친구인 양 계속 대화할 수 없어. 침대 정리해, 어서."

외제니 역시 간호사들의 호기심어린 시선을 알아차린다. 그녀는 어렵사리 몸을 일으켜 깃털베개를 두드린다. 준비에브는 짐짓 지시를 내리는 양 검지로 이곳저곳을 가리켜 보인다.

"네가 루이즈한테 한 일을 봤어. 정말 놀라워."

"전 모르겠는데요."

"시트를 매트리스 밑으로 집어넣어. 뭘 모르겠다는 거야?"

"제가 한 일은 전혀 놀라울 게 없다고요. 그냥 목소리가 들리는 것뿐이에요."

"모두가 네 재능을 부러워할걸."

"할 수만 있다면 그런 재능 따윈 전부 줘버리고 싶어요. 저한테는 전혀 쓸모없어요, 기력만 빠질 뿐이죠. 침대 정리는 다 했는데, 이제 뭘 하죠?"

"다른 침대를 정리해."

두 사람은 옆 침대로 옮겨간다. 외제니는 베개를 두드리고, 침대 시트와 이불을 펼쳐 가장자리를 매트리스 밑으로 밀어넣는다. 준비에브는 외제니에게 할일을 계속 지시한다.

"그 재능이 전혀 쓸모없다고 생각하는 건 오산이야."

"저한테 뭘 더 바라시는 거예요? 간호사님이 원하시는 대로 증명해 보였잖아요. 절 도와주실 거예요, 말 거예요?"

외제니가 성질을 부리듯 매트리스에 놓인 베개를 세차게 내려친다. 다른 간호사들의 시선이 이제 두 사람에게, 특히 외제니에게 완전히 집중된다. 그들은 경계하는 눈초리로, 앞치마 주머니에 손을 넣고서 언제라도 에테르 병을 빼 들 태세다.

긴장은 오래가지 않는다. 갑자기 다급한 목소리가 들려오면서 이 숨막히는 정적을 깨뜨린다.

"준비에브 간호사님!"

한 간호사가 공동 병실로 들이닥쳐 준비에브에게로 달려온다. 그녀의 하얀 앞치마에 붉은 핏자국이 뚜렷하다. 환자들은 하던 일을 멈추고, 정렬된 침대 사이로 허겁지겁 달려가는 간호사를 주시한다.

"간호사님, 빨리 와보셔야 해요!"

"무슨 일이야?"

"테레즈가요!"

간호사가 새파랗게 질린 얼굴로 준비에브 앞에 서서 목소리를 높인다.

"의사 선생님이 다 나았다고, 이제 퇴원할 수 있겠다고 하셨거든요."

"그랬는데?"

"그 말을 듣고는 가위로 자기 손목을 그었어요."

공동 병실에 환자들의 비명이 울려퍼진다. 몇몇은 자리에서 일어나 발을 동동 구르고, 몇몇은 침대에 주저앉아버린다. 간호사들은 갑작스레 불안에 휩싸인 환자들을 진정시키려 안간힘을 쓴다. 흥겨운 분위기에 취해 있던 병실이 순식간에 술렁거린다. 루이즈도 이불을 내리고 놀란 얼굴을 내민다.

"테레즈가?"

준비에브는 숨이 막힐 지경이다. 침대 사이로 퍼지는 공포의 분위기에 정신이 아득해진다. 더는 아무것도 통제할 수가 없다. 어렵사리 이곳에 쌓아올린, 위태롭던 안정 상태가 결국 무너져버렸다. 이제, 모든 것이 그녀의 손을 떠나고 있었다.

"어서요, 간호사님."

간호사의 다급한 목소리에 준비에브는 가까스로 정신을 차리고 걸음을 재촉한다. 그 뒷모습을 보면서 외제니는 손에 든

베개를 꼭 끌어안는다. 뒤에서 루이즈가 훌쩍이고 있다. 외제니 역시 흐느껴 울고 싶지만 감정을 억누른다. 그녀는 침대 가장자리에 주저앉아 창밖을 바라본다. 저멀리, 정원 잔디 위로 햇살이 비친다.

준비에브가 문을 세 차례 노크한다. 숨을 깊이 들이마시고 등뒤로 뒷짐을 지고 조바심을 내며 손가락을 만지작거린다. 바깥에는 어둠이 깔렸다. 병원 복도는 조용하다.

마침내 안에서 목소리가 들린다.

"들어와요."

준비에브가 문손잡이를 돌린다. 사무실 안에는 남자가 몸을 앞으로 잔뜩 수그린 채 책상 앞에 앉아 깃펜을 끼적이며 그날의 마지막 기록을 남기고 있다.

실내는 조용하다못해 엄숙한 분위기다. 석유등 몇 개가 벽과 가구, 자신의 소견을 작성중인 남자의 살진 몸을 비춘다. 사무실 곳곳에 흩어져 있는 책들과 대리석 흉상들 사이로 매캐한 담배 냄새가 감돈다.

준비에브가 조심스럽게 한 발 다가선다. 남자는 책상에 두 팔을 올려놓은 채 글쓰기에 몰두해 있다. 하얀 셔츠 위에 어두운색 조끼와 재킷을 걸치고, 고급스러운 검정 넥타이를 매고 있다. 어떤 상황에서든 위엄을 잃지 않으려는 사람 같다. 혼자 있을 때든, 강연을 들으러 온 청중 앞에서든, 그가 있는 곳은 어디든 엄숙한 분위기가 자리잡는다. 준비에브는 그처럼 위엄 있는 사람을 한 번도 보지 못했다.

"샤르코 선생님?"

일에 집중한 채 남자가 준비에브를 향해 고개를 든다. 처진 눈두덩이와 입술 때문에 그의 표정은 근심어린 듯 보이기도 하고 냉담해 보이기도 한다.

"준비에브, 앉아요."

준비에브가 책상 맞은편에 앉는다. 이 남자 앞에서 준비에 브는 의기소침해진다. 그에게 쩔쩔매는 사람은 준비에브만이 아니다. 샤르코의 손이 닿기만 해도 기절하는 여자들을 준비에브는 이미 여럿 보았다. 그의 관심을 얻기 위해 거짓으로 발작을 일으키는 여자들도 있었다. 그가 이따금 공동 병실을 방문할 때면 병실의 분위기가 싹 바뀐다. 여자들은 곧바로 선웃음을 치고, 돋보이려 하고, 열이 나는 체하고, 울기도 하고 때로는 간청하고, 성호를 긋기도 하면서 추종자 무리가 되어버린다. 젊은 간호사들도 놀란 소녀들처럼 실없이 웃는다. 샤르코는 여자들이 갈망하는 남자인 동시에 이상적인 아버지, 칭송받는 의사, 영혼과 정신의 구원자다. 샤르코가 정렬된 병실 침대 사이를 지날 때 그의 뒤를 따르는 의사들과 인턴들로 말하자면, 그들은 헌신적이고 조용히 샤르코를 흠모하는 또다른 추종자들이며, 그들 덕에 병원에서 샤르코의 독보적인 권위는 더욱 공고해진다.

단 한 사람만을 이토록 예찬하는 것은 바람직하지 않다. 비록 드러내지는 않지만 준비에브마저 이러한 상황에 상당 부분 기여한다. 준비에브에게 이 신경과의사는 탁월한 과학과 의학 그 자체다. 샤르코는 준비에브가 욕망할 수 있었을 배우자 이상의 존재로, 그는 그녀의 스승이고, 그녀는 그의 각별한 학생이다.

적막한 사무실에서, 샤르코는 계속해서 차트에 기록을 이어간다.

"자네가 평소 여기에 오는 법이 없는데, 무슨 문제라도 생겼나?"

"한 환자에 대해서 드릴 말씀이 있어서 왔습니다. 외제니 클레리요."

"살페트리에르병원에 환자 수가 얼마나 되는지 알기나 하나?"

"망자들과 대화하는 환자 말입니다."

남자가 기록을 멈추고 수간호사를 올려다본다. 그는 깃펜을 잉크병에 꽂아두고서 의자에 등을 기댄다.

"그래, 바빈스키한테 얘기 들었네. 그 말이 사실인가?"

그의 질문에 준비에브는 불안해진다. 만약 외제니가 정말 죽은 자들과 대화한다는 사실을 밝히면, 그녀는 이단자로 몰릴 게 뻔하다. 치료는커녕 감금당해 다시는 산들거리는 바깥바람을 쐬지 못할 것이다. 반대로 전부 외제니가 꾸며낸 얘기였다고 하면, 그렇고 그런 허언증 환자로 취급받을 것이다.

"지켜본 결과 그 환자한테서는 아무런 이상 증상이 발견되지 않았습니다. 이 병원에 입원할 필요가 없어 보입니다."

샤르코가 미간을 찌푸리고 잠시 생각에 잠긴다.

"그 환자가 언제 입원했지?"

"3월 4일입니다."

"퇴원 여부를 판단하기에는 아직 너무 이르군."

"하지만 정신이 온전한 사람을 수백 명이나 되는 환자들 틈에 방치하는 것도 옳지 않습니다."

남자가 준비에브를 잠시 물끄러미 바라본다. 그가 의자를 뒤로 빼고 일어서자 마룻바닥을 긁는 날카로운 소리가 실내에 울린다. 발아래 마룻바닥이 삐걱인다. 그는 책상 뒤편 콘솔테이블에 올려둔 시가 보관함을 연다.

"그 여자가 진짜 죽은 자들의 목소리를 듣는 거라면 신경학적인 측면에서 더 알아봐야 할 거야. 하지만 거짓말을 하는 거라면 그냥 정신 나간 거고. 자신이 조제핀 드보아르네*나 성모 마리아라고 주장하는 환자들처럼 말이야."

준비에브는 낙심한다. 그녀 역시 자리에서 일어선다. 책상 너머에서 샤르코가 시가에 불을 붙인다.

"죄송하지만 선생님, 외제니 클레리는 그런 환자들과 전혀 다릅니다. 이 병동에서 꽤 오랫동안 일하면서 장담컨대 분명 그 여자는 달라요."

"언제부터 환자들을 대변했지, 준비에브?"

"제 말 좀 들어주세요. 이제 이틀 뒤면 무도회예요. 이 시기에 간호사들의 일은 더 가중됩니다. 게다가 최근에 발생한 루이즈와 테레즈의 사고 이후로 병동 전체가 몹시 어수선하고요. 당장 아무런 뚜렷한 증상도 보이지 않는 젊은 여자에게 이곳 환경은 너무 가혹해요……"

"자네가 그 여자를 격리하지 않았던가?"

"네?"

"당시 바빈스키가 그 여자를 검사하고는 심하게 격분한 상태라고 내게 말했었네. 그래서 자네가 독방에 가뒀던 거 아닌가?"

준비에브는 허를 찔려 당황했지만, 시선을 떨구지 않으려 애쓴다. 그러면 유약함을 드러내는 것일 테니까. 준비에브는 의사의 날카로운 시선을 잘 안다. 일평생 아버지의 시선에 익숙해진 덕이다. 의사라는 사람들은 타인의 상처, 이상, 불안,

---

* 나폴레옹 1세의 첫번째 아내.

경련, 쇠약의 징후를 놓치지 않는 직업적 습벽이 있다. 상대의 뜻과 상관없이, 그들은 상대에게서 그 증상들을 읽어낸다.

"제가 그 환자를 독방에 넣은 건 사실이지만, 절차상 그랬을 뿐입니다."

"자네도 그 여자가 얼마나 불안정한지 결코 모르지 않을 거야. 허언증 환자든 영매든 간에, 폭력적이고 위험한 사람이라고. 그 여자는 여기 있어야 해."

샤르코가 손에 시가를 든 채 자리로 돌아와 앉는다. 그러고는 잉크통에서 깃펜을 꺼내 다시 오늘 관찰한 것을 기록해나가기 시작한다.

"준비에브, 앞으로 특정한 환자 이야기로 내 일을 방해하지 말아주게. 이 병원에서 자네의 역할은 환자를 돌보는 것이지, 그들을 진단하는 게 아니잖나. 부탁인데, 맡은 역할에 집중해줘."

의사의 충고가 마치 폭발음처럼 방안에 울린다. 준비에브에게 질책을 쏟아낸 샤르코는 그녀를 그대로 세워놓고 별말 없이 다시 글 쓰는 일에 오롯이 집중한다. 은근한 굴욕이다. 살페트리에르병원에서 자신보다 오래 일해온 준비에브를 일개 보조 간호사로 취급한 것이다. 준비에브가 우러러보던 이 남자의 눈에는, 그 오랜 경력과 헌신도 그녀의 주장에 힘을 싣기에 충분하지 않은 모양이다.

준비에브는 잠시 멍하니 서 있다. 말문이 막힌다. 아버지의 방에서 야단을 들을 때 항상 그랬던 것처럼, 그녀는 고개를 꼿꼿이 들고 두 주먹을 불끈 쥔 채 눈물을 삼킨다. 그렇게 말없이 쏟아지는 질책을 받아낸 그녀는 자신을 냉대하고 제 일에만 몰두하는 의사를 더이상 방해하지 않기 위해 사무실을 나선다.

11

1885년 3월 17일

커피가 세라믹 찻잔에 담겨 나온다. 접시에 부딪치는 포크
와 나이프 소리가 식탁 주변에 울린다. 아침에 사온 바게트는
여전히 식지 않아, 겉껍질을 뜯으면 손끝이 델 만큼 뜨끈뜨끈
한 빵의 속살이 드러난다. 바깥에서는 세차게 쏟아지는 비가
창유리를 두드리고 있다.

테오필은 김이 모락모락 나는 커피에 찻숟가락을 담가 기계
적으로 휘젓는다. 가족 식사 자리에 흐르는 침묵을, 저 맞은편
에 비어 있는 의자를 부러 외면하는 이 침묵을 더는 견딜 수가
없다. 결코 존재한 적 없었던 사람인 듯, 외제니의 이름은 이

집에서 더이상 불리지 않는다. 외제니가 집을 떠난 지난 두 주 동안 가족의 일상은 전혀 달라진 것이 없다. 아침식사 시간은 여전히 말없이 흘러간다. 식구들은 빵에 버터를 바르고, 비스킷을 홍차에 적시고, 오믈렛을 우물거리고, 입김을 불어 뜨거운 커피를 식힌다.

누군가 말을 걸어 테오필을 몽상에서 끄집어낸다.

"아침은 안 먹는 게냐, 테오필?"

테오필은 눈을 들어 목소리가 들리는 쪽을 바라본다. 옆자리에 앉은 할머니가 테오필과 눈을 빤히 맞추며 차를 홀짝인다. 이 노부인의 미소를 견딜 수 없다. 그는 식탁 밑에서 주먹을 불끈 쥔다.

"식욕이 별로 없어서요, 할머니."

"요새 아침을 덜 먹는구나."

테오필은 대답을 피한다. 겉으로는 온화한 척하는 이 노부인이 자신을 믿고 의지하던 손녀를 저버리지만 않았어도 그는 분명 평소처럼 아침을 먹고 있었을 것이다. 노인은 저 주름진 얼굴로 사람들을 속인다. 사람들은 친절하고 다정한 노인이라고 생각할 것이다. 언제나 한 손으로 젊은이들의 얼굴을 쓰다듬고 파란 눈으로 상대를 지긋이 바라봐주는 이 노인을. 이 사기술의 대가만 없었다면 외제니는 오늘 아침에도 가족과 함께 식사를 하고 있었을 것이다. 나이가 들면서 현명해진 것도, 그렇다고 망령 난 것도 아닌 이 노인은 손녀가 자신을 믿고 털어놓은 비밀을 밝히면 무슨 일이 벌어질지 모르지 않았을 것이다.

외제니를 속이다니, 테오필은 할머니가 원망스럽다. 외제니를 예고 없이 입원시킨 아버지도, 언제나 수동적이고 나약한 어머니도 너무나 원망스럽다. 이 조용한 식사 자리에서 식탁을 뒤엎어 접시들과 찻잔들을 바닥에 내동댕이치고, 식구들 한 사람 한 사람에게 당신들이 초래한 비참한 결과를 보라고 목청껏 비난하고 싶다. 하지만 그는 자리에서 꼼짝도 않는다. 지난 두 주 동안 그도 다른 가족들과 다를 바 없이 비겁했다. 결국 그 역시 동생의 입원을 거들지 않았던가. 그는 아버지의 명령을 순순히 따랐다. 외제니에게 미리 알리지도 않았고, 심지어 동생의 간청에도 아랑곳없이 그 저주받은 병원으로 외제니를 끌고 간 사람이 바로 그였다. 치욕이 테오필의 내면을 좀먹고 입을 틀어막는다. 식탁에 둘러앉은 다른 식구들을 향한 분노는 적절치 못하다. 그에게도 같은 비난의 화살이 부메랑처럼 날아들 수 있으니까. 할머니는 집안사람 모두를 공범으로 만들었다.

초인종이 울리자 식구들이 화들짝 놀란다. 루이가 찻쟁반을 내려놓고 살롱을 나간다. 식탁 한쪽 끝에 앉은 프랑수아 클레리가 조끼 호주머니에서 회중시계를 꺼낸다.

"누가 찾아오기에는 아직 이른 시각인데."

루이가 살롱으로 되돌아온다.

"주인님, 준비에브 글레즈 씨가 오셨습니다. 살페트리에르 병원의……"

병원 이름이 나오는 순간 식탁에 찬물을 끼얹은 듯하다. 루이의 입에서 그 이름이 나오리라 아무도 예상하지 못했다. 무엇보다, 그 병원이 언급되기를 아무도 원치 않았다. 잠시 놀란 마음을 추스르고, 프랑수아 클레리가 눈살을 찌푸리며 말한다.

"무슨 일로 온 거지?"

"잘 모르겠습니다. 주인님을 뵙고 싶다는데요, 테오필 도련님도 함께요."

테오필이 자세를 고쳐 앉으며 낯을 붉힌다. 돌연 그에게 시선이 쏠린다. 마치 준비에브가 찾아온 데 그의 책임이 있다는 듯. 아버지는 난처한 표정으로 포크와 나이프를 내려놓는다.

"테오필, 저 여자가 올 줄 알고 있었니?"

"아니요, 전혀 몰랐어요."

"가서 만나보거라. 나는 바쁘다고 전하고. 그 문제로 낭비할 시간 없으니까."

"네."

테오필은 쭈뼛쭈뼛 자리에서 일어나 냅킨을 커피잔 옆에 내려놓고 현관으로 향한다.

문가에서 준비에브가 기다리고 있다. 두 손으로 든 우산에서 차가운 빗방울이 뚝뚝 떨어진다. 편상화와 원피스 가장자리가 흠뻑 젖어 있다. 그녀의 발밑 마룻바닥에 서서히 물이 고인다.

준비에브는 한 손으로 흘러내린 머리칼과 모자를 매만진다. 프랑수아 클레리가 자신을 직접 만나러 나오지 않으리라는 건 예상한 일이다. 여자가 한번 살페트리에르병원의 문턱을 넘어서면 더이상 아무도, 특히 가족은 더더욱 소식을 듣고 싶어하지 않는다. 클레리 집안의 아버지도 예외가 아니다. 딸이 그 병원에 입원해 있는 지금, 그는 딸의 이름을 거론하는 것조차 자신의 명예를 훼손하는 일이라 믿는다. 부르주아 남자들에게는 가문의 이름을 명예롭게 유지하는 것이 딸을 지키는 것보다 더 중요하다. 클레리가에서는 이제 아들만이 유일한 희망이다. 준비에브는 생각했다. '그 아들이 자기 동생을 만나러 왔어. 분명 죄의식을 느끼는 거야. 그와 대화를 해봐야 해.' 준비에브가 오늘 클레리가에 찾아온 건 바로 그 때문이다.

전날 밤 귀갓길에 준비에브는 언제부터인가 움트기 시작한 내면의 변화를 마침내 확실히 인식했다. 처음에는 샤르코의 말에 크게 낙담했었다. 최근 며칠 사이 아버지에 이어 루이즈와 테레즈와 관련한 일들을 연달아 겪으면서 그 마지막 한 방이 결정적으로 그녀를 산산이 무너뜨린 것이다. 이제 준비에브는 아무것도 통제할 수 없었다. 모든 것이 뒤흔들리고 동시에 무너져내리고 있었다. 그녀는 혹시 병원 일을 그만둬야 할 때가 된 것인지 자문했다.

하지만 팡테옹에 가까워지는 동안 다른 감정이 복받쳐올랐다. 스무 해가 넘도록 살페트리에르병원에서 일하며 준비에브는 뜬눈으로 밤을 지새우고 자신의 일에 헌신했다. 병원 내 모든 복도, 건물, 환자들의 눈빛을 누구보다, 심지어 샤르코보다 더 잘 알았다. 그런데 그가 감히 그녀의 말을 무시해버린 것이다. 자신을 우러러봐주던 사람의 의견을 단상 위에서 가볍게 내쳤다. 그는 그녀의 말을 들어주지 않았고, 들을 생각도 없었다. 사실 이 병원의 어떤 남자도 여자들의 말에 귀기울이지 않는다.

그렇게 걷다보니 점점 화가 치밀었고, 급기야 반감이 일었다. 그랬다, 그냥 화가 아니라 격한 반감이었다. 어릴 적 사제와 부제들에게 느꼈던 감정. 사람들은 그녀의 생각과 개성을 트집 잡고, 그녀를 구속하려 들고, 그녀의 행동과 성격을 강제로 뜯어고치려 했다. 준비에브는 이 병원에서 마침내 인정받는 사람이 되었다고 느꼈다. 하지만 이제 분명히 깨달았다. 그녀의 가치는 여러 사람들이 평가한 대로가 아니라, 단 한 사람, 바로 샤르코 교수의 뜻대로 결정되어버린다는 것을.

어쩌면 과민한 반응일지도 모른다. 대수롭지 않은 훈계에 감정이 상할 이유가 없었는지도 모른다. 하지만 준비에브는 언제나 자신이 판단하기에 그릇된 사람과 맞서왔다. 그리고 분명 이번에는 샤르코가 틀렸다.

준비에브는 결심했다. 외제니를 도울 것이다. 외제니가 그녀에게 도움을 주었듯이.

현관 앞에 이른 테오필이 수간호사를 알아본다. 목에 뭔가 걸린 기분이다. 그가 준비에브에게 다가선다.

"간호사님?"

준비에브가 그의 뒤쪽을 흘긋 본다.

"아버님은요?"

"일이 바쁘셔서요, 아버지께서 양해를······"

"아니에요, 잘됐어요. 당신을 만나고 싶었거든요."

"저를요?"

이번에는 테오필이 자신의 등뒤를 흘긋 돌아보며 목소리를 낮춘다.

"제가 맡긴 책 때문에 오신 거라면, 제발 아무 말씀 말아주세요."

"그것 때문에 온 게 아니에요. 당신 도움이 필요해요."

수간호사 역시 목소리를 낮추며 테오필 쪽으로 다가선다. 통로 끝 열린 문 틈으로 조용한 응접실에 놓인 가구들이 눈에 들어온다. 하지만 식탁과 그곳에 둘러앉은 사람들은 보이지 않는다.

"당신 동생은 살페트리에르병원에서 나와야 해요."

"동생한테 무슨 문제라도 생겼나요? 심각한 일인가요?"

"아무 문제도 없어요. 당신 동생은 아무 이상이 없어요. 하지만 의사가 퇴원 허가를 내주지 않아요."

"동생이 미친 게 아니라면 왜……"

"거기는 한번 들어가면 아무도 못 나와요. 나오는 경우는 극히 드물죠."

테오필은 불안스레 주변을 살피며 아무도 다가오지 않는지 확인한다. 그러고는 신경질적으로 머리를 쓸어넘긴다.

"제가 뭘 할 수 있을는지 모르겠어요. 전 그 아이의 보호자가 아니에요. 동생을 퇴원시킬 수 있는 사람은 아버지뿐이라고요."

"아버님은 퇴원시키려 하지 않으실 테고요."

"네, 절대로."

"내일 병원에서 무도회가 열려요. 제가 초대자 명단에 당신 이름을 올려두었어요. 클레랭이라는 성으로 바꿔서요, 그래야 환자…… 그러니까 입원자와의 관계를 들키지 않을 테니까요."

"내일요?"

"무도회장에서 동생과 만나실 수 있어요. 무도회는 꽤 정신 없을 테니까 기회를 엿보면 슬그머니 빠져나갈 수 있을 거예요. 내일 제가 출구로 안내할게요."

"하지만 동생을 집으로 데려올 순 없어요."

"내일까지 아직 시간이 있으니 지낼 만한 곳을 찾아보세요. 어느 쪽방이라도 지금 동생이 지내는 곳보다는 훨씬 나을 거예요."

응접실 쪽에서 들려오는 목소리에 그들이 소스라친다.

"클레리 도련님? 별일 없으신 거죠?"

루이가 문가에 꼿꼿이 서 있다. 테오필은 떨리는 손을 내저으며 그에게 말한다.

"별일 없어, 루이. 간호사님은 곧 가실 거야."

하인은 잠시 그를 바라보다가 문 뒤로 사라진다. 테오필은 불안스레 서성인다. 연신 손으로 머리를 헝클어뜨리며 그가 말한다.

"모든 게 너무 갑작스러워서 뭐라고 말씀드려야 할지 모르겠네요."

"동생이 자유로워지기를 바라나요?"

"네, 네, 물론이죠."

"그럼 절 믿으세요."

테오필이 걸음을 멈추고 준비에브를 응시한다. 그의 기억 속의 여자가 아니다. 물론 겉모습은 그가 전에 책을 건넸던 그 여자가 분명하다. 하지만 확실히 어딘가 달라졌다. 전에는 준비에브 앞에서 위축되었지만 이젠 기꺼이 그녀를 신뢰할 수 있을 것 같다. 그가 준비에브에게 가까이 다가간다.

"왜 제 동생을 돕는 거죠?"

"당신 동생이 저를 도왔거든요."

수간호사는 말을 아끼려는 듯하다. 테오필은 그녀에게 묻고 싶은 것이 있었다. 두 주 전부터 그 질문이 머릿속을 떠나지 않았고, 이 여자만이 확실히 대답해줄 수 있을 것 같았다. 하지만 입을 떼려 해도 말이 나오지 않는다. 무슨 대답을 듣게 될지 두렵기 때문이다.

그런 불안을 감지한 듯, 그가 입을 열기도 전에 준비에브가 먼저 대답한다.

"당신 동생은 미치지 않았어요. 오히려 다른 사람들을 도울 능력이 있어요. 하지만 갇힌 상태로는 그 능력을 펼칠 수 없죠."

응접실에서 그릇 달그락거리는 소리가 들린다. 준비에브가 그의 팔을 붙잡는다.

"내일. 오후 여섯시. 그보다 좋은 기회는 없을 거예요."

준비에브가 그의 팔을 놓고 문을 열어 밖으로 나선다. 반쯤 열린 문 너머, 소리 없이 빠른 걸음으로 계단을 내려가는 모습이 보인다. 테오필은 가슴에 손을 얹는다. 손바닥 아래로 빠르게 뛰는 심장박동이 느껴진다.

테레즈가 뒤척이며 깨어난다. 어둑한 공동 병실에서 힘겹게 눈을 뜬다. 날이 저물었다. 석유등 불빛이 병실과 그 안을 서성이는 여자들을 비춘다. 여자들의 들뜬 모습은 익숙하다. 매년 무도회 전날이면 펼쳐지는 풍경이기 때문이다. 초조한 몸짓과 신경질적인 웃음. 이날 밤에 잠을 이룰 수 있는 여자는 거의 없다.

침대에 누워 있던 테레즈는 매트리스를 짚고 몸을 일으키려다가 손목에서 급격한 통증이 느껴져 멈칫한다. 그 자세 그대로 입술을 꼭 깨물고 비명을 삼킨다. 마치 날카로운 면도날에 살이 찢기는 양, 정신이 아찔할 정도의 고통이 밀려오며 현기증이 인다. 그녀는 잊고 있었다.

살페트리에르병원에서 지내기 시작하면서 테레즈는 한 달에 두세 번씩 야경증을 겪었다. 한밤중에 소스라치며 깨어나 살려달라고 비명을 내질러서 공동 병실을 발칵 뒤집어놓고 공포를 퍼뜨렸다. 하지만 아침이 되면 간밤의 소동을 전혀 기억하지 못했다. 그런 순간들을 제외하면, 병동의 최연장자인 이 환자는 평소 늘 온전한 정신으로 생활했다.

어떤 이유에서인지 이런 발작은 오래전부터 나타나지 않았다. 테레즈는 안정적이었고, 밤도 평화로웠다. 전반적으로 상태가 양호했기에 이틀 전 그녀를 검사한 바빈스키는 퇴원해서는 안 될 이유가 더이상 없다고 진단을 내렸다. 그 말에 테레즈는 큰 충격을 받았다. 병원에서 세월을 보내는 동안 지긋이 나이가 들어버린 터였다. 이제 병원을 떠나 파리 시내와 거리로 돌아가서 그곳의 익숙한 냄새를 맡고, 애인을 밀었던 센강을 건너고, 의도를 가늠할 수 없는 남자들 옆에서 걷고 그녀가 너무나 잘 아는 그 길 위로 다시 돌아갈 생각을 하니 통제할 수 없는 극심한 공포에 사로잡혔다. 그때 테이블에 놓여 있던 의료용 가위가 그녀의 눈에 들어왔다. 너무도 재빠른 동작으로 순식간에 벌인 일에 현장에 있던 간호사들은 비명을 질렀다.

그러고 나서 테레즈는 그날 밤에 의식을 되찾았다. 손목에 감겨 있는 붕대를 보자 안도감이 밀려왔다.

이제는 아무도 그녀에게 퇴원하라고 하지 않을 것이다.

테레즈가 침대에 팔꿈치를 괴고 상체를 살짝 일으킨다. 이

불 밖으로 팔을 빼 붕대를 살펴보니 하얀 거즈 안쪽에 말라붙은 핏자국이 눈에 들어온다. 피부가 당기고, 비명소리가 들리는 듯한 착각이 인다. 다시 뜨개질을 할 수 있으려면 시간이 걸릴 것이다. 그녀는 더이상 주의를 끌지 않으려고 팔을 다시 이불 속에 집어넣는다. 주위에는 구내식당에 다녀온 여자들이 잠자리에 들지 못하고 몽상에 잠겨 있다. 그들은 박수갈채를 받으며 파트너와 춤을 추는 상상을 하고, 새로운 만남이나 적어도 의미 있는 시선을 주고받을 수 있기를 고대한다. 내일 저녁에 보거나 듣거나 느낄 수 있는 아주 사소한 것조차, 그들은 마치 소중한 기념물처럼 기억에 새기고 간직할 것이다.

유독 한 사람이 눈에 띈다. 검은 원피스 차림에 긴장한 듯 굳은 자세로, 떠들썩한 분위기에 섞이지 않고 정렬된 침대 사이를 가로지른다. 테레즈는 곧바로 외제니를 알아본다. 외제니는 테레즈에게 눈길도 주지 않고 자기 침대로 가서 앉는다. 그리고 서둘러 편상화를 벗고 이불 속으로 들어간다. 그 순간, 테레즈는 외제니의 손에 들려 있는 종잇조각을 발견한다. 외제니는 종이를 소매 안쪽, 손목과 원피스 사이에 순식간에 집어넣는다. 그렇게 비밀을 안전한 곳에 숨긴 뒤에는 테레즈를 등지고 옆으로 돌아누워 꼼짝도 않는다.

테레즈는 상황을 파악할 새도 없이 누군가 자신의 어깨에 손을 얹자 흠칫 놀란다.

"테레즈, 깨어났네요."

침대 왼쪽에서 한 간호사가 그녀를 빤히 보고 있다. 이렇다 할 특징 없는 얼굴의 저 뚱뚱한 갈색 머리 여자는 한두 해 전에 들어온, 가장 젊은 신입 축에 속하는 간호사다. 하녀나 세탁부가 될 수도 있었을 이 젊은 신입들은 우연히 병원에서 일하게 되면서 마치 차를 내오거나 손빨래를 하듯 환자들을 돌본다. 그들은 그저 지시를 따르고, 매일의 무료함을 달래기 위해 환자, 간호사, 의사, 인턴 들에 관해서 끊임없이 수다를 떤다. 새로운 소식, 사소한 사건, 떠도는 소문 등 조금이라도 이야깃거리가 있으면 말을 퍼뜨리고, 반복하고, 부풀리고, 비웃는다. 복도 모퉁이나 벤치에서 잡담을 나누는 그들의 모습을 보면, 건물 안뜰에 모여 남을 험담하는 가정부들이 떠오르기 마련이다. 그들이 여기저기 떠벌릴세라 누구도 함부로 제 비밀을 털어놓지 못할 것이다.

테레즈가 무심하게 어깨를 으쓱여 보인다.

"그래, 깨어났어."

"뭐 필요한 거 없어요? 저녁도 걸렀잖아요."

"고맙지만 배 안 고파."

젊은 간호사가 테레즈의 침대가에 웅크리고 앉는다. 테레즈는 신입들이 흉보지 않는 유일한 환자다. 오히려 테레즈와 말을 섞어보고 싶어한다. 스무 해 전부터 이 병원에서 지낸 사람, 병원의 아주 사소한 흠까지 알 만한 사람이기 때문이다.

젊은 간호사가 외제니를 손가락으로 가리키며 소리 낮춰 말한다.

"옆에 있는 저 여자 알죠? 유령하고 말하는 여자. 방금 식당에서 고참이 저애한테 쪽지를 건네는 걸 봤어요. 작은 종잇조각요. 은밀하게 건넸지만 나는 다 봤죠."

테레즈가 외제니를 흘긋 본다. 외제니는 등을 돌린 채 모로 누워 있다. 테레즈는 간호사의 말에 놀라지 않는다. 준비에브가 외제니를 지켜보며 당혹스러워한다는 걸 진작에 눈치챈 터다. 평소와 달리 혼란스러워하는 고참의 모습이 놀라울 따름이었다. 부르주아 여자애가 온 뒤로 준비에브는 어딘가 급격히 달라졌다. 하지만 그들 사이에 무언가 심각한 일이 벌어진 듯했기에, 테레즈는 그들 일에 결코 관여하지 않았다.

테레즈가 언짢은 표정으로 간호사를 돌아본다.

"그래서?"

"저 두 사람, 뭔가 숨기는 게 분명해요. 그래서 앞으로 지켜보려고요."

"이봐, 애송이, 그렇게 할일이 없어? 여기는 병원이지 카페가 아니야. 다른 일에나 신경써! 저기 모자 갖고 싸우는 미친 여자 둘 안 보여?"

간호사가 인상을 쓰며 자리에서 벌떡 일어난다.

"뭔가 아는 게 있나본데, 어디 꼬리만 밟혀봐요. 의사 선생님한테 다 일러바칠 테니까."

"여기는 학교가 아니라고. 저리 가, 성가시게 굴지 말고. 계속 네 얘기 듣고 있다가는 상처도 안 아물겠어."

어린 고자질쟁이가 돌아서서 가버린다. 테레즈는 다시 외제니를 바라본다.

외제니는 몸을 움츠린 채 베개에 얼굴을 묻고 소리 죽여 울고 있다. 그녀는 얼굴에 들러붙은 젖은 머리카락을 손으로 떼어낸다. 주변의 무엇도 보이거나 들리지 않는다. 수많은 생각이 주마등처럼 머릿속을 스친다. 한참 뒤, 외제니는 그 일이 실제로 일어났다는 걸, 자신이 꿈을 꾼 게 아니라는 걸 확인하려고 준비에브가 건넨 쪽지를 조심스레 소매 안쪽에서 꺼낸다. 그리고 떨리는 손으로 종잇조각을 펼친다. 거기에 고참의 글씨가 적혀 있다.

"내일 저녁 무도회에 테오필이 참석할 거야."

12

1885년 3월 18일

어둠이 내렸다. 로피탈대로를 따라 점등원들이 가로등에 불을 밝힌다. 초저녁의 거리는 한산하다. 단, 47번지만은 예외다. 도롯가 안쪽에 자리한 작은 광장이 평소와 달리 소란하다. 여남은 삯마차들이 작은 원형교차로를 빙 돌아 차례차례 광장에 멈춰 선다. 마차 문이 열리고 한껏 멋을 부린 커플들이 포석 위에 발을 딛는다. 차림새로 보건대, 먹고사는 데 아무 지장이 없는 파리 사람들임을 한눈에 알 수 있다.

상단에 병원 이름이 새겨진 아치형 출입구에서 간호사들이 손님들을 맞이한다. 이미 이곳이 익숙한 사람들은 성큼성

큼 앞뜰을 가로지르고, 처음 방문한 이들은 희열에 들떠 두려
움과 호기심이 뒤섞인 시선으로 건물들을 휘휘 둘러보며 길을
걸어간다.

병원의 넓은 홀에는 부지런한 손님들이 벌써부터 기다리고
있다. 벽등이 수수하게 장식된 실내를 밝힌다. 싱싱한 식물들
과 꽃들로 커다란 창문의 창틀을 장식했고, 천장에도 장식 띠
가 매달려 있다.

문 근처 뷔페 테이블에는 쿠키와 케이크, 사탕과 애피타이
저가 차려져 있다. 사람들은 손으로 접시에 욕심껏 음식들을
담으며 리큐어나 샴페인을 찾아보지만 보이지 않는다. 오늘
저녁만큼은 오르자*나 오렌지주스로 만족해야 할 것이다.

무도회장에 들어서자마자 왈츠 선율이 손님들을 맞이한다.
소규모 오케스트라가 정면 연단에 자리잡고 활기차게 연주하
고 있다.

조심스럽고 긴장한 듯한 사람들의 웅성임이 음악 소리와 뒤
섞인다. 이 마지막 기다림이 사람들의 호기심을 돋우고 대화
에 활기를 불어넣는다.

"어떻게 생겼을까?"

"자네는 그 여자들 눈을 똑바로 쳐다볼 수 있겠나?"

---

* 아몬드밀크에 설탕과 보리 농축액 등을 섞어 만든 음료.

"지난해에는 어느 정신 나간 늙은 환자가 참석한 남자들 모두에게 몸을 비볐어!"

"여자들이 공격적이려나?"

"샤르코는? 그자도 참석할까?"

"그 히스테리발작이란 게 도대체 어떤 건지 한번 구경해봤으면."

"아무래도 다이아몬드 박힌 장신구를 달고 오지 말았어야 했어. 그 여자들이 훔쳐갈까봐 겁나."

"얼굴이 꽤 반반한 여자들도 있는 것 같던데?"

"내가 본 여자들은 지독하게 못생겼던데."

긴 봉으로 바닥을 다섯 번 내려치는 소리가 들리자 목소리들이 잦아들고, 오케스트라는 연주를 멈춘다. 출입구 근처에 간호사 몇몇이 작은 무리를 이루고 있다. 간호사들을 보면서 사람들은 이 무도회가 다른 무도회와는 확연히 다르다는 사실을 새삼 상기한다. 실내장식, 오케스트라, 뷔페로 아무리 그럴듯하게 꾸며도 이곳이 정신병원이라는 사실은 감출 수 없다.

무도회장 한편에 자리한 간호사들을 보면서 사람들은 양면적인 감정에 사로잡힌다. 가령 환자들이 자제력을 잃고 갑자기 난폭해지거나 일탈 행위를 할 경우를 대비해 간호사들이 가까이 있다는 사실에 안도한다. 그리고 여러 사람들 앞에서 어떻게 변할지 도무지 감을 잡을 수 없는 여자들을 곧 가까이 마주하게 될 상황을 앞두고 외로움과 무력감도 줄어든다. 하지만 동시에 간호사들이 불안을 조장하기도 한다. 환자들의 일탈 행위가 언제든 발생할 수 있고 그들이 당장이라도 이성을 잃을 수 있음을 암시하기 때문이다—설령 모두가 내심 말로만 듣던 여자들의 히스테리발작을 보고 싶어 이곳에 모인 것이더라도 불안은 어쩔 수 없다.

간호사들 옆에서 병원장이 손님들에게 인사말을 건넨다.

"신사 숙녀 여러분, 반갑습니다. 살페트리에르병원에 오신 것을 진심으로 환영합니다. 병원의 의료진들과 샤르코 선생은 이 미카렘 무도회에 여러분을 모시게 되어 기쁘고 영광스럽게 생각합니다. 이제 여러분 모두가 기다리시는 환자들을 맞이하겠습니다."

숨죽인 사람들 앞에서 오케스트라가 다시 왈츠를 연주하기 시작한다. 모두가 일제히 고개를 빼들고 문 쪽을 바라본다. 열린 문으로 환자들이 둘씩 짝지어 무도회장으로 들어선다. 말라빠지고 몸이 뒤틀린 미친 여자들을 상상하던 손님들은 지극히 자연스럽고 평범한 샤르코의 환자들을 보고 어리둥절해한다. 그들이 예상했던 기괴한 의상과 우스꽝스러운 행동 대신, 연극무대에 선 배우 같은 당당한 자태 또한 놀랍기만 하다. 낙농인과 후작부인, 촌부와 어릿광대, 근위기병과 콜롬비나*, 기사와 마술사, 음유시인과 뱃사람, 또 촌부와 여왕이 줄지어 차례차례 등장한다. 병원 내 병동 전체에서 모여든 이 여자들은 히스테리, 간질, 신경쇠약을 앓는 환자들로, 나이가 많건 적건 모두 카리스마를 지니고 있다. 마치 그들을 따로 구분짓는 건 질병과 병원의 벽이 아닌, 세상에 존재하고 자리하는 방식인 듯하다.

환자들이 걸어나오자 초청객들이 옆으로 비켜선다. 그들은 환자들을 유심히 바라보며 결점과 흠을 찾고, 가슴께에 오그라든 마비된 팔, 지나치게 빠르게 연신 깜박이는 눈꺼풀을 포착한다. 하지만 환자들의 태도는 놀라우리만치 우아하다. 손님들은 안도감을 느끼며 몸의 긴장을 푼다. 수군거리는 소리가 조금씩 다시 들려오고, 여기저기서 웃음소리가 터져나온다. 마치 파리식물원 내 동물원 우리에 들어가 기묘한 짐승들과 직접 접촉하는 듯한 기분을 즐기기 위해, 사람들은 서로를 밀치며 이 이색적인 동물들을 더욱 가까이 보려고 한다. 환자들이 무대에 서거나 의자에 자리잡는 동안 초청객들은 경계를 풀고 서로 낄낄대고, 환자들과 옷깃이 스치기만 해도 웃음을 터뜨리며 야단법석을 떤다. 만약 상황을 모르는 누군가 오늘 밤 이 무도회장에 와본다면, 세상이 정상이라 말하는 이들이야말로 정신 나간 미치광이라 생각할 것이다.

---

* 16~18세기 이탈리아에서 유행한 희극 코메디아델라르테에 등장하는 영리하고 쾌활한 하녀 캐릭터.

문 몇 개를 지나 있는 복도 끝 병실에서, 한 간호사가 루이즈를 무도회장으로 데려간다. 소녀는 이동식 침대에 실려 행사장으로 향한다.

루이즈는 온종일 의상을 입지 않겠다고 고집을 부렸다. 몸의 반쪽이 더이상 반응하지 않는 상태에서 많은 사람들 앞에 모습을 드러내기가 너무나 두려웠다. 샤르코의 공개 강연이 배출한 스타가 두 다리로 똑바로 서서 춤도 못 추는 그렇고 그런 불구가 되다니. 하지만 다른 환자들과 간호사들이 고집스레 소녀를 어르고 달래가며 무도회에 참석하도록 설득했다. 파리 사람들은 루이즈만을 기다리고, 루이즈를 보고 싶어한다고. 몸이 마비되었다고 해도 명성에 아무런 누가 되지 않고, 오히려 대중 앞에 선 루이즈의 용기에 다들 감탄할 거라고. 더욱이 샤르코가 성공적으로 루이즈를 치료하고 반대쪽 몸을 마비시킨다면, 그녀는 과학의 진보를 나타내는 상징이자 모델이 될 수 있다고. 루이즈의 이름은 교과서에 실릴 거라고.

루이즈가 자신감을 되찾기에 충분한 말이었다. 소녀는 오늘 저녁 병실에서 조용히 쉴 테레즈를 제외한 나머지 환자들이 공동 병실을 나서기를 기다렸다가 두 간호사의 도움을 받아 의상을 입었다. 마비된 팔을 넣는 게 가장 고역이었지만, 간호사들은 마침내 천을 찢지 않고 루이즈에게 의상을 입혔다. 꽃이 수놓인 긴 만틸라와 거기 매달린 술 장식이 루이즈의 어깨를 덮었다. 루이즈의 검은 머리칼은 목덜미께에 낮게 말아올린 뒤 붉은 장미 두 송이로 장식했다. 테레즈가 흐뭇하게 미소 지으며 루이즈를 바라보았다.

"진짜 스페인 여자 같네, 우리 루이즈."

이동식 침대의 바퀴가 복도 바닥을 구르며 삐걱거린다. 루이즈는 두툼한 베개로 등을 받치고 앉은 자세로 이동한다. 마비된 손은 가슴에 딱 붙이고 있다. 홀이 가까워질수록 호흡이 가빠진다. 뒤에서 이야기를 건네는 젊은 간호사의 목소리도 들리지 않는다.

갑자기 어두운 복도에서 한 남자가 나타나 그들의 앞을 가로막는다. 몽상에서 깨어난 루이즈는 쥘을 알아보고 숨죽인다. 젊은 인턴은 두 여자 쪽으로 성큼성큼 다가와 뒤에 서 있는 간호사에게 말한다.

"폴레트, 병원 입구로 가봐야겠어. 손님들이 계속 오는데 길을 헤매네."

"하지만 전 이 친구를 데려다줘야 하는데요……"

"내가 할게. 어서 가봐."

간호사가 마지못해 자리를 뜬다. 쥘이 간호사 대신 이동식 침대를 민다. 쥘도 루이즈도 아무 말 하지 않는다. 간호사의 발소리를 들으며 완전히 멀어졌다는 확신이 들고서야 비로소 쥘이 루이즈에게 몸을 기울인다. 하지만 그가 뭐라 입을 열기도 전에 루이즈가 먼저 말한다.

"만나기 싫었어."

"아, 그래?"

"더이상 만나고 싶지 않아. 지금 내 모습은 너무 흉해."

쥘이 걸음을 멈춘다. 삐걱대던 바퀴 소리도 멈춘다. 그가 침대를 돌아 루이즈 옆에 선다. 루이즈는 자신을 빤히 바라보는 파란 눈을 피해 고개를 돌린다.

"보지 마."

"내 눈에 넌 항상 예뻐, 루이즈."

"거짓말, 이런 몸이 어떻게 예쁠 수 있어?"

루이즈는 자신의 목덜미와 볼을 어루만지는 쥘의 손길을 느낀다.

"루이즈, 네가 내 아내가 되어줬으면 좋겠어. 내 마음은 변치 않아."

루이즈는 눈을 꼭 감고 볼 안쪽을 깨문다. 너무나 듣고 싶었던 말이다. 그녀는 울음을 삼키느라 왼쪽 손으로 만틸라를 쥔다. 그 순간, 침대가 다시 천천히 움직이는 느낌이 든다. 눈을 뜨자 침대가 반대쪽을 향해 있다. 뒤에서 쥘이 침대를 돌려 반대 방향으로 밀기 시작한 것이다.

"뭐하는 거야? 무도회장은 저쪽이잖아."

"너한테 보여줄 게 있어."

무도회장에 도착한 테오필은 의상을 갖춰 입은 사람들을 헤집고 나아간다. 무도회에 참석한 이들의 모습을 보고 테오필은 눈이 휘둥그레진다. 주변에 실크해트와 챙 넓은 모자, 레이스와 프릴, 깃털과 꽃, 진짜와 가짜 콧수염, 체크무늬와 물방울무늬 천, 모피와 부채 행렬이 이어진다. 사람들은 한데 모여 춤추고, 서로 밀치고, 스치고, 때로 멀어진다. 그는 웃는 얼굴들, 미친 여자들을 가리키는 손가락들, 그에게 미소 짓고 그의 손을 붙잡는 미친 여자들과 마주친다. 사람들의 웅성거림이 바이올린과 피아노 선율에 뒤섞이고, 사방에서 터져나오는 웃음소리와 리듬에 맞춰 손뼉을 치고 발로 바닥을 구르는 소리가 귀를 울린다. 부르주아들이 축제의 분위기를 만끽하기보다 축제 의상을 갖춰 입은 촌사람들을 비웃으려고 참석하는 듯한 대중적인 카니발처럼 군중은 잡다하고 별나다. 모두에게 똑같은 축제는 아니다. 한쪽에는 의상을 차려입고 최근 몇 주간 배운 댄스 스텝을 정확하게 밟으며 춤을 추는 젊은 여자들이 있고, 다른 한쪽에는 물속에 가라앉은 돌멩이처럼 눈앞의 광경에 푹 빠진 채 박수를 치는 관객들이 있다.

테오필은 얼굴들을 훑어보며 여동생을 찾는다. 그의 관자놀이와 손바닥에 땀이 축축이 배어 있다. 아버지나 의사의 승낙도 없이 외제니를 탈출시키기 위해 여기, 이 유명한 살페트리에르병원의 무도회에 오게 될 줄은 꿈에도 상상하지 못했다. 자신의 행동이 올바르고 용감무쌍한 것인지, 아니면 우매하고 위험한 것인지도 알 수가 없다.

간호사들도 검은 드레스 차림으로 군중 사이를 돌아다니며 환자들에게 시럽이 담긴 작은 잔을 건넨다. 간호사들에게 고분고분한 여자들이 있는가 하면, 이 야회가 벌어지는 동안만큼은 환자 취급을 거부하려는 듯 한 손으로 잔을 물리치는 여자들도 있다. 창문 아래에 놓인 벤치에 앉아 있는 나이든 환자들은 소란한 분위기에 무관심해 보인다. 그들의 움푹 팬 볼과 얼빠진 눈을 보는 순간 사람들은 경악하며 본능적으로 뒷걸음을 친다. 그림같이 아름다운 무도회 한복판에서 저 무표정한 얼굴을 보자니 죽은 사람들이 아닌가 싶을 정도다. 군중 사이로 후작부인이 활보하고 있다. 부채 바람에 고불고불한 앞머리를 휘날리며, 귀를 기울여주는 사람들에게 자신의 재산과 프랑스 남부 아르데슈 지역에 소유한 성을 자랑하고, 다이아몬드가 주렁주렁 달린 목걸이를 누가 훔쳐갈까 두렵다고 호들갑을 떤다. 저만치에서는 스카프로 머리를 감싸고 입술을 새빨갛게 칠한 뚱뚱한 집시 여자가 낯선 사람들에게 손금을 보고 그들의 미래를 알려주겠다 호언한다. 그녀는 걸음을 멈추고, 사람들의 손을 잡고, 손금을 보는 동안 신경질적으로 킥킥거리는 그들의 웃음소리를 들으며 미래를 알려주고, 다시 제 갈 길을 간다. 마리 앙투아네트로 분장한 여자가 자신의 허리에 매어둔 북을 박자와 상관없이 두들긴다. 피에로 분장을 한 해쓱하고 깡마른 소녀들이 뷔페 테이블에서 사탕을 한 움큼 집어 손님들 사이로 달음질치고, 손님들은 그토록 어린 환자들을 보고 흠칫 놀란다. 마녀 분장을 한 여자는 바닥에 질질 끌리는 망토를 두르고 몸에 비해 너무 커다랗게 보이는 뾰족모자를 쓴 채 부주의하게 사람들과 부딪치며, 어딘가에 정신이 팔린 듯한 얼굴로 바닥의 빵 부스러기와 먼지를 쓸어간다.

테오필은 오케스트라석에서 주변을 살피다가 멈칫한다. 저 멀리 창문 옆에 있는 외제니를 발견한 것이다. 외제니 역시 불안한 눈으로 군중을 둘러보고 있다. 하나로 땋아 내린 머리가 등뒤로 늘어져 있다. 남자옷을 입고 있다. 그녀가 시선을 의식한 듯 수척한 얼굴로 테오필을 돌아본다. 그 순간 심장이 쿵쾅거리고 목이 잠긴다. 오빠가 왔다. 그가 여기에, 자신을 만나러 온 것이다. 외제니는 오빠의 올곧은 성품을 한 번도 의심한 적이 없었다. 가족 중에서 단 한 명, 오빠만이 자신을 병원에 가두고 싶어하지 않았다는 것을, 그는 그저 지금껏 그래왔듯이 아버지의 명령을 거역하지 못했을 뿐이라는 것을 안다. 그래서 오늘 저녁 오빠가 무도회에 온 것이 더더욱 놀랍기만 하다. 그가 평생 복종해온 이의 뜻을 이토록 빨리 거스르리라고는 예상하지 못했다.

테오필은 동생을 바라보며 지금 당장 행동에 옮겨야 할지 망설인다. 마침내 동생에게 한 발짝 다가가기로 마음먹은 순간, 불쑥 누군가가 그의 팔을 붙잡는다. 깜짝 놀라 뒤돌아보자 준비에브가 오른쪽에서 다가서며 말한다.

"아직 아니에요. 저를 계속 주시하며 기다리세요. 때가 되면 말할게요."

외제니가 사람들 틈으로 이내 사라지면서 고갯짓으로 오빠를 안심시킨다. 이 주 만에 처음으로 외제니의 얼굴에 미소가 떠오른다.

무도회장을 벗어나면 살페트리에르병원은 조용하다. 병실, 복도, 계단에서 속삭이는 소리도, 구둣굽 소리도 전혀 들리지 않는다. 오직 바닥 위를 삐걱대며 굴러가는 바퀴 소리뿐이다. 병원의 미궁 속을 지나는 침대 위에서, 이토록 늦은 밤에 본적 없는 병원의 모습은 루이즈에게 너무나 낯설게 느껴진다. 바깥의 가로등 불빛에 그들이 지나고 있는 복도가 희미하게 비친다. 복도를 나아가는 내내 으스스한 그림자가 벽과 아치형 천장에 드리운다. 루이즈는 베개에 몸을 더욱 깊숙이 파묻고 눈을 감는다. 그러곤 평소 주변에서 들려오던 친숙한 소리들, 공동 병실에서 떠드는 여자들의 목소리, 구내식당에서 숟가락 부딪치는 소리, 밤에 코 고는 소리를 떠올린다. 미친 여자들의 신음소리와 울음소리조차 오늘 저녁의 이 불길한 적막보다 낫다. 모든 것이 이 끔찍한 침묵보다 낫다. 소리는 적어도 생명의 신호니까.

이윽고 침대가 멈추는 것이 느껴진다. 눈을 뜨자 문이 보인다. 쥘이 침대를 돌아 열쇠로 문을 연다. 방안은 철저한 어둠에 잠겨 있다. 루이즈가 어리둥절한 눈으로 쥘을 쳐다본다.

"왜 날 여기로 데려온 거야?"

"평소에 우리가 만나던 곳이잖아."

"그런데 왜 여기로 온 거냐고."

쥘은 대답 없이 침대를 방안으로 민다. 루이즈가 고개를 가로젓는다.

"여기 들어가기 싫어, 너무 깜깜해."

방안은 벽과 가구조차 구분하기 어려울 만큼 어둡다. 루이즈의 뒤로 문 닫히는 소리가 들린다.

"쥘, 나 나갈래. 무도회에 데려다줘. 사람들 있는 데로 가고 싶어."

"쉿, 조용히 해."

가까이에서 그의 기척이 느껴진다. 그는 잠시 루이즈의 머리칼을 어루만지다가 소녀의 목에 입술을 갖다댄다. 루이즈가 왼손으로 그를 거칠게 밀쳐낸다.

"쥘…… 술냄새 나. 술 마셨구나."

루이즈는 그가 또다시 자신에게로 몸을 기울이는 것을 느낀다. 이번에는 키스를 하려는 것이다. 그녀는 고개를 좌우로 돌리며 피하려 하지만, 그는 술냄새가 진동하는 축축한 입술로 억지로 그녀의 입술을 덮친다. 왼손으로 떠밀려고 버둥대며 막으려 해도 소용없다. 쥘은 이제 루이즈의 침대 위로 오른다. 눈물이 루이즈의 볼을 타고 흐른다.

"원래 술 안 마시잖아. 술 안 마신다고 했잖아."

"오늘밤은 예외야."

"오늘밤 나한테 청혼하기로 해놓고선."

"그럴 거야. 그런데 너는 이미 어느 정도 내 아내지."

그의 숨결이 뜨겁다. 루이즈는 이 냄새를 기억한다. 목구멍으로 구역질이 치민다. 술에 취한 사람이 너무 바짝 다가섰던 단 한 번의 경험으로도 평생 지워지지 않는 끔찍한 기억이 남은 것이다. 울음을 진정할 새도 없이 그가 한 손으로 소녀의 양볼을 잡고, 다시 입술을 덮친다. 루이즈는 자신의 온몸을 짓누르는 그의 무게를 느끼며 목청껏 고함을 지른다. 이 어두운 방에서 그가 자신의 몸 위에 올라타 무슨 짓을 벌이는지 알아차린다. 루이즈는 그 기억이 과거의 것일 뿐이라고, 세월이 흐를수록 점점 멀어져간다고 믿어왔다. 심지어 그건 자신이 아닌 사람, 과거의 루이즈, 옛날의 루이즈, 그녀의 삶에서 사라진 다른 루이즈에게 벌어진 일이라고 생각했었다.

삼 년 전 그때와 똑같은 폭력이 허벅지 사이를 파고드는 순간, 루이즈는 입을 벌려 소리 없는 비명을 내지른다. 순식간에 루이즈 안의 모든 것이 꺼져버린다. 그리고 이제 오른쪽 몸만이 아니라 온몸이 반응하지 않는다. 발가락부터 뒤로 젖혀진 머리까지 전신이 뻣뻣하게 굳어버린다.

루이즈는 완전히 경직된 채 이 어두운 공간만큼이나 캄캄한 암흑 속으로 빠져든다.

오케스트라석에서는 환자 하나가 피아니스트의 자리를 꿰찼다. 무도회가 시작될 무렵부터 악기를 유심히 바라보던, 낙농인처럼 차려입은 그 여자는 연주자의 솜씨가 형편없다고 평가하고 자신이 그 자리를 차지하기로 마음먹은 것이다. 환자가 연단에 올라와 자신에게 다가오자 마치 악마라도 본 양 피아니스트는 사색이 되어 군말 없이 곧장 자리를 내주었다. 겁에 질린 피아니스트를 본 구경꾼들은 박장대소했다. 무대 아래서 간호사가 지켜보는 가운데, 낙농인 분장을 한 환자는 흑백의 건반을 아무렇게나 두드려대며 다른 연주자들의 연주를 방해한다.

외제니와 테오필은 각자의 자리를 지킨다. 테오필은 무대 가까이에서 여동생과 준비에브를 주시하고 있다. 준비에브는 출입구 가까이에 서 있다. 창가에 있던 외제니 역시 준비에브를 발견했다. 외제니는 뒷목이 뻣뻣하다. 긴장감에 속이 더부룩해 어제저녁부터 아무것도 삼킬 수 없었다. 사실 준비에브가 자신을 도와주리라는 희망은 진작 버렸다. 스무 해 동안 한 번도 병원의 규칙을 어기지 않았던 사람이 어떻게 위험을 무릅쓰고 만난 지 고작 두 주밖에 안 된 환자의 병원 탈출을 돕겠는가? 외제니는 체념했다. 그러면서 자신을 아득한 곳으로 쓸어가는 깊은 무기력에 빠져들기 시작했다. 희망은 고갈되지 않는 자원이 아니라서, 어느 순간에는 그것을 지탱해줄 무언가가 필요하기 때문이다. 그런데 준비에브가 구내식당에서 쪽지를 건네준 것이다. 저녁식사 시간, 언제나 혼잡한 식당 안에서 환자들이 그릇을 치우고, 자리를 정리하고, 바닥을 쓸고, 닦고, 광을 내는 동안 수간호사가 외제니에게 다가와 손을 내밀었다. 신속하고 정확하면서도 조심스러운 동작이었다. 준비에브는 아무 말이 없었지만, 외제니는 준비에브의 눈빛이 어딘가 달라졌음을 알아차렸다. 그 눈빛에서, 말하자면 언니 같은 미더움이 느껴졌다. 두 번 접힌 종이쪽지가 다시 용기를 불어넣은 덕에 외제니는 희망을 되찾고 무도회 날을 기다렸다. 분장을 위한 의상이 필요했다. 남은 옷가지가 많지 않아 수수한 신사복으로 만족해야 했다. 어쨌거나, 후작부인이 입을 법한 빨간 드레스보다는 어두운 의상을 입는 편이 병원을 몰래 빠져나가기에 훨씬 수월할 터였다.

사람들 한가운데서 비명이 울린다. 무도회장에 모인 사람들 모두가 갑자기 어느 한 지점을 중심으로 원을 그리며 비켜서더니 "오!" 하고 경악하는 소리가 곳곳에서 들려온다. 오케스트라도 연주를 멈추어, 낙농인 분장을 한 여자의 엉터리 피아노 소리만 울린다. 사람들이 만든 원 한가운데에 한 미친 여자가 바닥에 누워 다리를 버둥대며 원인불명의 근육 구축으로 몸을 고통스럽게 뒤틀고 있다. 간호사들이 환자에게 달려가고, 구경꾼들은 이 진기한 광경에서 눈을 떼지 못한 채 수군댄다. 다들 넋을 잃고 바라보는 가운데 남자 인턴들이 미친 여자의 요동치는 몸을 잡아 의자로 옮긴다.

외제니가 가장 먼저 준비에브의 신호를 알아차린다. 수간호사는 홀 저쪽 출입구 옆에 홀로 서 있다. 준비에브가 은밀하게 고개를 끄덕이고 나갈 준비를 한다. 예상하지 못한 소란에 시선을 빼앗겨 두 여자가 주고받는 신호를 전혀 보지 못한 테오필은 팔을 붙들어 끌어당기는 손길을 느끼고 간신히 정신을 차린다.

"출입구로."

왼쪽에서 외제니가 팔을 꼭 붙잡고 있다. 이번 야회에서 처음 발작을 일으킨 환자에게 정신이 팔린 군중을 헤치고 외제니와 테오필이 나란히 발맞춰 걸어간다.

환자는 창문 아래 놓인 의자에 길게 누워서 거친 목소리로 연신 소리를 질러댄다. 남자 인턴이 재빨리 검지와 중지로 그녀의 난소 부위를 가차없이 누른다. 점차 비명소리가 잦아들고 환자의 팔다리가 이완된다. 그리고 발작을 일으켰던 여자는 마침내 평온을 되찾는다.

사람들은 탄성을 지르고 상기된 얼굴로 박수를 치며 안도의 한숨을 내쉰다. 오케스트라가 다시 활기차게 왈츠 연주를 시작할 때, 외제니와 테오필은 뒤도 돌아보지 않고 밖으로 빠져나간다.

세 사람의 그림자가 앞뜰 담장을 따라 움직인다. 어둠 속에서 그들은 도주한다. 저멀리, 중앙 출입로를 밝히는 가로등 불빛은 그들이 택한 낮은 담장 측면의 길까지 닿지 않는다. 준비에브가 앞장선다. 뒤에서 외제니와 테오필의 헐떡이는 숨소리가 들린다. 만약 걸음을 멈추고 곰곰이 생각해본다면, 그녀는 자신이 이토록 무모한 행동을 하는 이유를 설명할 수 없을 것이다. 사흘 전 외제니를 돕기로 결심한 뒤로 두 번 다시 재고하지 않았다. 준비에브는 그저 자신의 동생을 생각할 뿐이다. 외제니의 가족이 사는 집에 찾아갈 때도 블랑딘을 생각했고, 무도회장을 빠져나갈 적당한 순간을 엿보면서도 내내 블랑딘을 생각했다. 그리고 지금, 도망치는 이 순간에도 그녀는 블랑딘을 생각하고 있다. 동생을 생각하면 마음이 안정되고, 심지어 용기가 솟는다. 블랑딘이 정말 자신의 결심을 지지할지, 이 춥고 어두운 길을 달리는 자신의 모습을 지켜보고 있을지, 혹시 이게 그동안 자신이 했던 생각 중 가장 해괴한 것은 아닐지, 준비에브로서는 알 수 없다. 하지만 블랑딘이 여기에 있다고, 자신을 이끌어주고 자신을 돌봐준다고 믿고 싶다. 믿는다는 건 스스로를 돕는 것이다.

세 사람은 마침내 정문의 담벼락에 다다른다. 눈앞에 낮은 나무문이 있다. 준비에브가 가쁜 숨을 몰아쉬며 호주머니에서 열쇠 꾸러미를 꺼낸다.

"최대한 빨리, 또 최대한 조심스럽게 광장을 벗어나세요. 이곳에는 사방에 보는 눈이 있어요."

준비에브는 자신의 팔뚝에 닿는 손길을 느낀다. 그녀가 외제니를 바라본다.

"간호사님…… 어떻게 감사 인사를 드려야 할까요?"

지금껏 준비에브는 외제니가 자신만큼 이렇게 키가 큰지 알아차리지 못했다. 마치 동공이 경계를 넘어선 듯이 홍채에 어두운 반점이 나 있다는 사실도, 짙고 뚜렷한 눈썹도 눈여겨보지 못했다. 그 순간, 외제니는 있는 그대로의 모습으로, 평소 모습 그대로 보인다. 이 병원은 사람들의 겉모습을 일그러뜨린다. 준비에브는 외제니가 정말 어떤 사람인지 좀더 일찍 알아채지 못한 것에 대해 용서를 구하고 싶다.

"주변 사람들을 도와."

그때 멀리서 들려오는 고함소리에 세 사람은 소스라치게 놀라 뒤돌아본다. 성당의 압도적인 실루엣이 눈에 들어온다. 길 끝에서 여러 사람들이 그들 쪽으로 달려온다. 준비에브가 외제니에게 쪽지를 전달하는 걸 목격했던 간호사도 그들 틈에 있다.

"저기 있어요! 내가 뭐랬어요!"

그 옆에서 하얀 가운을 입은 세 인턴이 세 사람을 붙들려고 속도를 올린다. 준비에브는 열쇠 꾸러미에서 서둘러 열쇠를 찾는다.

"서둘러요."

마침내 준비에브가 열쇠를 찾아 자물쇠에 꽂는다. 문이 열리자 건너편의 길과 마차, 가로등, 건물 들이 보인다.

"어서 가, 지금이야."

외제니가 가까이 다가오는 인턴들을 흘긋 돌아보고는 걱정스러운 눈빛으로 준비에브를 바라본다.

"간호사님은요?"

"가, 외제니."

그 순간 외제니는 몸에 잔뜩 힘을 주고 이를 악무는 준비에브를 의식한다. 그녀가 준비에브의 손을 붙잡고 말한다.

"우리랑 같이 가요."

"어서 가지 않고 뭐해?"

"간호사님, 여기 있으면 저 사람들이……"

"그건 내가 알아서 해."

테오필이 결심한 듯 동생의 팔을 잡지 않았다면 외제니는 계속 거기 머물러 있었을 것이다.

"가자!"

테오필이 아치형 출입구 아래로 고개를 숙이고 외제니를 힘껏 끌어당긴다. 외제니는 문 너머에서 준비에브를 돌아본다. 하지만 준비에브가 이미 문을 걸어 잠근 터라 미처 그녀의 마지막 모습을 눈에 담을 겨를이 없었다.

열쇠 꾸러미를 다시 주머니에 넣는 순간, 준비에브는 자신의 두 팔을 움켜잡는 남자들의 손길을 느낀다. 뒤에서 간호사가 소리친다.

"저 수간호사가 미친 여자를 도망치게 도왔어요! 저 여자도 미쳐버린 거예요!"

준비에브는 자신을 붙든 손에 순순히 몸을 맡긴다. 더이상 저항도 하지 않는다. 팔다리의 긴장이 풀린다. 준비에브는 안도감을 느낀다.

"안으로 끌고 가요."

병원 안으로 끌려가면서 준비에브는 고개를 들어 구름 한 점 없는 하늘을 본다. 성당의 돔지붕 위로 별들이 짙푸른 밤하늘을 점점이 수놓고 있다. 준비에브가 슬며시 미소 짓는다. 조금 전부터 그녀를 지켜보고 있던 간호사가 굳은 얼굴로 눈살을 찌푸린다.

"뭐가 그리 우습지?"

환자가 된 준비에브가 그녀를 바라본다.

"존재라는 게 참 매혹적이거든."

에필로그

1890년 3월 1일

　병원 정원에 눈이 내린다. 하얗고 보드라운 눈이 쌓여 잔디
와 지붕을 덮고, 눈송이가 나목의 앙상한 가지에 내려앉는다.
정원 안의 길은 황량하다.
　공동 병실 안 여자들이 석탄 난로 주변에 모여 있다. 오후가
조용히 흘러간다. 낮잠을 자는 이들도 있고, 따듯한 난롯가에
서 카드놀이를 하는 이들도 있다. 침대 사이를 배회하고, 혼잣
말을 하거나 귀기울이지 않는 간호사들에게 말을 거는 이들도
있다. 멀찍이 떨어진 한구석에, 여자들 여럿이 침대 하나를 둘
러싸고 있다. 그 한가운데서 루이즈가 책상다리로 앉아 숄을

뜬다. 발치에는 수십 개의 실뭉치가 놓여 있다. 루이즈를 둘러싼 여자들은 팔꿈치로 서로를 밀치며, 루이즈가 이다음에 완성할 숄을 차지하겠다고 아웅다웅한다.

"모두 하나씩 떠줄 테니까 싸우지들 마."

풀어내린 루이즈의 머리칼이 검은 폭포수처럼 등뒤로 떨어진다. 그녀는 펑퍼짐한 검정 원피스 차림으로, 테레즈가 평소 착용하던 스카프를 목에 두르고 있다. 루이즈는 손가락으로 수월하게 코바늘을 놀린다. 마치 테레즈가 뜨개질하는 모습을 지켜볼 때마다 그 솜씨가 루이즈의 손가락에 스며든 양, 그녀는 코바늘을 손에 쥔 순간부터 자연스럽고 능숙하게 뜨개질을 하기 시작했다. 루이즈는 뜨개질을 하는 동안 서로 꼬이고 묶이고 얽혀 있는 털실 생각만 한다.

오 년 전, 루이즈는 무도회 이튿날 발견되었다. 전날 밤, 몹시 혼란스러운 소문이 무도회장을 휩쓸고 곳곳에 파다했다. 루이즈는 감쪽같이 사라져버렸고, 사람들이 말하기를 준비에브가 미친 여자를 도와 병원을 탈출시켰다는 것이었다! 행사가 중단되면서 환자들은 각자의 병실로 보내졌고, 손님들은 출구로 안내되었다.

새벽에 한 간호사가 우연히 어느 병실의 문을 열었다가 전날 밤의 자세 그대로 침대 위에 누워 있는 루이즈를 발견했다. 뒤로 젖혀진 머리, 미동도 없이 휘둥그렇게 뜬 눈, 벌어진 맨 다리. 그녀는 온종일 심각한 강경증에 빠져 있었고, 아무도 그 녀를 그 상태에서 깨우지 못했다. 그리고 그날 밤, 정원을 지 나던 한 의사가 정처 없이 배회하는 루이즈를 발견했다. 그녀 의 팔다리는 모두 정상적으로 움직였지만, 정신이 온전치 않 은 것 같았다. 루이즈는 다시 병실로 끌려왔고, 그후로 내내 누워 지내기만 했다. 이 년간 음식과 물을 떠먹여주고, 눕힌 채 씻겨야 했다. 루이즈는 더이상 말을 하지 않았다. 심지어 테레즈에게조차. 테레즈는 매일 루이즈의 손을 어루만지며 마 치 아무 일 없었다는 듯 루이즈에게 말을 걸었지만, 죽는 순간 까지 루이즈의 목소리를 더는 듣지 못했다. 테레즈는 자다가 조용히 숨을 거두었다. 아침에 공동 병실의 여자들이 모두 테 레즈의 굳은 몸 주변으로 모여들었다. 루이즈가 침대에서 일 어난 것은 그때였다. 루이즈는 여자들에게 다가와 매장과 장 례식 준비를 지시했다. 다들 놀란 눈으로 루이즈가 열심히 손 짓을 해가며 하는 말을 들었다. 지난 이 년간 한 번도 침대에 서 내려오지 않고, 말 한 마디 내뱉은 적 없던 그녀가 마치 마 법에 걸린 듯 다시 말을 하고 다시 움직이기 시작한 것이다. 테레즈가 죽은 다음날부터 루이즈는 뜨개 도구들을 챙겨 테 레즈가 하던 뜨개질을 대신 이어갔다. 그렇게 여자들이 루이즈를 붙잡고 숄을 떠달라 부탁하기 시작한 지 삼 년이 되었다. 루이즈는 진지하게 뜨개질을 하고 자신이 만든 편물을 사람들에게 나눠주었다. 루이즈의 얼굴에 유년의 흔적은 남아 있지 않았다. 이따금 그녀가 화를 낼 때면 얼핏 냉혹한 시선이 번뜩이기도 했다. 사람들은 더이상 루이즈를 동정하지 않았다. 이제 모두가 그녀를 두려워했다.

　준비에브는 다른 여자들과 떨어져, 자신의 침대 위에서 편지를 쓴다. 루이즈가 겨울용으로 떠준 큼직한 파란색 숄로 감싼 어깨 위로 구불구불한 금발이 흘러내려 있다. 주변을 맴돌면서 그녀의 글을 읽으려고 기웃거리는 환자들에는 아랑곳없이 종이에 고개를 파묻는다. 간호복 대신 다른 여자들처럼 간편한 실내복을 입은 준비에브의 모습은 이제 모두에게 익숙하다. 처음 몇 주 동안은 준비에브가 공동 병실에 환자로 있다는 사실을 모두가 의아해하며 바라보았다. 준비에브는 더이상 예전 같지 않았다. 부드러워지고 평온해진 듯했다. 미친 여자들 틈에서 미친 여자가 되어버린 뒤에야 준비에브는 마침내 정상처럼 보였다.
　준비에브는 종이 위에 상체를 수그리고 작은 잉크병에 깃펜을 담갔다가 글을 써내려간다.

1890년 3월 1일, 파리

사랑하는 내 동생에게

바깥이 온통 새하얘. 그렇지만 외출을 못하니 눈을 만질 수는 없구나. 병실 안은 너무 추워. 저녁식사 시간에 먹는 뜨끈뜨끈한 포타주 한 접시가 얼마나 고마운지 몰라.

어젯밤 네 꿈을 꿨어. 분명 너였어. 보드라운 피부, 붉은 머리카락, 창백한 입술. 꼭 내 눈앞에 있는 것 같았어. 너는 말없이 나를 바라봤지만, 내게는 너의 목소리가 들렸어. 나를 조금 더 자주 찾아와주면 좋겠구나. 너를 만나면 행복해지거든. 그 순간만큼은 네가 정말 나와 함께 있었다는 걸 알아.

며칠 전에 외제니가 또 편지를 보내왔어. 그애는 여전히 〈심령 잡지〉에 글을 기고해. 나한테도 한 부 보내주고 싶을 테지만, 어차피 압수당하리라는 걸 알겠지. 외제니의 재능은 파리의 몇몇 관련자에게만 알려져 있어. 그애는 신중하고, 자신을 이단 취급하지 않는 사람들과 어울려 살아가지. 만약 그들이 알았다가는……

그애를 판단하고, 나를 판단했던 그 사람들…… 그들의 판단은 그들의 신념에서 비롯되었지. 무언가에 대한 강력한 믿음은 편견으로 이어지기 마련이야. 의심하기 시작한 순간부터 내 마음이 얼마나 평온해졌는지 몰라. 그래, 지나친 신념을 가져서는 안 돼. 의심할 줄 알아야 해. 모든 것을, 주변 상황들, 심지어 자기 자신까지도. 의심하기. 그게 나한테는 훨씬 더 명확한 것으로 여겨져. 내가 반대 입장이 되어, 전에는 끔찍해 보이던 공동 병실에서 지내게 된 후부터는. 이곳 여자들이 가깝게 느껴지는 건 아니지만, 이제야 그들이 보여. 있는 그대로 그들의 모습이.

나는 성당에 계속 나가고 있어. 물론 미사에 참석하지는 않지. 그곳에 그냥 혼자 가. 아무도 없을 때. 기도는 안 해. 지금도 신이 있는지 확신이 서지 않아서. 언젠가 신의 존재를 믿게 되는 날이 올지 모르겠어. 하지만 너는 내 곁에 있지. 나한테 중요한 건 그거야.

조만간 여기서 나갈 수 있을지, 그럴 날이 오기나 할지 모르겠다. 과연 이 벽 너머에 자유가 있기는 할까? 삶의 대부분을 바깥에서 보냈지만, 난 한 번도 자유롭다고 느낀 적이 없어. 희망은 다른 곳에서 찾아야 해. 자유로워지기만을 기다리는 것은 무의미하고 부질없어.

사람들이 주변을 맴돌면서 자꾸 편지를 읽으려고 하네. 이제 그만 써야겠다.

늘 너를 생각해. 조만간 날 보러 와줘. 넌 내가 있는 곳을 알잖아.

온 마음을 다해, 입맞춤을 보내며.

준비에브

준비에브가 자신의 침대로 허리를 숙여가며 편지를 훔쳐보는 미친 여자들을 올려다본다.

"다 썼어. 이제 읽을 것 없어."

"시시해!"

여자들이 뿔뿔이 흩어진다. 준비에브는 침대에서 내려와 바닥에 쪼그려앉는다. 네 개의 철제 다리 사이에 열쇠로 잠긴 작은 트렁크가 놓여 있다. 준비에브가 손을 뻗어 손잡이를 잡고 트렁크를 끌어당긴다. 트렁크 속에는 백여 통의 편지가 차곡차곡 정리되어 있다. 준비에브는 깃펜과 잉크병을 트렁크 한쪽에 넣어두고, 방금 쓴 편지를 접어 편지 더미 위에 올려놓는다. 그러고 나서 트렁크를 닫아 다시 침대 아래로 밀어넣고 자리에서 일어선다. 간호사들이 지켜보는 가운데 그녀는 숄의 양끝을 가슴 앞으로 당겨 여미며 창가를 향해 걸어간다. 바깥 포석 위에 깔린 하얀 눈 카펫이 점점 두꺼워지고 있다. 준비에 브는 창문 앞에 가만히 서서 겨울의 뤽상부르공원을 떠올린다. 순백의 산책길 위에 펼쳐진 완벽한 풍경. 스산한 침묵. 두

껍게 쌓인 눈 위에 남겨진 발자국들.

영원히 지속되었으면 싶을 정도로 아름다운 풍경이다.

준비에브는 자신의 어깨를 가볍게 두드리는 손길을 느낀다. 오른쪽에서 루이즈가 그녀를 물끄러미 바라보고 있다. 준비에 브가 놀란 듯이 묻는다.

"뜨개질은?"

"주변에서 하도 피곤하게 굴어서요. 좀 기다리라고 할 거 예요."

루이즈가 가슴 앞에 팔짱을 끼고 온통 새하얀 정원을 바라 보며 어깨를 으쓱인다.

"예전에는 아름다워 보였는데. 이젠 별 감흥이 없어요."

"그래도 여전히 아름답다고 여겨지는 게 있어?"

루이즈는 고개를 숙이고 잠시 생각에 잠긴다. 구두코로 타 일 바닥에 난 틈을 문지르고 있다.

"확실히는 모르겠지만, 어쩐지…… 엄마를 떠올리면, 엄마 가 참 아름답다고 생각했던 기억이 나요. 그게 다예요."

"그거면 충분하지."

"맞아요, 나한테는 그거면 충분해요."

루이즈는 창문 앞에 꼼짝 않고 서 있는 준비에브와 숄 위에 얹힌 그녀의 주름진 손을 바라본다.

"바깥이 그립지 않으세요?"

"내가…… 마치 한 번도 바깥에 나가본 적이 없었던 것 같아…… 난 항상 여기에 있었다는 생각이 들어."

루이즈가 고개를 끄덕인다. 두 여자는 나란히 서서 점점 새하얘지는 정원을 지켜본다.

광기로 보는 여자들의 수난사,
혹은 연대의 역사

그대들을 가로막는 장벽들이 무엇이건 간에
그대들의 힘으로 넘어설 수 있다.
그대들은 그것을 원하기만 하면 된다.
─올랭프 드구주*

벨에포크, 빛과 어둠의 시대

몽마르트르 언덕에 사크레쾨르대성당이 한창 지어지고 있
는 1885년 파리. 예술과 문화가 꽃을 피우는 벨에포크 시대
에 살페트리에르 정신병원은 저마다 사연을 가진 여자들로 가
득하다. 죽은 사람들과 소통한다는 이유로 아버지 손에 이끌
려 정신병원에 갇힌 외제니, 고모부에게 겁탈당하고 히스테리
발작을 일으켜 병원에 오게 된 루이즈, 이십여 년 전 남성들의

---

* 올랭프 드구주(Olympe de Gouges, 1748~1793). 프랑스 시민운동가. 프랑
스대혁명 시기인 1791년 발표한 「여성과 여성 시민의 권리 선언」을 통해 여성
참정권 등을 요구하였다.

폭행에 시달리다 범죄를 저지르고 붙잡혀온 '뜨개질하는 여자' 테레즈, 종교를 불신하고 과학과 의학을 신봉하며 오랜 시간 병원에 몸담은 수간호사 준비에브 등이 그 병원 담장 안에서 생활한다.

그리고 그곳에 세계적인 신경학자 장마르탱 샤르코가 있다. 그는 공개 강연에서 최면술로 환자들에게 히스테리 증상을 유발하여 그들의 광기를 관찰하고 그것을 스케치와 사진으로 담아 세상에 내보인다. 그의 '미친 여자들의 무도회'는 소수의 파리 사람들을 위한 동물원이나 다름없다. 집시, 어릿광대, 마술사, 근위병, 후작부인, 여왕 등으로 분장한 정신질환자들을 진귀한 동물인 양 구경하며 열광하는 부르주아들로 살롱은 들썩인다.

소설 『미친 여자들의 무도회』는 광기의 역사 이면에 감춰진 여자들의 수난사이자 연대의 역사다. 광기가 질병으로 규정된 것은 불과 19세기의 일이다. 의사들이 환자들에 대한 관찰과 해부학적 지식을 통해 육체의 질병과 정신의 질병을 분리하고, 정신질환이라는 개념을 만들고, 정신의학을 새로운 의학 분야로 확립하면서부터였다. 남자 의사들이 관찰과 분석과 증명을 기반으로 광기의 역사를 써나갈 때, 사회에서 소외되고 병원에 감금된 여자들은 연대의 역사를 쓰기 시작했다. 광기의 역사는 결국 여자들의 수난사인 동시에 연대의 역사를 되밟아가는 또다른 기록인 것이다. 여자들의 저 가려진 역사는 수세기 동안 살페트리에르병원과 정신의학의 역사와 나란히 전개되었다. 격변하는 정치, 문화, 사회의 영향 속에서 그 길을 되짚어보자.

정신의학의 발달과 살페트리에르병원의 여자들

> 정신병원이면서 감옥이기도 한 살페트리에르병원엔 도시 차원에서 관리하지 못하는 이들, 즉 환자들과 여자들이 수용되었다.(116쪽)

17세기 중반 삼십년전쟁과 프롱드의 난이 연이어 발발하면서 빈곤이 만연해진 프랑스는 걸인과 부랑자가 거리에 넘쳐났다. 여기에 전염병 문제까지 더해지면서 그들은 파리 사회의 불안 요소가 되었다. 마침내 1656년에 루이 14세는 특단의 조치를 취했다. "모든 무질서의 원천인 구걸과 게으름을 방지" 하기 위해 파리 빈민을 감금하도록 칙령을 내린 것이다. 결과적으로 이들을 수용할 종합병원이 생겼고, 여자들을 수용하는 살페트리에르병원도 그때 생겨났다. 노동으로 산업혁명을 뒷받침하지 못하고 사회질서에 부합하지 못하는 사람들은 이성이 결여된 열등한 존재로 취급되고, 혐오나 배제의 분위기 속에서 교정의 대상이 되었다. 일자리를 선택할 기회가 적은 여자들은 상황이 더욱 나빴다. 그 결과, 살페트리에르병원에 수용된 여자들은 1656년 628명에서 17세기 말에 3천 명으로 늘었고, 백 년 뒤에는 8천 명에 이르렀다.*

18세기에 이르러 살페트리에르병원은 악명이 높아졌다. 환자들의 처지나 위생 상태는 더없이 끔찍했다. 당시 병원에서는 여자들의 정신착란을 막는다는 명목으로 냉수 목욕, 매질 등 고문이나 다름없는 잔인하고 무지막지한 수단이 사용되기도 했다. 힘, 폭력, 심지어 잔인함이 지배하는 병원은 여자들을 치료하기는커녕 되레 병들게 하는 비참한 장소였다. 그러나 현미경의 발달과 해부학의 발전으로, 광기를 육체의 문제에서 정신의 문제로 바라보는 인식의 전환이 서서히 생겨났다. 무엇보다 이성을 통해 인간사회의 진보와 인간성의 개선을 추구하는 계몽주의와, 저임금 노동력을 필요로 하는 자본주의의 요구에 부응하여, 프랑스 정신의학자 필리프 피넬**이

---

* 도라 B. 위너(Dora B. Weiner), 「살페트리에르의 여자들: 세 세기에 걸친 파리 지역 병원의 역사Les femmes de la Salpêtrière: trois siècles d'histoire hospitalière parisienne」, 『게스네루스Gesnerus』 52호, 1995년, 21쪽.

** 필리프 피넬(Philippe Pinel, 1745~1826). 1794년 살페트리에르병원의 원장이 되었고, 쇠사슬에 묶여 지내며 고문에 가까운 치료를 받던 환자들을 해방하였다.

환자들을 임상적으로 관찰하고 분석하기 시작하면서 치료법에 획기적인 변화가 일어났다. 그는 육체에서 정신이 소외되어 이성이 잠시 '멀어진aliéné'이 정신질환자aliéné들과 대화를 통해 그들을 길들이고 제어하려 했다. 환자들에 대한 보다 인간적인 접근법이 마련되기 시작했지만, 그와 동시에 병원은 난소 압박기 등 의사들의 창의적인 치료법을 개발하는 실험실로 활용되었고, 환자들은 종종 길들이고 통제해야 하는 짐승처럼 묘사되었다.

현대 신경학의 아버지 장마르탱 샤르코와 그의 '병리학 박물관'

　한편 정치, 사회, 종교적으로 동요하던 19세기, 기독교와 실증주의적 과학이 증명을 실패한 자리에 점성술, 심령술 같은 이성을 초월한 신비학이 파고들었고 과학과 종교, 지식과 믿음의 경계는 더욱 흐릿해졌다. 미국의 폭스 자매가 일으킨 심령술 열풍이 19세기 중반 대서양을 건너 유럽 전역으로 확산되었다. 프랑스에서는 알랑 카르데크가 혼령들과 주고받은 질문과 답변을 기록한 『혼령의 책』(1857)이 출간되면서 사회적으로 큰 파장을 일으켰다.

　의학 분야에서도 동물 자기*나 최면술 같은 마술적인 방법이 유행했다. 히스테리에 대한 분석적인 치료 방법으로 최면술을 활용한 장마르탱 샤르코가 대표적인 경우였다. 샤르코는 금요일마다 환자들을 대상으로 최면술을 시연하면서, 히스테리의 발병을 단계별로 구분하고 이를 과학적으로 설명하려 했다. 히스테리 환자들의 통제되지 않고 과장된, 때로는 선정적인 몸짓이 서커스나 연극적이라는 세간의 비난을 사기도 했지만, 샤르코의 최면술 시연은 400석의 객석이 가득찰 정도로 성황을 이루었다. 살페트리에르병원은 샤르코의 말마따나 "사람들로 채워진 병리학 박물관"이었다.

   샤르코의 세속적인 모습을 가장 극명하게 보여주는 것이 바로 사순절 셋째 주 목요일에 병원에서 열리던 '미친 여자들의 무도회'였다. 샤르코는 병원 여자들을 여느 평범한 여자들로 만들고, 망상에 잠긴 그들의 정신을 깨우려는 목적으로 이 가장무도회를 열었지만, 그것은 파리 사교계 인사들을 위한 전시회 혹은 동물원이나 다름없었다. '미친 여자들의 무도회'는 19세기 파리 사회에서 여자들의 위상을 잘 보여주는 표상이다. 환자들이 남자들의 시선에 끊임없이 노출되고, 그들의 잣대에 엄격히 평가되고, 그들의 기대에 부응하며 살아가는 그

---

* 독일 의사 프란츠안톤 메스머(Franz-Anton Mesmer, 1734~1815)가 만든 용어로, 모든 생명체의 체내에 자력의 영향을 받는 유체가 흐르며 이를 이용해 질병을 치유할 수 있다고 주장했다.

시대 여자들 그 자체였기 때문이다. 화려하게 치장한 환자들은 그들에게 여성다움에 대한 환상을 키워줄 따름이었다. 사실상 그들은 환자이기 때문에 그곳에 수용된 것이 아니라, 정해진 자리를 벗어나 기성 질서를 위협한 결과 처벌받은 것이었다.

이성의 시대, 그 일그러진 초상

18세기 계몽주의 시대로 접어들면서 의사들은 더이상 광기를 체액에서 유래하는 육체적 문제나 신경의 병으로 보지 않았다. 육체에서 정신의 문제로 옮겨가면서, 히스테리는 점차 자궁*보다는 뇌와 연관되기 시작했다. 하지만 광기의 반대 개념으로 간주되어온 이성은 여성의 육체, 정신적 열등함에 대한 편견을 불식시키고 사회의 무지를 일깨우기보다, 여성혐오적인 시각을 더욱 고착시키고 가부장적인 사회 관습을 강화하는 수단으로 사용되었다. 19세기는 그야말로 여성의 이상적인 아름다움을 위해 여성의 몸통을 죄고 육체를 구속하던 코르셋

---

* 히포크라테스의 저서에 처음 등장한 '히스테리아(histeria)'라는 단어는 자궁을 뜻하는 고대 그리스어 '히스테라(hystera)'에서 유래되었다. 당시 사람들은 자궁이 몸속을 돌아다니며 병을 야기한다고 믿었고, 히스테리는 자연스레 여성의 질환으로 간주되었다.

같은 사회였다.

소설의 중심인물인 외제니는 부르주아 사회의 위선을 드러내며 가정에서나 사회에서 소외되던 여성의 삶을 잘 보여준다. 당시 결혼은 여자들의 바람직한 미래였고 여자들은 아내의 자질을 갖추도록 요구받았다. 아이를 낳고 어머니가 되는 것이야말로 여자들의 궁극적인 행복으로 간주되던 때였다. 그들이 가정을 벗어나려 하거나 아내 혹은 엄마 역할을 못하거나 일이나 직업을 추구하면 정신질환이라는 진단을 받았다. 정신의학은 남편이 아내를 내쫓고 감금할 수 있는 합법적인 방편을 제공했다.

병원은 여자들을 지배하고 처벌하는 남자들의 강력한 도구인 동시에 사회의 축소판이었다. 신경학의 아버지 샤르코와 그를 추종하는 남자 의사들, 꽉 끼는 간호복을 입고 경직된 태도로 환자들을 돌보는 여자 간호사들, 검사실, 강당 등에서 의사를 보조하는 남자 인턴들과 달리 공동 병실에서 간호사의 일을 보조할 뿐인 여자 인턴들, 무엇보다 병원에 감금되어 고문에 가까운 치료를 받는 살페트리에르병원의 환자들은 남성이 지배하는 사회를 고스란히 보여준다. 그런 만큼 소설 속에서 병원 밖으로 나가기를 거부한 채 병원 안에 틀어박힌 테레즈와 병원에서조차 보호받지 못하는 루이즈의 모습은 안타까움을 더한다.

뜨개질하는 여자들의 연대

1789년 프랑스혁명 동안 국민공회나 혁명재판에 참석해 뜨개질을 하던 여자들이 있었다. 이른바 '뜨개질하는 여자들'은 어머니 혹은 아내의 역할을 벗어던지고 가정의 울타리를 나와 시민운동에 참여하던 여자들이었다. 그러나 혁명의 반대자들은 그들을 '기요틴의 악녀들furies de guillotine'이라고 부르며 혁명으로 인해 온순하던 여자들이 잔학하게 돌변한 것처럼 오명을 덧씌웠다. 여자들은 결국 '인간과 시민의 권리'를 누리지 못했다. 1793년에 「여성과 여성 시민의 권리 선언」을 발표한 올랭프 드 구주는 끝내 연단에 올라 목소리를 내지 못하고 단두대에서 처형되었다.

소설은 1890년, 프랑스혁명 100주년을 기념하여 세계만국박람회가 개최되고 '철의 귀부인' 에펠탑이 우뚝 선 파리에서 공동 병실 안의 뜨개질하는 여자를 비추며 끝난다. 공동 병실은 여느 때와 다름없어 보이지만, 뜨개질하는 여자가 테레즈가 아닌 루이즈라는 점에서 세월의 흐름이 읽힌다. 그렇게 테레즈의 뜨개 도구를 루이즈가 잡고 있는 모습은 언뜻 비극적이면서 아이러니하게도 희망적으로 느껴진다. 왜일까? 그것은 아마 작가가 소설을 통해 불러일으킨 "여성의 연대, 여자들 사이에 나눌 수 있는 온화함과 우리 사이에 가질 수 있는 힘"*에 대한 믿음 덕분일 것이다.

　빅토리아 마스는 19세기에 도시에서 쫓겨나 가부장제의 도구이자 사회의 축소판이던 살페트리에르병원에서 서로를 보호하며 살아가는 여자들을 보여준다. 산 자와 죽은 자를 매개하는 영매로서 다른 여자들의 고통과 슬픔을 어루만져주는 외제니, 병원에서 외제니가 도망칠 수 있도록 도움의 손길을 내미는 준비에브, 병실 여자들을 위해 뜨개질을 하는 테레즈와 그 뒤를 잇는 루이즈를 통해 세대간 이어지는 여자들의 연대를 그려나간다. 이 여자들은 1946년 프랑스에서 여성의 참정권이 법적으로 보장되기까지 무려 한 세기 반 동안 불합리한 삶을 감내해야 했다. 자유를 갈망하던 그들은 뜨개질을 하며 오랜 시간을 인내했고, 점차 실을 뜨던 그 손으로 펜을 쥐고 자신들의 목소리를 내고 마침내 자신들의 권리를 쟁취했다. 그들은 연대의 힘으로 굳건해 보이던 담장마저 무너뜨렸다. 실은 펜으로, 그들의 목소리로 이어졌다. 여자들의 연대는 지금도 계속되고 있다.

김두리

---

* 소설 원작의 동명의 영화를 연출한 멜라니 로랑 감독의 인터뷰, 〈프랑스 앵테르〉, 2021년 9월 9일.

옮긴이 **김두리**

출판사에서 해외문학 편집자로 일했다. 한국외국어대학교 통번역대학원 한불과를 졸업하고, 고려대학교 대학원 불어불문학과 박사과정을 수료했다. 옮긴 책으로『당신이 살았던 날들』『해피 데이스』『여성 권리 선언』『다윈의 기원 비글호 여행』『낙서가 예술이 되는 50가지 상상』등이 있다.

문학동네 세계문학
미친 여자들의 무도회

초판 인쇄 2023년 9월 15일 | 초판 발행 2023년 9월 26일

지은이 빅토리아 마스 | 옮긴이 김두리
책임편집 김미혜 | 편집 홍상희 김혜정
디자인 백주영 이원경 | 저작권 박지영 형소진 최은진 서연주 오서영
마케팅 정민호 한민아 서지화 이민경 안남영 왕지경 황승현 김혜원 김하연
브랜딩 함유지 함근아 박민재 김희숙 고보미 정승민 배진성
제작 강신은 김동욱 이순호 | 제작처 영신사

펴낸곳 (주)문학동네 | 펴낸이 김소영
출판등록 1993년 10월 22일 제2003-000045호
주소 10881 경기도 파주시 회동길 210
전자우편 editor@munhak.com | 대표전화 031) 955-8888 | 팩스 031) 955-8855
문의전화 031) 955-1927(마케팅) 031) 955-8860(편집)
문학동네카페 http://cafe.naver.com/mhdn
인스타그램 @munhakdongne | 트위터 @munhakdongne
북클럽문학동네 http://bookclubmunhak.com

ISBN 978-89-546-9527-5 03860

www.munhak.com